曼陀罗悬疑馆

给您最好看的原创悬疑小说

空楼下的暗墙

李成事　著

贵州出版集团
贵州人民出版社

图书在版编目（CIP）数据

空楼下的暗墙 / 李成事著. —贵阳：贵州人民出版社，2018.10

ISBN 978-7-221-14882-7

Ⅰ.①空…　Ⅱ.①李…　Ⅲ.①长篇小说－中国－当代　Ⅳ.①I247.5

中国版本图书馆CIP数据核字（2018）第250156号

空楼下的暗墙

李成事 / 著

总 策 划　陈继光
责任编辑　陈继光
特约编辑　Echo
封面设计　源之设计
出版发行　贵州人民出版社（贵阳市观山湖区会展东路SOHO办公区A座）
印　　刷　长沙鸿发印务实业有限公司（长沙市黄花工业园3号）
版　　次　2018年12月第1版
印　　次　2018年12月第1次
印　　张　20.5
字　　数　260千字
开　　本　710mm × 1000mm　1/16
书　　号　ISBN 978-7-221-14882-7
定　　价　43.00元

目　录
Catalog

第一章　拆迁小区

2013 年 7 月 12 日夜，位于荔城市岭南区前进路的南国新苑小区路灯昏暗，三人蹲在小区 16 栋楼下树丛里，屏住呼吸，一言不发，眼睛紧紧盯着 16 栋二单元 203 房。

这是一次集体行动，也是一次重大行动，三人特别紧张。22 时，203 房的灯亮了，房间里传来了电视声。三人眼睛一亮，像侦察兵一样，观察周围，见小区路上没人，比画手势，从树丛中走出。走到楼下时，两人到路口望风，一人提着一个红色袋子上楼。不多时，上楼的人又下来了，他两手空空，与路口两人会合。将到小区门口，身后传来砰砰爆炸声，三人飞快离开现场。

“有炸弹！警察，有炸弹！”203 的住户报了警。

出警民警蔡雄远抵达现场，听说有爆炸警情，非常紧张。203 房主名叫梁东文，他见民警抵达，手舞足蹈地向民警描述惊险一幕。楼道内弥漫着恶臭，蔡雄远打开手电，走进楼道，见到墙上贴着青菜，地上流着黄水，暗皱眉头。他小心翼翼走到 203 门口，看到地上有个烟花爆竹桶，长出一口气，向值班台报告，然后拍照取证。

“老梁，楼道里的不是炸弹，是烟花爆竹！”蔡雄远说。

“怎么可能，谁做的恶作剧？”梁东文踏着人字拖，摆动上臂，走进楼道，不多时回到楼下。“警官，一定要严查，肯定是拆迁公司干的，为了赶走我，用尽了下三滥手段！”

蔡雄远说：“老梁，你不要慌张，事情我们一定会调查！”

“调查？每次都无疾而终！上周我家的水表被剪了，你们说水表是水务公司的，我没权报警。上上周，我家电表被偷了，这是我的私产，你们也没有找到真凶！”

“如果找到真凶，我们会依法处理，绝不纵容！”

“算了，算了，每次都是这句话，我听得厌了，带我回去做笔录！”

接警的民警叫萧然，他多次在派出所见过这位梁先生。梁东文气呼呼地坐在接警室，颐指气使：“给我倒杯水！”萧然给梁东文倒了一杯水，说：“你这一身都是什么味儿？”

“什么味儿？屎味！尿味！你们这些警察不作为，找不到坏人，让你们也闻闻！”

萧然皱了眉头，不接话，给梁东文做笔录。主管刑侦的副所长胡连盛来到接警室，闻到梁东文身上的恶臭味，转身出去，打电话给南国新苑的社区民警宋红旗：“南国新苑到底是怎么回事，为什么天天有纠纷？”

宋红旗接了电话，非常作难：“胡所，南国新苑是荔城市改革开放那会建的老小区，这不赶上旧改拆迁吗！正弘地产调研的时候，所有住户都在意向书签了字，等正弘地产正式派驻南国新苑的时候，业主们成了老房子的守护神，拒绝签字！”

胡连盛问：“我看也没几户人住了！”

宋红旗说：“这都是正弘地产软磨硬泡取得的成果。十年了，南国新苑还剩下三十户，但是这三十户都是难拔的钉子！我刚刚看了监控，投放烟花爆竹的并不是地产公司，是南国新苑的三个老业主！”

“老业主？为什么？”

“你想啊，人家十年前就签了拆迁合同，到现在房子还没有拆。儿子要结婚了，没有地方住，儿媳妇娶不进家，老人着急啊！”

胡连盛点头，说：“这也是个棘手的问题，你要多做工作，从中协调，督促尚未签订拆迁协议的业主尽快签协议，警告不安分的业主不要做不法的行为！”

宋红旗说：“胡所，毫不夸张地说，这些工作我都做了几百回了，但是不顶用！我本来以为社区民警好干，可以轻松一点，谁知道岗位这么难，我看你还是把我调回办案队吧！”

“咳咳，老同志还是要发挥自己的特长，利用自己的人脉优势，解决辖区内的纠纷和难处！老宋啊，我这边还有点事，等你回所里，咱们细说！”宋红旗还没有接话，胡连盛挂掉了电话。原来，新来的女警在接警室和梁东文吵了起来。

“你这个小同志怎么不懂得尊重群众？别忘了，我是受害人，也是个老年人。”

“老年人才要懂得尊重人，看你把我们办公室熏的！”

“受害人就是要原生态地把现场带到派出所，要不然你们怎么知道我受到了什么祸害？”

胡连盛打断两人争吵：“不要吵，老人家你坐好，这是新来的同志，不会说话！”

“新同志也不能这样说话，还警察呢，我要投诉你！”说着，梁东文拿起手机，熟练地拨通了纪委监察科电话，没有人接听，他自言自语，“这么晚了，纪委没有人上班，我打 110！”说完，拨了110，“你好，我投诉你们一名警察，我在前进派出所，投诉的女警警号是……”

“这人简直不可理喻！”女警气道。

“别理他。”萧然拦住女警。

梁东文挂掉电话，一副胜利者的姿态望着女警，冷哼一声，问萧然：“笔录做好了吗？拿来给我签字！”

梁东文离开派出所，大家都来安慰女警。女警名叫邢臻，留着短发，她咯咯一笑：“没事，我没有那么脆弱！”值班室的民警释然，萧然笑道：“早就跟你说了，不要说今天没警情，咱们派出所经不起念叨！”

邢臻笑着说：“我才不信这个邪！”其他民警听了，不禁倒抽一口凉气，暗道不妙。果然，值班前台陆续又接到了几个警情，全部和南国新苑有关。

次日9时，天空晴朗，阳光明媚。忙碌了24小时，萧然准备下班，他拿起手机，在微信工作群里看到了一条消息：8时30分，梁东文和十几名尚未签订拆迁协议的业主穿着同款短袖上衣，拉着条幅，到岭南分局信访，状告前进派出所民警不作为。

该消息有三张附图，第一张是梁东文单人举牌特写，第二张是横幅全文展开特写，第三张是信访办公室窗口排队特写。

根据分局同事传来的消息：8时30分，一群人远远奔着信访办公室来，吓坏了刚刚吃完早餐的信访办公室主任赵同虎，赵同虎连忙汇报给指挥处，指挥处不敢怠慢，报告给了分局值班局长。分局值班局长黄敬东批示：礼貌接待，如实登记，依法处理！

萧然看着手机，久久没有放下，对同事赵建军说：“你看这拍照片的人，摄影技术过硬啊，不知情的还以为是去火车站售票窗口抢票的！”

梁东文信访后，前进派出所所长郑礼贤感到压力颇大，吩咐胡连盛搜集南国新苑最近的警情和笔录，应对监察科调查。胡连盛也感到事态严重，他正下派工作，忙活搜集材料，记者扛着摄像机来到了派出所，要求采访所领导和新警邢臻。胡连盛表示派出所接受采访，需要市公安局批准。记者离开了派出所后，没有回来，前进派出所民警当日晚上看到这样一则网络新闻：南国新苑住户遭遇黑社会暴力投放自制炸弹，炸坏马桶，派出所民警不作为，指责报警人衣服有臭味！

网络新闻拍摄了楼道烟花爆竹燃放造成的污秽画面，配了打了马赛克的派出所正门照片。新闻一出，社会一片哗然，舆论倒向了钉子户，新闻评论指向：公民的财产权与人身权，谁能保护？

新闻被摆到了市公安局局长李昌海的桌案，他叫来纪委书记和几位副局长，商议对策。几位党委成员笑了笑，副局长蔡国富说："如果真有暴力拆迁，南国新苑早就被推倒了，也不会有这么多的钉子户天天报警。"

南国新苑的问题已经存在十年，纠纷不是一天两天了。公安部有文件，明确公安机关不能插手拆迁纠纷，仅对纠纷引起伤害、盗窃等案件有管辖权。几位党委成员奇怪，这则新闻是哪家新闻机构发出去的？用意是什么？

市公安局向刊登新闻的网站发函质问，该条新闻因取材不实被下架，相关转载也被删除，发文网站表示系统遭遇木马，新闻不是由该网络公司记者发布。

就在该新闻被删除的第二天，南国新苑的业主集体到岭南区信访局信访，诉求是：政府不作为，要求政府尽快完成南国新苑旧改。

同一家网络机构刊出新闻：南国新苑旧改十年，钉子户坐地起价，阻挠拆迁，业主们无家可归。新闻附图：百名业主穿着同款红色上衣，静坐在信访局，拉着红底条幅，上面写着：请政府帮帮我们，还我们一个家！

该新闻刊出，被大量转载，舆论倒向签了拆迁协议的业主。业主们流着热泪："多少年了，终于有媒体肯为我们说话了！"签约业主互相添加微信，建立了微信群，将此次媒体刊登新闻视为重大信访成就。

抗争钉子户是签约业主的"重要事业"，他们甚至在抗争的路上结成深厚的情谊，为了庆祝这来之不易的感情，他们还多次包下酒店，举行酒会，商量对策，相约出游。

媒体的报道引起了市政府的重视，市政府成立了工作专班。身在舆论悬涡的钉子户们，为了避开政府人员和记者采访，选择了集体旅游。工作专班没有找到业主，找到了和他们分居的子女。子女们见到政府人员，或者借口有事离开，或是表示不干预拆迁。工作专班负责人听说业主们正在饱览山河胜景，暗自摇头，对同事说：“我接触了所有业主，几乎全是60岁以上的老年人，拆迁仿佛就是老年人的斗争！”

郑礼贤这样评价政府工作专班：“经过一番努力，工作没有任何起色。”

新闻的力量是强大的，前进派出所成了全市公安讨论的焦点，邢臻也成了知名人物。邢臻心态比较好，没有被这件事击垮，同事、朋友问起，她若无其事：“不就说了一句没有换衣服没！”下了班，她高高兴兴回家，对爸爸说：“要是被这点事绊住了，以后怎么办大案？”

下了班，邢臻就像是换了个人。这天，邢臻约了同学喝咖啡，同学有事走了，邢臻一个人闲坐，遇到了同事萧然。萧然比邢臻大三岁，比邢臻早上班三年。

“好巧！”萧然坐在邢臻对面。

“不是专门来这里寻偶遇吧？”邢臻笑道。

“你心态真好，现在还有心情说笑。”萧然说。

“天塌不下来，怕什么！”邢臻给萧然点了一杯拿铁，萧然说：“算了，我要杯奶茶就好！”邢臻咯吱一笑：“原来你也喜欢喝奶茶。”

萧然说：“我喜欢奶茶，不过比起奶茶，我更喜欢唱台上的女歌手！”邢臻回头看向唱台。那里没人，萧然解释：“这位歌手每天只唱五首歌，十点才来！”

“这么痴情！”

“不是痴情，左右无事，可以放松心情，舒缓压力！”

“那我可要听听！”

萧然毕业于南海大学，邢臻毕业于刑警学院。邢臻报道的那天，萧然正在前台跷着二郎腿。萧然看到邢臻，说：“姑娘，你是来报警的吗？”

邢臻摇摇头，说：“大哥，我是来接警的！”

这是萧然唯一的一次喊邢臻姑娘，因为从那以后，萧然一直喊她二弟。邢臻多次纠正他，说：“我这么一个温柔、美丽、大方、阳光、善良、青春的女生，你凭什么叫我二弟！”但是这个善意的提醒，被萧然婉言拒绝了。为了不吃亏，邢臻经常在公共场所喊萧然叫沙师弟。

邢臻还没有正式被安排到岗位，她每天到值班组上正常班，她发现值班是很有趣的事，可以接到稀奇古怪、五花八门的案件，时常到深夜才回。

因为年龄相差不大，萧然和邢臻经常走到一起，但是这样容易引起同事的误会，说萧然刚刚和女朋友分手，邢臻是上天派来帮助萧然走出困境的，户政的廖大姐甚至得出惊天结论：邢臻之所以走近萧然，是贪图萧然的美貌。

还好廖大姐的这句名言警句止步于户政，要是被邢臻知道，只怕要闹一闹了。

谣言止于智者，仅仅一个星期，大家就发现一个事实：邢臻不光和萧然自来熟，和派出所的所有同事都是自来熟。

奶茶上来，萧然望着左前方，怔怔出神，邢臻问：“沙师弟，你在看什么？”

萧然道：“二弟，我在看南国新苑！”邢臻回过头，看到身后一片黑暗，夜色下隐隐可见一片楼宇。萧然指着路口的那栋楼，说：“看到那栋楼没有，那是南国新苑 27 栋。”邢臻转身看过去，说：“我知道这栋，听说风水不好！”

萧然说：“风水何止不好，简直是凶煞！这栋楼位于五岔路口，风水上说，犯冲。”

邢臻说：“沙师弟，我发现你这人特迷信，值班的时候，你对我说不能说今天无事，现在跟我说犯冲，是跟师父学的吗？”

萧然道：“你可以不信风水，但是你要相信事实。这栋楼建成之后，曾发生了三宗凶杀案，一宗入室抢劫案，曾自杀五人，位列荔城市非正常死亡榜首！这栋楼的业主不敢住在里面，只好将房子对外出租。十年前，南国新苑开始拆迁，27 栋的 20 位业主一个月内就签完了所有拆迁协议。”

“你的意思这栋楼已经十年没有住人了？”

萧然点头：“是的！”邢臻感到后背吹了一阵冷风，她打了一个冷战，随即笑道：“别吓唬我了！”

“我没有吓你，你看到你正前方的那栋楼了吗？”

“正弘大厦？”

“像不像一把巨斧？”

“别说，还真像！”

“那是用来镇邪的！相传正弘大厦建楼的时候，专门找了高人，高人说 27 栋太冲，需要将大厦设计成斧形，才能镇邪！”

邢臻皱了皱眉，说：“好好的一栋大厦，被你说得那么可怕！”

“我总觉得南国新苑还有大案！至少还有事要发生！”

“你这人怎么有点神神叨叨的，以前听说警队神人多，今天见识了！”

说话着，一个女孩，提着吉他，从出租车上下来，走进了咖啡店。

邢臻努着嘴：“那位是不是你的女神？”

萧然微微一笑，说：“就是这个女孩子。”邢臻见那女孩子穿着背带裤，头上戴着帽子，安静文艺，笑着说：“是很讨人喜欢，难怪你每天来喝咖啡！”

萧然说：“她叫莫卿，是咖啡馆驻场歌手，你没事的时候也可以来听，很不错！”

莫卿走向唱台，取出吉他，刚刚坐下试麦，台下就响起了热烈掌声。莫卿说了一声谢谢，弹唱了一首孙燕姿的《遇见》，一首布兰妮的英文歌《Everytime》，邢臻跟着轻哼，莫卿唱罢，邢臻笑着说："唱得确实好听，比我强多了。不过她认识你吗？"

"如果没事，会过来和我打个招呼，我常来，所以认识我！"

"你是不是和前女友常来？"

萧然脸上闪过不自然，邢臻笑道："听说你的女朋友是半年前和你分了，你没有和她再联系吗？"

萧然有些不快："你好奇心太重了！"萧然的前女友名叫张语溪，在萧然心中，她是一个人美、名字美的女生。半年前，张语溪因为萧然买不起房子，与萧然毅然分手。对于此事，萧然一直耿耿于怀，他难过了许久，埋怨自己没有本事。

"对不起，我不该多嘴！"

萧然静默，喝着奶茶，不做声。

第二章 气罐藏尸

骄阳似火的天气，萧然轮值。处理了一天的积案，到了晚上，萧然终于可以喘口气。

“看着很闲啊，没有警情吗？”邢臻走进值班室。

萧然瞪了一眼邢臻：“乌鸦嘴！”

邢臻回赠萧然一个鬼脸，前台打来电话：“萧然，清风和苑发生了一宗强奸案，你去处理一下！”邢臻连忙捂嘴，萧然摇了摇头，说：“下回我值班，你能不能不要过来？”说完，去了值班前台。

和萧然一起值班的是赵建军。赵建军拖着山东口音，指着邢臻:“小妹，不是哥说你，你不要一进门就说今天没事，这是咱派出所的忌讳，给你强调好几回了！”

邢臻举手，说：“我下回再也不说了！”

萧然回到值班室，说:“你要为你的乌鸦嘴负责，跟我一起出警！”

“凭啥？”邢臻问。

“受害人是女的，要去女警！”

邢臻无话可说，和萧然一起出警。过了一个小时，邢臻回到了值班室，笑得直不起腰。赵建军看着邢臻，说：“小妹，不是哥说你，对待警情要严肃，怎么笑成这个样子！受害人看到你笑得人仰马翻，能不投诉你？”

“沈哥，我跟你说，那根本就不是强奸，是情感纠纷！女方是萧然前女友，萧然一到现场就蒙了，问你怎么在这里，萧然前女友也蒙了，说她报的警！”

“小妹，不是哥说你，你不能看到热闹就表现在脸上，人家萧然怎么想？”

“萧然还没有回来，他说要静静！”

“哈哈！还没回来？那是要静静！”听说萧然没有回来，赵建军突然放声大笑，“我也去看看，怎么还有这种事！”

赵建军刚要出去，萧然低着头走进值班室，他放下帽子，说：“都什么事，男的一见我和女的认识，说让我回避，我回避啥？和我有什么关系？”

赵建军绷着脸，说：“萧然，沉住气，我来处理！”萧然挥了挥手，示意去吧，赵建军出了门。过了半个小时，赵建军低头回来，说，“很棘手，女方坚持要报强奸！”萧然看着赵建军，赵建军搓着手，说，“男的很有钱，表示愿意私了。本来嘛，也不是强奸，两个人认识一年了，男的说女的跟他要分手费！”

“你等会？认识多久了？”

“一年啊！”

萧然不说话，邢臻多了句：“萧然不是和她才分手了半年吗？”

赵建军一脸吃惊：“可能她说错了！”

萧然忍不住冲了出去，到了调解室，指着张语溪说：“你一年前就和他好上了？”

张语溪两手一摊，说：“没有啊！”

一旁的中年男子咆哮：“一年多三个月！”

萧然指着张语溪，气得半天不说话，转身回了值班办公室。

赵建军见萧然走了，对张语溪说：“不是我说你，你一小姑娘家，怎么这么不自爱！”赵建军说着话，派出所在岗的民警陆续来了调解室。大家装作闲逛，进了调解室，和张语溪对视一眼，转身就离开。

萧然咆哮：“真是丢人啊！”

凌晨 1 时，赵建军回到值班室，对萧然说：“男的给她两万块，破涕为笑了！”邢臻指着大门，赵建军点头，说，“已经走啦！”

邢臻长出一口气，说：“这么晚了，应该不会再有警情了。”邢臻话音刚落，所长郑礼贤来了电话：“打击队在南国新苑跟踪一名女性吸毒人员，萧然，你带上邢臻，过去支援一下！”

“收到，郑所！”萧然挂掉电话，指着邢臻，“乌鸦嘴！”

五分钟后，萧然带齐装备，和邢臻来到南国新苑。与萧然接头的是前进派出所民警李建胜，李建胜将萧然领到了现场，萧然看着眼前黑乎乎的住宅楼，一惊，问李建胜：“嫌疑人进了 27 栋？”

李建胜长叹了一口气：“可不是吗，这栋楼常年没有人住，传言里面闹鬼，兄弟们到了楼下，不敢上去，想请值班的兄弟领把枪，壮个胆！”

萧然惊疑不定，问：“你确定嫌疑人进了这栋楼？”

李建胜点头：“我亲眼所见！”

邢臻说：“既然看到人上去了，还有什么犹豫的，上去抓吧！”

萧然见情况如此，不能退缩，从腰上拔出伸缩警棍和照明手电，走在了前面。楼道地面有脚印，说明有人出入，难道有犯罪分子潜伏在此？嫌疑人是从一单元上去的，萧然来到一单元二楼，看到左右两户房门已经破败，房内沙发破烂，不时传出腐臭。这确实是一栋荒废多年的旧楼，三楼也没有住户，四楼的门窗早已被拆除得干干净净，到了五楼，等等，五楼的楼道多了一道严密的护栏，护栏上有铁门，铁门上面还有一把铁锁，铁锁是新的，说明有人在使用。

萧然把灯光照在铁锁上，李建胜和邢臻会意。三人退到楼下，心里仍有些发毛，李建胜问怎么办，萧然说找开锁公司技术开锁，出其不意攻上去。李建胜说好办法，萧然拿出手机，拨了开锁公司电话：“老王啊，我是派出所萧然，我在办案，需要开锁。哪里？我在南国新苑27 栋，什么？27 栋不来，为什么？有鬼？哪来的鬼？”

嘟嘟！开锁的老王挂掉了电话，萧然再拨过去，老王干脆关机。

“怎么办？”李建胜问。

“我看护栏生锈得厉害，我们邢臻警官的铁脚费不了多少功夫就能踹开！”

邢臻气道：“我什么时候有铁脚了？”

李建胜笑着说：“萧然开玩笑的，不过我看撬棍可以撬开？”

萧然说：“哪里才有撬棍？这里黑乎乎的，只能回派出所找了！”萧然刚转身，邢臻哎呀叫了一声，她看到墙边摆放着一把铁镐，连忙跑了过去：“真是天助我也！”

萧然三人带着两名队员重新回到四楼，邢臻打着手电，两名队员用铁镐撬铁门上的空心铁栏，尽管他们小心翼翼，还是发出了嘈杂声，一张人脸出现在了五楼楼梯口。

邢臻最先看到那张人脸，她啊的一声尖叫，萧然和李建胜也都看到了那张人脸，李建胜大喊：“就是她！”五楼的人脸消失了，萧然一脚踹断了铁门上的两根护栏，李建胜从铁门下钻了进去。

几人来到五楼，看到左侧的 501 房没有房门，右侧的 502 房门紧闭，判断嫌疑人就在 502 房。

李建胜把 502 房门敲得震天响：“开门吧，你跑不掉的！”

“你让开！”萧然提着裤子，砰的一声，踹开了木门。

“原来是铁脚然，失敬！失敬！”邢臻对萧然拱手。

萧然没有理会邢臻。白色的手电光照进房内，萧然见房内陈设破旧，房内壁画脱落，知此房年代久远，又见桌上有新鲜食物，知道确有人在此居住。

房间大厅没有人，萧然随手按了一下电源开关，客厅的灯闪了一下，挣扎了半晌，竟然亮了。这是三室一厅结构的房子，左侧的两间房门开着，右侧的房门闭紧，萧然一脚踹开右侧房门，看到一名女子正在试图跳窗，因有护栏，跳不下去。

萧然跨步上前，扯住女子肩膀，将其从窗户上拉了下来，女子惊慌，跑出房外，被门口的邢臻拦住。女子退回大厅，邢臻嘿嘿一笑："还想往哪里跑？"女子摇摇头，从桌子上拿起水杯，扔向邢臻，被邢臻躲过。

李建胜对两名队员说："先把她铐起来！"

两名队员上前擒住该女子，将其背铐在客厅。李建胜上前询问："姓名？哪里人？有无吸毒？"女子望着她，不说话，李建胜在客厅搜寻，看到了吸毒用的冰壶，问女子："这是你用的吗？"女子依然不说话。李建胜摇头，往卧室搜查，在卧室的抽屉搜到一袋疑似冰毒的白色结晶体，心头一喜，让队员将女子带到卧室，指认冰毒。

就在队员将女子带到卧室时，一个黑影从对面的卧室蹿出，李建胜猛地转身，喊了一声谁，却听客厅响起砰的一声。李建胜跑出卧室，见到萧然还保持踢腿动作，一名黑衣男子正躺在客厅右侧墙角。

邢臻拍着手，嘴上说："不错，不错，沙师弟，你这铁脚然的称号名不虚传！"见李建胜出来，对李建胜说，"刚才这男的从隔壁卧室突然冲出来，想强行出门，被然哥的无影脚踹飞了出去，那场面堪比黄飞鸿！"

萧然拍拍小腿，装作若无其事，说："这应该是一个藏毒窝点，通知技术部门来现场勘查吧！"李建胜拨通了技术中队，萧然将嫌疑男子铐了起来，男子刚起身，身后有几块砖掉了下来，邢臻走上前，说："哟，沙师弟，你内功挺深厚，墙都震倒了。"

萧然观察后墙，见墙只有一行砖，十分好奇，嘀咕说："哪有承重墙只有一行砖的道理。"他拨开另外几块砖，邢臻大叫："萧然，住手，当心房子倒了！”

萧然笑着说：“要倒早就倒了！”萧然取下几块松动的墙砖，看到距离墙后不到一米处，还有一堵墙，也就是说，这是一个夹层。

邢臻问地上的男子：“哎，这堵墙后面藏的什么？”

地上的男子一脸迷茫，说：“我不知道，我只在这里住了几天。”

萧然扒开墙砖，说：“从墙面的白泥来看，这个夹层应该有很多年了。”萧然将手电照进夹层，看到墙内深处有蓝色物体。他走到蓝色物体处，用脚踹开墙面，夹层内露出了三个蓝色的煤气罐。

邢臻拍手：“铁脚然，名不虚传！”说罢，走向夹层。这时，李建胜和派出所的两名队员也都到了洞口，李建胜转头吩咐队员：“先搜身，别凑热闹。”一名队员看住吸毒女子，一名队员走向地上的男子，对其搜了身。

李建胜对萧然说：“这里面一定有大料，估计装满了海洛因！”

萧然摇头：“恐怕不是海洛因，快报告所长吧！”

几个人心里没底，思考再三，李建胜打了电话：“郑所，南国新苑27栋502发现夹层，内有三个煤气罐，情况不明！好，原地待命！”

三人盯着夹层，后背吹来一阵凉风，不自觉地打了一个冷战。

过不多时，郑礼贤来到现场。他反复打量着这三个煤气罐，也觉得十分蹊跷，问：“通知技术中队没有？”李建胜说通知了。两人说着话，技术中队的张成海上来了：“妈呀，楼梯黑漆漆的，我壮着胆子才上来！”他看到三个煤气罐，说，“哟，这是有大料，我们中队不行，恐怕要把市局技术处的高人全部请来才行！”

郑礼贤吃了一惊：“怎么？什么样的大料？”

张成海摇头：“吃不准，看这架势，事情小不了！”

“那打电话吧！”

张成海打了一个电话，转身说：“郑所，大家离开现场吧，等下技术处的人进来，要对现场勘查。”

李建胜说："我们这边还要搜查，怎么办？"

张成海说："没办法，先勘查，再搜查，总不能再继续破坏现场吧！"

郑礼贤命所有人撤出房间，因技术处的人员没有到，郑礼贤对嫌疑人进行了简单讯问。女的叫谭葵花，男的叫李敖兵，两个人是情侣，因没有固定住所，于三个月前避居在这里。郑礼贤问毒品从何处得来，李敖兵说是朋友给的，郑礼贤问朋友叫什么，李敖兵答不上来，郑礼贤又问什么人安排他住在这里，李敖兵也回答不上来，口中一直支支吾吾。

半个小时后，技术处的马国平处长亲自来到现场，他和郑礼贤见了面，问了经过，上了楼。几名技术人员将煤气罐抬了出来，马国平提了一下煤气罐，用刀刮了煤气罐漆面，看到焊接痕，对郑礼贤说："可能是尸体！"

郑礼贤问："现在怎么处理比较合适？"

马国平说："我把煤气罐拉到技术处处理，检测罐中是否为有毒有害物质，再决定开罐。现在我留下三名骨干，对现场进行勘查！"

郑礼贤问："那我如何向局领导汇报？"

马国平笑着说："这就是你郑所的工作了！"

马国平将煤气罐拉走，几名技术人员将 502 照得灯火通明，萧然请示郑礼贤："郑所，现在怎么办？"

郑礼贤叹了口气："今天是不是谁多嘴了？"

萧然说："邢臻说了两句今天没啥事！"

郑礼贤气道："乌鸦嘴！"

一旁的邢臻听到了，踩了萧然一脚，低声说："叛徒！"

郑礼贤对李建胜说："把那对男女带回去，好好审问！"

派出所民警陆续撤离，因李建胜要处理嫌疑人，和郑礼贤一起回了派出所。邢臻打了个哈欠，说："我看你才是乌鸦嘴，前几天，你跟我说，27 栋还会有大案，当时我还不信，没有想到今天就遇上了，你说你是不是巫婆转世？”

“我不是巫婆转世，我是卷帘大将转世！我上辈子有个师兄，这辈子转成了女同事！”

“你敢说我是猪八戒转世！你……你……”

技术处的张成海下楼取工具，看到两人斗嘴，哈哈一笑，说：“你们俩是在互相伤害吗？”

邢臻指着萧然，说：“海哥，这人太坏了，处处设陷阱！”

萧然说：“还不是你先叫我沙师弟！”

邢臻说：“还不是你先叫我二弟！”邢臻离开了现场，萧然因为值班，留下来协助勘查。

萧然无所事事，站在门口，和张成海说话：“成海哥，罐子里装的会不会是黄金什么的？”

张成海说：“你相信里面是黄金吗？”

萧然说：“不排除啊！”

张成海取下夹层砖头，说：“如果是在住的农村住宅，用罐子装上贵重财物，不是不可能。比如，古代农村喜欢用罐子、坛子装银元宝、铜钱，埋在宅基地下。但是这处房子已经没有人住了，要是有贵重财物，房主一并搬走才对。”

萧然说：“马处说，里面可能是尸体，会真的是尸体吗？”

张成海打着手电，往夹层里看，说：“我看过一个故事，故事是这样的，两个村民在河滩劳作，挖出一个包装精致的盒子，以为是财宝。带回家里，打开一看，是个瓶子，瓶子里有液体，村民伸手尝了一下，有点苦，就把瓶子扔进了猪圈，结果人和猪都死了。村子感染了瘟疫，牲畜全死了，专家来到村子，找到被挖出的瓶子，才知道里面装的是日本细菌实验留下的病毒。”

萧然突然觉得这个屋子又阴森不少，他说：“其实我也觉得可能是尸体，就是觉得不可思议！”

凌晨4时许，技术人员终于离开了现场，萧然贴了封条才回派出所。

次日8时，荔城市公安局内部流传一则惊天新闻：南国新苑旧房夹层发现三个煤气罐，开罐发现三具尸体，死亡时间十年以上！

第三章　专案小组

阳光照在值班备勤室窗台，邢臻猛地掀开萧然睡觉的被子，大喊：“太阳晒屁股啦！”

萧然惊醒，突然坐起：“又怎么了？”

“来大案子了！”

萧然看出邢臻在开玩笑，说了一句乌鸦嘴，躺了回去。

“哎，你怎么又睡下了，外面那么热闹，你不起床看看？”

自从做了人民警察，萧然厌烦热闹，他拉起被子，盖住了头。

李建胜走进备勤室，说：“萧然，郑所让你去一趟三楼会议室，领导们来了！”

萧然掀开被子，问：“领导？什么领导？”

“市局副局长蔡国富和分局局长宋泽忠。”

“领导叫我干什么？”

李建胜长叹一声：“还是南国新苑的事，这事说起来起因在我，给你添麻烦了。”

邢臻拍着萧然肩膀：“领导器重你，给你安排重大任务。”

萧然尚未看到煤气罐藏尸的消息，他随李建胜来到三楼，见会议室内坐满人。郑礼贤向在座的领导、民警介绍："这位是我们派出所的精干民警萧然，昨天晚上，他和李建胜一起出的现场。"

市局副局长蔡国富笑着说："萧然同志值班辛苦了，先去洗个脸，稍后过来一起开会。"

萧然敬了个礼，说了声是，转身去了卫生间。他洗脸时，看到镜子里的自己因为睡姿不佳，头发拧巴成了扫把状，乍一看，脑袋后面就像是长了一朵黑色的玫瑰花。

"呀呀呀！这形象咋整？怎么和领导一起开会？"正犯愁，邢臻送来了毛巾和洗发水。"自来水有点凉，但对付一下没问题。"邢臻说着，帮萧然整理了领子。

"这些东西哪来的？"

"你就别管了。"

虽然是盛夏，但是凉飕飕的自来水浇下去，滋味不好受！萧然仓促擦了把脸，快速跑到会议室，在会议室门口摆了个急刹，正敲门，会议室的门开了，蔡国富走了出来。"哟，连头发都洗了，真是雷厉风行啊！"会议室的人笑了笑，蔡国富对大家说，"这样，上级还在等我汇报，就先走了，后面的工作由分局的同志负责主持。"

"蔡局，我送您。"宋泽忠说着，走到了蔡国富右前方。

一行人下了楼，会议室的人少了一半，萧然有种头发白洗的感觉。

"大家坐吧。"郑礼贤说，"在座的都是分局的同志，彼此打过交道，有过合作，我就不用再介绍了。"萧然张望了一下，见郑礼贤左侧坐着副所长胡连盛，右侧坐着分局刑警大队长邢关，另有李建胜和刑警大队的三名民警，心道果然不用介绍。郑礼贤说："昨天晚上，我所民警李建胜和萧然抓捕涉毒人员时，在南国新苑 27 栋一单元 502 房发现了三个煤气罐，市局技术处将煤气罐带回勘查，发现三个煤气罐的油漆下有切割焊接痕。技术人员避开原有焊接痕，小心切割，将煤气罐打开。经检查，证实每个罐内藏有一具尸体，均为女性，三具尸体已经腐烂，只剩白骨和毛发，其中一名女尸没有伤痕，两名女尸头部颅骨有损伤，死因仍待进一步查证。案件发生后，市局领导高度重视，并将警情上报公安厅，厅长何承运同志指示，务必破获此案，缉拿真凶！刚才蔡局、宋局都来了，指令由邢队牵头，派出所协助，经所里研究，决定由李建胜和萧然两位同志，配合刑警大队，共同侦查。”

萧然有些目瞪口呆，李建胜面露愧色，拍了拍萧然大腿。

郑礼贤说完，邢关开始讲话。邢关是岭南分局刑警大队长，荔城市的老刑警，多次获得英雄功勋和神探奖章。“同志们，凌晨四点，我接到技术处马国平的电话，十分震惊。这是一宗惨绝人寰的案件，嫌疑人杀死了被害人，将被害人的衣服扒了，丢进煤气罐，重新砌墙，掩盖尸体，令人发指！”邢关说：“遗憾的是，这宗案件已经过去了十年，可用线索很少，如何破案，难度非常大。”

李建胜问：“邢大，我们可以先找房主。”

邢关说，“找到房主并不能破案。南国新苑 27 栋的房子大多是出租屋。这么多年了，哪里去找租客？”

李建胜说：“可以去管理处查，也可以去出租屋登记系统查历史记录。”

邢关说：“南国新苑正在拆迁，管理处形同虚设，不可能有出租记录。我们的出租屋登记系统是近年开发的，哪里能查到十年前的居住记录？”李建胜沉默，邢关说，“目前我们要做的是确定尸源和死亡时间。搞不清楚死的是谁，谈什么破案？我做一下分工，萧然昨天值班，暂且休息一天，明天开始协助我们破案，李建胜将涉毒男女刑拘后，和我们一起到南国新苑走访，查找房东和租户，做一下基础工作。”

郑礼贤摇头：“南国新苑在住的都是钉子户，可不好打交道。咱们可以等技术处给出死者的 DNA 鉴定书，在失踪人口库中碰撞。”

邢关说：“我已经催马处鉴定了，最快也要两天才能出结果，但是能否碰撞出失踪人口，那就不一定了。依我看，死者极有可能是 20 岁出头的姑娘，如果公安机关在死者生前没有采集到死者的 DNA，我们就撞不出死者的身份。”

郑礼贤点头，邢关拍了拍手，说：“大家行动起来吧，去南国新苑。”

刑警大队的人走了以后，郑礼贤拍着萧然的肩膀，说：“这是一个大案，也是锻炼你的机会，要好好把握。”

胡连盛说：“休息吧，明天找邢关大队长报到。”

郑礼贤和胡连盛走了以后，李建胜说：“真是不好意思，抓一个涉毒人员，没有想到牵出这么大一个案件。”

萧然说：“没啥，赶上了就上呗。”

萧然将要准备下班，邢臻发来微信，说有人在派出所门口等他。萧然问谁在等他，邢臻发来语音：“自己下楼看看呗。”萧然走到门口，看到张语溪背对着派出所，站在街角张望。萧然见到张语溪就来气，转身走进派出所，却被邢臻拉住了。邢臻喊了一声“那个谁”，张语溪立即转身，看到了萧然。

“萧然！”张语溪叫住了他。

萧然瞪了邢臻一眼，将邢臻递给他毛巾的感激消弭殆尽。萧然无奈，走出派出所，皱着眉头问：“什么事？”

张语溪支支吾吾：“那个，我知道你不想见我，但是你能不能帮我一个忙？”

萧然问：“什么忙？”

张语溪说：“你看我们好过一年多，认识彼此的朋友，还有对方家人的联系方式，你能不能替我保守秘密，别将昨天的事告诉我的家人朋友？”

萧然本就没有将此事告诉别人的打算，他没好气地说：“我知道了，快走吧，以后别来派出所找我！”张语溪吃了一惊：“你这么讨厌我？”

“谈不上讨厌，就像没有兴趣告诉别人你的事一样。”

张语溪的脸也冷了下来，说：“多谢了！”转身离开。萧然将走，张语溪跑了回来，从萧然后背抱住萧然，萧然回过头，张语溪哭着跑了，萧然怅然在原地，看到了满脸吃惊的邢臻，说：“你，你，你不准四处宣扬！”

邢臻举手做发誓状，说：“我保证不会。”

萧然回到住处，收到邢臻发来的一段视频，视频下附了一段文字：我是不会替你宣扬的，但是这感人至深的画面令我难忘。我打开了派出所的监控，将这段离别画面截取了下来，现发给你和派出所的大广播廖大姐，以作珍藏！落款：你的好同事臻。

廖大姐是派出所的户籍女警，平时爱和同事聊一些家长里短，把派出所领导、民警、雇员的家庭成员了解得底儿透，谁家有个风吹草动，她都能迅速掌握，所里青年的恋爱动态，她都能做到快速地大面积传播。

还好这段视频没有出现在工作大群里。过了半个小时，教导员刘峰打来电话：“小萧啊，没事吧！年轻人感情受到点挫折不要紧，把精力投入到工作中就好了，要不要到楼上来加个班平复一下？”

萧然以陪同李建胜审讯涉毒人员，侦破藏尸案为由婉言谢绝了教导员的好意。正当萧然走到楼下，准备出门的时候，遇到了去分局开会的教导员，萧然走回了办案区。

“既然没走，坐下来听听嫌疑人说什么！”李建胜说。

“不是已经讯问过了吗？”萧然说。

“之前问的是和毒品有关，现在问的是和煤气罐有关。”李建胜说。

“你分得挺清楚。”萧然说。

两名涉毒嫌疑人，男的叫李敖兵，女的叫谭葵花。最初，两人只承认自己吸毒，但是面对房间内搜出的 300 克冰毒，两人沉默良久。

以贩养吸，这是李建胜得出的结论。嫌疑人没有开口，李建胜没有证据，只能认定非法持有毒品。

先审讯谭葵花。

李建胜问："你们什么时候住进502房的？"

谭葵花说："大概三个月前。"

李建胜问："谁允许你们住进去的？"

谭葵花说："是李敖兵的朋友。"

再讯问李敖兵。

李建胜问："谁允许你们住进502房的？"

"李秋蝉，我的朋友。"

"她在哪里？"

"我也不知道，我有一个月没有见到她了，手机都关机了！"

萧然打开公安网，在系统检索李秋蝉，发现此人是一名年龄35岁的女子，萧然打开照片，让李敖兵指认，李敖兵确认照片中的女子就是他的朋友。

系统显示，李秋蝉因为组织卖淫，已经被荔城市天螺分局刑事拘留，现羁押在天螺区看守所。

"李敖兵,你知道从502房挖出的三个煤气罐里面藏的是什么吗？"

"不会是尸体吧！"

"你什么都知道啊？"

"我不知道！我不知道！警察同志，我是猜的，你们不能冤枉好人。"

"那你要说清楚，你究竟为什么住在502？"

"就是为了躲避公安机关。实话跟你们说吧，你们对出租屋管得太严，我们又是严管对象，没有地方住，只好壮着胆子住在南国新苑，每天提心吊胆的。"

"这些冰毒哪里来的？"

"买的。"

“哪里来的钱？”

“靠倒卖冰毒赚差价。警察同志，我手机里有上家联系人，我可以争取立功，帮你们打击一大片吸贩毒人员。”

吃过午饭，李建胜拍着萧然的肩膀，说：“刚才邢关大队长让我们去天螺区看守所提审李秋蝉，你昨晚值班，正好我也没有睡觉，咱们凑对去一趟吧！”

萧然大吃一惊，说：“干活不要命啊？”

李建胜说：“人命关天，又是三条人命，辛苦一下！”

萧然无可反驳，吃过午饭，两人躺在床上午休息了一会，2 时许，他们去了天螺。

天螺和岭南同属于市中心区，新的写字楼、金融大厦、科技大厦林立于天螺，在天螺山南侧，有一片平地，南望大海，那就是最为耀眼的中心区了。在天螺山北麓，经过曲折弯绕的山路，驱车四十分钟，来到一处开阔的山地，可见威严肃穆的天螺区看守所。这处静谧的看守所，怀抱山色，风景秀丽，被称为南海市最美的看守所，相传曾是国民党羁押战犯的地方。改革开放后，天螺区看守所被用作荔城市看守所，因为空间太小，容积有限，市看守所另行选址，将其留给了天螺公安分局使用。

天螺区看守所很爱惜自己的名誉，因为经常有上级机关视察，同级部门来参观，天螺区看守所把院墙粉饰一新，道路铺排整洁干净，引进了许多奇花异草，仿照苏州园林建设了回廊凉亭，小径曲折，闹中取静，就连嫌疑人的伙食也是好出许多。

正是因为天螺区看守所良好的环境，吸引了大量犯罪人员来到天螺。在荔城市的职业犯罪人员口中流传着这样一句话：“宁坐天螺的牢，不吃岭南的饭。”形容天螺区看守所的环境幽雅，伙食好。涌进荔城市的犯罪人员，多选择在天螺区作案，为不使自己被关进其他看守所，犯罪人员将天螺区辖区界限摸得底儿透，时常和办案民警就某天桥的辖区归属争论不休。

天螺分局主管刑侦的副局长通常是市局知名的大能人。这里是最发达的经济地带，也是犯罪的热土，这里案件高发，也容易破案。能力强的副局长上任，可以连破大案，考核冠绝全市，能力弱的副局长上任，用不了半年，头发就能掉一半。

萧然二人提审了李秋蝉。和照片中的一样，李秋蝉的脸看着有些蜡黄，长脸，脸上零星地布着几个痘印。

萧然问："李秋蝉，南国新苑的房子，你是如何住进去的？"

李秋蝉说："是我偷偷住进去的，我看这处房子保存得比较好，就收拾了一下。"

萧然问："楼梯的护栏是谁建的？"

李秋蝉说："我不知道，我住进去的时候就有。"

萧然问："你什么时候住进去的？"

李秋蝉说："半年前，我买了把新锁就住进去了。"

萧然问："正弘地产的工作人员没有发现你吗？"

李秋蝉说："发现了，有个姓郝的小伙子发现了，要赶我出去。我说我没有住的地方，我每月给你三百块，你让我住吧。那个小伙子收了钱，就同意了。"

萧然和李建胜对望了一眼，感叹还有这种情况，萧然问："你为何把房子留给李敖兵住？"

李秋蝉说："这不找到工作了吗！我们来钱快，不差钱，我就换了地方住。后来想着这地方不能浪费，就把房子转租给了我的老乡李敖兵。"

萧然问："墙里的煤气罐是怎么回事？"

李秋蝉说："什么煤气罐，我没有见到过煤气罐，我每天都在外面蹭饭，吃饱了才回来。"

萧然问："你进入502的时候，这处房子是怎样的？"

李秋蝉说：“记不清楚了，和我走的时候，没什么变化。听说很早就没人住了，我进去的时候，里面一股霉味，我只换了卧室的被子，其他东西没动。”

提审完毕，两人向邢关汇报提审情况，然后在院子里呼了口气，离开了看守所。

第四章 初步调查

回到派出所，萧然下班了。上了 33 个小时，现在他可以心安理得地下班了。

到了租住的家里，萧然像烂泥一样，躺在沙发上。在沙发上趴了十分钟，他挣扎着脱掉外套，躺在床上。躺了半个小时，萧然睡不着，他想起张语溪，想起了煤气罐，又想起了可气的邢臻，昏昏沉沉躺到了晚上 8 时。萧然吃了晚餐，来到他常去的咖啡馆。

“哎哟，真是巧哦！”邢臻出现在了萧然对面。

萧然起身四下张望，又坐了下来：“你从哪里冒出来的？”

“刚下班啊！”

“世界这么大，为何总是遇见你？”

“不是刚刚好吗？”

“你应该找到属于你的癞蛤蟆，省得祸害社会优质青年！”看时间还早，等不来莫卿，萧然起身走了。

“萧然，你怎么走了？”

“回去睡觉！”

第二天，萧然被电话吵醒。

“萧然吗，我是邢关，带上警察证，在你们派出所门口等我！”

萧然穿上警服，闪电洗漱，奔向派出所。到了派出所，他四下张望，门口的一辆便车摇下车窗，副驾驶上一人戴着墨镜，对着萧然说：“上车！”萧然这才看清，戴眼镜的男子是邢关。

“邢大，你好，今天打扮得这么酷！”

“下回出来，没有特别通知，一律着便衣！”

“明白了！”

“出发！”

汽车驶离派出所，穿过四条街道，来到了市中心区。中心区的主干道叫南海大道，南海大道两侧矗立着数十座写字楼，几十家银行分行和证券分部设立在此，被誉为荔城市的金融中心区。相距中心区三公里远的是老城区，那里有步行街，繁华的商业带动着城市经济，美丽的街道、张扬的地标、时尚的姑娘让人流连忘返。

汽车停在了南海大道国标大厦楼下，刑警大队的两名同事韦安俊和肖金甲留在车里，邢关带着萧然上楼。国标大厦共有55层，一楼设有保安部，没有出入卡的人员需要本大厦的工作人员登记来访，才能进入大厦。

两人来到国标大厦15楼，萧然看到前台背景墙写着深然证券。

“我找你们陈总！”

“两位是哪个部门的，有没有预约？”

“我们是岭南分局刑警大队的，没有预约。”

“请稍等！”

前台拨了一个电话，将两人引到一处办公室，萧然看到这个办公室牌子上写着：副总经理。

“两位警官，你们好，欢迎来到深然证券，我是期货部陈正龙！”一位西装革履的中年人走上前来，与邢关和萧然握手，“不知道两位警官怎么称呼？”

“邢关，这位是萧然！”

“我和你们黄局都是老朋友了，和你们市局的赵局也很熟，不知道有什么可以帮到你们的？”

这是萧然第一次见到陈正龙，他看上去彬彬有礼，黑色的西装纤尘不染，面部光洁，额头没有白发，就像是杂志上的中年男子。

邢关双手交叉，说：“是这样，南国新苑发生了一宗案件，想找陈总了解一些情况！”

“了解什么情况？”

一名负责勤务工作的年轻女子进来倒茶，邢关打住了，直到女子离开，邢关才开始说话：“请问南国新苑 27 栋一单元 502 房是何时购买的？”

陈正龙愣了一下，似在回想，半晌说：“这个啊，我可记不得，房子是我父亲买的，我也没看房产证登记时间，再说了，这处房子早在十年前就卖了！”陈正龙的声音十分温和，举止间透着自信，“你们可以去房产登记部门查询房产变更登记！”

邢关问：“这处房产，你们是自住还是出租？”

“出租，一直出租，27 栋的风水不是很好！”

“还记得租给谁吗？”

“都是我父亲出租，我不过问具体事务。”

“令尊现在荔城吗？”

“很遗憾，他老人家三年前过世了。”

“不好意思，没有掌握这个情况。”

这时，邢关收到分局副局长黄敬东的微信：“怎么去了深然证券？和陈正龙有什么关系？”

邢关起身：“那就这样吧，谢谢陈总的配合！”

“警民一家嘛！需要配合，随时来办公室找我。”

邢关和萧然走到电梯口，萧然说：“这个陈总挺有修养的，说话文质彬彬！”

邢关没有接话，手机微信又响了，是市局赵副局长的信息：“见陈正龙了？还穿着警服，是有公事吗？”

邢关叹了口气，下了电梯。

按照萧然的理解，提审了李秋蝉，就可以找正弘地产，通过正弘地产查找502业主及其联系方式。但是邢关的思维比较跳跃，他认为，荔城市的地产换手率高，受害人可能死于十年之前，通过现在的住户查找当时的住户，事倍功半，不如直接联系十年前的业主。

邢关通过房产登记部门查到，502房几经易手。十年之前，这处房子一直登记在陈正龙的父亲陈理铭的名下。陈理铭，香港人，邢关拨打他的电话，是一位王姓女子接听，女子表示与陈理铭没有任何关系。邢关通过外事科联系香港警察，得知陈理铭的儿子在荔城，就找了过来。也许是香港警官通报信息不全，邢关并不知道陈理铭已经去世。

走访陈正龙，线索没有得到，反倒收到了领导的“关心”。

吃了午饭，邢关组织民警对南苑新城住户进行走访。

出于工作习惯，李建胜和萧然一组，刑警大队韦安俊和肖金甲一组。

走访主要围绕27栋北侧三栋，两组民警划分了走访区域，开始分头行动。

李建胜和萧然走访的是24栋，根据社区民警宋红旗提供的信息，24栋还有一户在住，剩余的业主全部搬走了。李建胜敲了门，房里久久没应，两人以为家中无人，将要离开，房门吱的一声开了。

“你们找谁？”房内探出一个头，萧然一眼就认出此人，他就是经常来派出所报警，自称住宅被屡屡侵犯的霍白笑。

“我们是派出所的，想找霍先生了解一点情况。”

“原来是萧警官，还以为是拆迁公司的，我心说拆迁的黑社会知道敲门了！”

两人好言好语与霍白笑说话，生怕惹了他。“霍先生家里收拾得很整洁啊，花草真漂亮！”萧然挑些高兴地说：“看得出霍先生是个有品位的人！”

霍白笑似乎不吃这一套，翻着白眼说：“再有品位有什么用，不知道哪天不留神，家就被人家推倒了！”

萧然说：“这些拆迁人员真是可恨，让我抓住，绝不轻饶！”

霍白笑觉得心里舒坦点，问：“你们找我什么事？”

萧然说：“是这样的，我们是在侦办一宗案件，想问你几个问题。你是否记得十年前，27 栋一单元 502 房住着什么人？”

“十年前？十年前我还没有住进南国新苑，这栋房子是我在八年前买的。”

“八年前，那你记得对面的 502 房住着什么人吗？”

“从我住进南国新苑，27 栋就没有人住，只偶尔有几个胆大的流浪汉到里面躲风避雨。”

两人从霍白笑家中出来，暗中合计：如果八年前，27 栋就不再住人，说明煤气罐至少有八年之久。

没有得到可用的线索，两人很失望。他们来到 25 栋，看到 25 栋下面有个小卖部，小卖部的主人是一位年过八十的老太太，因门窗小，室内昏暗，两人觉得有点不自在。

“想买点什么？”老太太说。

“我们不买什么。”李建胜说。

“买两瓶水，一包烟！”萧然打断李建胜。老太太给萧然取货，萧然付钱，萧然把烟和水递给李建胜，自己拧开水瓶，喝了一口，“阿婆，您在这里住多久了？”

老太太望着萧然，说：“你问我住多久了？三十年了，从小区建好，我就住这里了，舍不得搬走！”

萧然暗喜，心说终于遇到老住户了，他忍不住问：“那您知道十年前，27 栋一单元 502 住过什么人吗？”

老太太说："十年前，十年前你问鬼去吧，27 栋有鬼，鬼或许记得！"萧然和李建胜面面相觑，老太太说，"27 栋死了多少人，我已经不记得了，那是一座凶宅！有被杀的，有自杀的，有被发现的，还有没被发现的。"

萧然不禁打了一个冷战，炙热的太阳没有让人感到一丝温暖。

老太太看着两人："前天晚上，你们在前面带走了三个煤气罐？"萧然和李建胜点头，老太太收起表情，说，"十三年前，27 栋住着一位煤气站长。"

"煤气站长？"萧然一惊，问，"这人现在哪里？叫什么？"

"人在哪里，我不知道。叫什么，我也不知道，我只知道他姓王，老婆跳楼死的！死的时候，我正好买菜路过，惨啊！"

萧然意识到这是一个重大线索，问："这个煤气站在哪里？"

"煤气站？"老太太回过头，整理货架，说，"煤气站早关了，现在统一供应燃气，哪里还有煤气站。"

"那您知道煤气罐里面装的谁吗？"

老太太回过头，盯着萧然："小伙子，我要是什么都知道，我还能活下来吗？"萧然又打了个冷战，老太太说，"不过话说回来，我活了一把年纪，什么都不怕了！"

萧然隐隐感觉眼前的这位老太太是知情的，但是又不知道如何能让老太太开口，正想办法时，老太太自己说话了："年轻人，回去吧，该说的我都说了，剩下的你们自己想办法，别为难我老人家！"

萧然和李建胜从小卖部里出来，回到了车里，将情况说给邢关，邢关吃了一惊，说："这位老太太一定知道案件情况。"他跑到 25 栋楼下，看到小卖部的门已经从外面上锁，几人在小区附近寻找，不见老太太。

"宋哥，我是萧然。"萧然给宋红旗打电话，"25 栋 1 楼小卖部的老太太叫什么？"

“叫张彩霞，怎么了？”

“她可能是煤气罐藏尸案的知情人，现在人不见了，门也锁了。”

“张彩霞和拆迁公司早已经签了拆迁合同，只是念旧，才没有搬迁。我只知道她在 25 栋的住址，不清楚张彩霞儿女的住址。”

萧然挂掉电话，邢关让人在公安系统后台查询张彩霞儿女信息，查到儿女都不在荔城居住。邢关叹了口气，说：“看来这位张彩霞确实是知情人，她本该搬离，却一直没走，是有意指引我们。”

张彩霞老太太虽然向公安机关提供了重要线索，但是找到这位姓王的煤气站长谈何容易。曾在 27 栋住的都是租户，没有住宿登记，如何才能找到知情人，获取王姓煤气站长的住宿信息？

李建胜出了个主意，通过房地产登记部门，查询 27 栋所有房产变更信息，找到十年前的业主，再通过业主找租户，向租户打听 502 房的情况。

邢关听了，摇头说：“这个工作量太大了。信息提取不难，难的是联系业主。只有业主名字，没有业主电话怎么办？即便找到了电话，业主不在荔城怎么办？业主凑巧在荔城，但不记得租户怎么办？记得租户的，租户大概率在外地老家，到了老家发现人死了或者不记得当时情况，又怎么办？到头来，白忙一场！”

几个人摇头，问：“那该怎么办？”

邢关说：“怎么办？查失踪记录。”

专案小组回到派出所，直奔档案室，档案民警查阅派出所受理的报警材料，没有查到对应时间段的报警记录。

邢关在档案室门口踱步，口中嘀咕：“没有道理啊，怎么会没有报警记录，失踪那么久，没有人报警吗？”

档案员说：“没有三个人一起失踪的。”

邢关仍不甘心，说：“你把二十年内前进派出所接警的所有失踪人员名单打印出来。”打印机嗡嗡作响，档案员将名单交给邢关，邢关盯着失踪人员名单，眉头不展。

煤气罐被发现的第三天，DNA 报告出来，与全国失踪人口库碰撞后，没有比中结果。

接到这个消息，邢关非常失望，郑礼贤给邢关打电话，安慰邢关：“师父，别上火，无头无尾的陈年旧案，肯定难破，你破不了，别人更破不了！”

哪知道一向温和的邢关破口大骂：“还有我破不了的案件吗？别人是别人，我是我！”

郑礼贤继续安慰：“DNA 没有比中结果也很正常，再找找线索，往全国发协作请求，既然动静小了查不出来，就往动静大了整！”

邢关叹气：“发协作也要等尸检结果，一个尸检结果至少一个月呢！”

郑礼贤说：“为什么市局一直压着这事，不让新闻报道？要是上了新闻，哪能等一个月，三天破不了案，局长就急了。”

自从南国新苑出了煤气罐藏尸案，萧然就没有安稳睡过，经常被邢关的电话吵醒。他也渐渐明白过来，所谓派出所精干警力，不过是因为自己单身，没有女朋友缠身。说起来，萧然很敬佩邢关，所有这些侦查要点，都是邢关制定的，可是现在线索寥寥，萧然对破这个案件并没有信心。

案件发生一周后，邢关的电话渐渐少了起来，本以为要大忙一阵，却发现又回到了值班岗位上。看来邢大队长的三板斧用得差不多了，萧然忍不住摇头，这宗案件走到了尽头。

第五章 偶遇校友

一个阴雨连绵的日子，正在值班的萧然接到一宗抢夺警情：11时许，两名男子驾驶一辆摩托车，将一名男子手中的文件包抢走，内有重要文件资料。

虽然没有重大财物损失，但警情性质恶劣，郑礼贤指示：马上抓获嫌疑人。萧然第一时间调取了监控，看到两名嫌疑人年约二十，长发，穿白色衬衣，身形消瘦，驾驶一辆蓝色摩托车，沿着解放路由东往西行驶，行驶到建设路口，坐在摩托车后座的男子将正在步行的一名男子手中的蓝色文件包抢走，作案摩托车途经前进派出所和南海大道，连闯两次红灯，最后消失在了团结大道。

“警官，帮帮我，文件包中的材料特别重要，请务必帮我找到！”

出警民警将报案人带到派出所，萧然回头，见报案人十分眼熟，惊道：“钟明礼师兄！”

“萧然！早就听说你在派出所工作，今天见到你了，你可要帮我！”

“明礼哥，你放心，我一定找回你的文件包！”

“太好了，遇到你我就放心了。”

“你到办公室坐一会吧！”

“不了，我陪你看看监控，心里踏实！”

钟明礼是萧然的大学师兄，比萧然高两级，萧然学的是法律，钟明礼学的是金融。两人同在系学生会，彼此打过交道。

“视频追到了团结大道。”萧然打开地图，自言自语，“团结大道前一百米是致富村，再往前走一百米有个四岔路口，路口有监控，如果嫌疑人没有通过四岔路口，就会拐进致富村。”萧然仔细观察监控，看了半个小时，没有在监控中看到摩托车，拍了下手，“去致富村！”

萧然留钟明礼在派出所等候，自己和李建胜去了致富村。致富村是荔城市的一个本地村，荔城发展时，将致富村进行了集体安置，因租金便宜，村子聚集大量流动人口，住了一万多人，楼房密集错落。

萧然本想去村委看监控，走了几步，发现村子里监控条件极差，只有稀疏的几处监控。萧然非常失望，正懊恼时，看到村子里到处摆放着摩托车和电动自行车，心中又燃起了希望。萧然和李建胜在村子里走了十分钟，见一辆摩托车盖着雨布，就用手机中拍摄的监控画面进行比对，越比越像，两人悄然退了出来。

这是一栋五层高的小楼，编号 35 栋，楼下院内院外停着几辆电动自行车和摩托车，疑似作案用的摩托车就停放在小楼下的院子里。一楼共有两户，101 住的是一户人家，102 住的是送外卖的小伙子。萧然站在外面往里面张望，见 102 房有七八人之多，怀疑嫌疑人住 102 房。为不打草惊蛇，萧然让李建胜在一楼守着，自己上楼摸排，他走到楼上，挨个房子查看，见有的房子门外锁着门，有的里面坐着孩子，没有可疑人员。他走到五楼，见楼顶天台入口上着锁，放下心来，回到楼下，退到远处，对李建胜说：“只有 102 房最可疑了，我们直接进去搜查吧！”

李建胜说：“不能进。如果嫌疑人出去了，不是又打草惊蛇了？”

萧然恍然，这个时候，一名男子光着膀子走进了旁边的小店，买了包烟，走了出去。萧然和李建胜见这人与视频中的嫌疑人相貌相似，只是这人没穿衣服，心中惊疑不定，便尾随那男子走到了35栋。

萧然给派出所前台打了个电话，呼叫支援，电话刚挂，那男子掀开雨布，骑上了摩托车。见人要走，萧然一个箭步，拔掉了男子摩托车钥匙。

“你他妈谁呀，敢拔我车钥匙！”男子喊道。

“警察！”

李建胜给男子戴上了手铐，问：“你同伙呢？”

“什么同伙？”

这时，四楼探出一个脑袋，萧然跑上四楼，见401房门紧锁，402房门开着，走进房里。房里有妇女和孩子，看见萧然，妇女大喊：“你是什么人？”

“警察！”

萧然走进卧室，拉开衣柜，将刚刚躲进柜子里的男子揪了出来。

“呀，二宝，你犯了啥事了！”

“我啥事没犯！”

萧然给男子戴上手铐，问：“东西呢？”

男子不敢说话，眼睛看向床头，萧然一眼就看到了那个蓝色的文件包。这时，胡连盛带着队员跑了上来，看见眼前的一幕，很满意，点着头，说：“不错，人赃并获，开始录像。”

萧然和李建胜抓获抢夺嫌疑人，胜利凯旋，所长郑礼贤在门口迎接：“跟着邢大队长学两天，是进步了很多，破案都快了！”

萧然挠头，不好意思地说：“可惜那个案子还没有眉目。”

“没关系，十几年的案子怎么可能这么容易就破了！”

萧然将文件包交给钟明礼，钟明礼检查包中文件，长出一口气：“一页都没少，萧然，谢谢你！”

“先别谢，我们做个笔录。”

“好！”

做完笔录，钟明礼说：“萧然，我们师兄弟多年没聚了，说什么也要坐一坐。”

萧然说：“明礼哥心意，我领了，只是还有两个嫌疑人要处理，我不能一走了之。”

钟明礼握着萧然的手，说：“不管多晚，我都等你，你记一下我的电话。”

到了晚上十点，萧然忙完，钟明礼果然打来电话：“兄弟，忙完了，哥带你出去放松放松！”

“我已经吃了晚饭，咱们可以找个安静的地方坐一会吧！”

“好的，地点你挑。”

萧然挂掉电话，邢臻走到了值班室：“萧然，今天有三位男士请我吃饭，被我拒绝了，你猜为什么？”

萧然说：“不会因为我吧？”

“猜对了。”

“可是我师兄刚约了我！”

“你怎么可以接受受害人的吃请，只有和我吃饭才名正言顺。”

“孤男寡女，怎么会名正言顺？”

“都是同事，彼此联络感情啊！”

“我们的感情已经很深，不需要再进一步联络了！”

邢臻怒火冲天，大喊：“萧然，你……”

过了十分钟，钟明礼驾驶一辆保时捷 911 来到派出所，萧然上了车，说：“明礼哥，会不会太张扬？”

“也不能太寒酸不是？”

“哎，等等我！”萧然刚关上车门，邢臻上了车，“李建胜来不了，我替他出席！”

钟明礼回头一笑：“警官，你好！”

“你好，我们去深夜咖啡屋！”邢臻咧着嘴对萧然，露出两排整齐的牙齿，“我知道你的心思，快出发吧，那个弹吉他的小姑娘已经开场了。”

“什么弹吉他的小姑娘？”

“深夜咖啡屋有位姑娘，不仅吉他弹得好，歌唱得也好，深深地迷住了我们这位铁脚然警官。”

“是吗？那可要去看看。”

找回了文件，钟明礼像换了一个人，整个人精神状态变了模样，他踩了一脚油门，车速瞬间提高到120加换算，只十秒的工夫，车就到了咖啡馆。

“看着很普通啊！”钟明礼回头说。

“店普通，但是人不普通。”邢臻打趣地说。

萧然忍不住瞪了邢臻一眼。咖啡馆门口比较宽敞，钟明礼找了一处地方停车，服务生将他们领到了正中央的座。

舞台上，莫卿浅唱着周杰伦的《简单爱》，舞台下，观众在安静地听着，没有一个人说话。莫卿一曲唱罢，又唱一曲，钟明礼示意：“这就是你们说的那角儿？”萧然不说话。邢臻用力点头：“怎么样，漂亮吧？”

“漂亮谈不上，倒是挺有气质的，不是我喜欢的那一款！”

饮料端了上来，大家喝了一口。萧然转向钟明礼：“明礼哥，你现在从事什么工作？”

“我做私募基金！”

萧然不知道私募基金是干什么的，正想如何接话，台下响起了热烈的掌声。莫卿唱完了一首歌。她起身捂住胸口，对台下鞠了个躬，走了下来，在左前方的一张桌子坐了下去。那张桌子坐着一男一女，萧然看到莫卿坐下后与二人有说有笑。

“桌上的另一个女孩子看着更漂亮哦！”邢臻说。

钟明礼也看了过去，见那女孩子生得清秀，拍着萧然手臂：“萧然，那个女孩子是谁？”

萧然看了过去，说：“我第一次见。”

钟明礼对萧然说：“有没有兴趣过去？”

“不合适吧？”

“有什么不合适的？”钟明礼起身，整理衣衫，走到莫卿所坐的桌子前，说，“几位，打扰了，可以在这里坐下吗？”桌上的三人吃了一惊，没有说话，钟明礼笑了笑，“如果没有拒绝，我就当是答应了！”

这时，莫卿旁边的女孩子拉着椅子走到钟明礼身边，说：“我和你挨着坐！”说完，坐在钟明礼身边，像是很熟一般。

莫卿横了女孩子一眼：“江雨，你在干什么？”转头看向钟明礼，“这位先生，真是不好意思，我妹妹不懂礼貌！”

钟明礼也吃了一惊，挥手说：“不要紧！刚才我听姑娘在唱歌，宛若北极天籁，忍不住凑了过来，希望能和大家做个朋友。大家好，我叫钟明礼，钟表的钟，明天的明，礼貌的礼，现在是一家基金公司经理。”

莫卿将要说话，江雨握住钟明礼的手：“我叫江雨，大江的江，下大雨的雨！”钟明礼没有想到女孩如此主动，心说天赐良缘，正想要联系方式，江雨说，“我们可以先加个微信！”钟明礼乐开了花，拿出手机，说，“我扫你！”加完微信，江雨拉着钟明礼，说，“我想去海岸城看夜景！”

钟明礼高兴地说：“我带你去！”

两人起身，莫卿站起来，说：“江雨，你太任性了！”

江雨说：“莫卿姐，他都不担心，你担心什么，再说这位钟帅哥看着也不是坏人！”

旁边的男子站了起来，说：“江雨，坐下来，有话慢慢说！”

江雨不理会那男子，走到了钟明礼前面，男子上前一步，拉住江雨，钟明礼说：“嘿，兄台，人家不想待在这里，你拉住人家干吗？”

男子说：“兄弟，她在和我怄气，你不要介意！”

钟明礼说：“既然是怄气，我带她出去散散心，不是很好？”

萧然走上来，说：“师兄，你这是干什么？”

钟明礼说：“这位姑娘想让我带她去海岸城，这位兄台不肯。”

莫卿说：“萧然，你认识他？”

萧然说：“他是我师兄！”

江雨见几人扯来扯去，急了：“这位钟先生，我们还走不走？”

“走！”

两人说着，离开了咖啡屋。钟明礼回头：“萧然，照顾好自己，咱们改天聚。”

邢臻吃惊地望着萧然：“这就走了，还好不是高档消费，要不就把你给坑了！”

萧然笑着说：“喝杯咖啡，坑不了！”

莫卿对萧然说：“萧然，过来这边坐吧！”

萧然正想接近莫卿，邢臻扯住萧然手臂，对莫卿说：“我们小两口过会二人世界！”

萧然吃惊，瞪了邢臻一眼：“谁和你小两口？”

邢臻本来是借口远离莫卿，见萧然如此反应，急了：“萧然，你以为我找不到男朋友吗？”

萧然也觉得自己言语不当，说：“我不是这个意思。”

邢臻怒火中烧，指着萧然，说：“你给我等着！”说完，离开了咖啡屋。

莫卿说：“不好意思，惊走了你温柔的女朋友。”

萧然淡然一笑，说：“我同事，不是女朋友。”

莫卿说：“可我看她很喜欢你！”

“喜欢我的人多啦！”萧然坐了下来，莫卿向萧然介绍，坐在萧然对面的男子名叫王玉童，是莫卿和江雨的朋友。王玉童看着比萧然和莫卿大几岁，生得白净，坐在近处，头发根根可见。

“你那朋友是什么来路？”王玉童忍不住问。

“我大学师兄，做基金的，从前联系得不多，今天刚见到。”

“不行，我不放心！”说完起身，走了出去。

见王玉童走远，萧然说：“江雨是王玉童的女朋友啊？”

“江雨喜欢王玉童，但是王玉童似乎不喜欢江雨。”

“因为王玉童喜欢你！”

莫卿愣了一下，笑了，说：“观察得真仔细！我和江雨是同乡，读书的时候，家里穷，王玉童资助过我们，后来我们一起来到荔城读大学。有一天，江雨对我说，她喜欢王玉童。我一直把江雨当作妹妹，从此，我就刻意保持与王玉童的距离，希望能成全他们。”

“由于距离的原因，王玉童反倒更加喜欢你！”

莫卿眼睛直直看着萧然，说：“你真是懂人！”

第三天，萧然到派出所正常上班，赵建军跑过来告诉萧然：“你那美丽可人的同事邢臻警官刚刚收到了一束鲜花！”

萧然说：“也是你的同事！”

“你不过去看看？”

萧然起身，说：“什么看看，要表示祝贺！”

“就在派出所院子里。”萧然离开值班室，走到派出所大院，见邢臻捧着一束鲜花，问：“不年不节的，哪位同志来表的忠心？”

“你甭打听，你不认识！”邢臻说。

这时，一人穿着警服，开着便车，进了派出所。驾驶座上的男子摘下墨镜，从驾驶座下来，打开副驾驶的门，捧着一束玫瑰，送给邢臻：“邢臻姑娘，你是我最喜欢的人，今天我来表达爱意，希望你能给我一个机会！”

邢臻往派出所方向扭着脖子，说：“我手里拿不下，放里面去吧！”

小伙应了声哎，小跑进了派出所。人还没出来，又有一名小伙开着豪车进了院子，捧着一束鲜花来到邢臻面前，说：“邢臻，我喜欢你好久了！”

小伙话音未落，萧然哈哈大笑：“邢臻，你在哪里找来的托？”

小伙一愣，说：“什么托，我是真心喜欢她！”

萧然说：“今天你是第三个来送花的！”

小伙说：“邢臻，怎么会有这么多人来送花？”

邢臻瞪了萧然一眼，说：“这些人不是托，都是真心喜欢我的，我就是让你看看，有多少人喜欢我！”

萧然拱手对邢臻说：“女侠果然豪杰，在下佩服！”转身回了值班室，搬了一副桌椅，放在门口，对进门送花的小伙子说，“我做了一个签到表格，凡是送花的都来签到！”

院中送花的两人撞到了一起，颇为尴尬，上车离开了派出所。

说着话，又有人开车进了派出所。“哟，又来送花的了！”萧然站了起来。仔细一看，是邢关，惊得不敢说话。

邢关停好车，走了过来，问：“你们这是干什么？”

萧然说：“有几个邢臻的追求者来送花，我搞个登记，省得漏了！”

邢关看到派出所门窗贴满了围观的人脸，气着说：“胡闹，赶快收起来。”萧然吓得赶紧把桌子搬进了办公室，回到办公楼门口，看到邢关正在数落邢臻，后面有几个正在进院的送花男子，都被邢关呵斥走了。

萧然暗自点头，说：“大队长就是大队长，骂人就是有气势。”

赵建军说：“那当然有气势啦，老子骂女儿，没点气势怎么行。”

萧然一惊，说：“邢臻是邢大的女儿？”

赵建军说：“可不？你没发现都姓邢啊！”萧然沉默，赵建军嘿嘿一笑，说，“是不是隐隐地感到一丝不妙？”萧然感慨，说：“十分不妙！”

说着话，邢关走进派出所办公楼，对萧然说：“叫李建胜一起去会议室，我们开个专案会。”韦安俊和肖金甲从车里出来，进了办公楼。

第六章 一张照片

会议上，邢关发言："尸检结果已经出来，三名死者尸体全部腐烂，只有毛发和骨头保存下来，其中 1 号尸体和 2 号尸体死于钝器伤，3 号尸体没有发现钝器，疑似死于窒息。根据骨骼和毛发鉴定，死者均为女性，年龄 18 到 22 岁，死亡时间十年至十五年之间。同志们，距离发案已经过去了一个月，市局和分局领导连连催问，可我们连尸源都没有搞明白，任重道远啊！"

所长郑礼贤说："邢大，这死亡时间跨度也太大了，能不能给小点？"

邢关说："马国平说了，煤气罐空间封闭，无法准确估算时间。"

郑礼贤笑道："既然是估算，肯定不能准确了。"

邢关说："十年之前，三个女孩子被杀死在同一个房间。死者是什么人，凶手又是什么人？"

萧然说："十年之前，岭南还是工业区。"

邢关猛拍桌子，说："对，十年前，岭南还是工业区。在前进路，遍布着大小工厂，尤其是电子厂和服装厂最多。郑所，马上找一份十年前的地图给我！"

郑礼贤颇为为难，说：“我这里还真没有十年前的地图。萧然，你去内勤问问，看看有没有十年前的辖区地图。”

萧然起身，去了内勤，内勤民警姓黄，听说萧然找十年前的地图，头摇得像拨浪鼓：“哪有十年前的地图，没有，有也当垃圾扔了。”

萧然回到会议室，将情况告诉邢关，邢关的手指在桌子上波浪一样敲打，说：“赶快想办法找一份十年前的地图，最好是十五年前。”

郑礼贤笑着说：“十五年前，前进路派出所还没有成立。”

邢关叹了口气，说：“我还是回分局档案中心找找！”

邢关和刑警大队的民警走了以后，郑礼贤笑着对萧然说：“听说邢臻在楼下收到了很多花？”萧然说是，郑礼贤点头，说，“是你为她准备的惊喜吗？”萧然摇头，郑礼贤收住笑容，说，“还以为你请来的托，知道是别人送花，我就让门卫轰出去了。”

萧然辩解说：“郑所，我不会给邢臻送花的！”

郑礼贤眯着眼睛，说：“我懂，我懂，要保持姿态！看到了吧，你的对手很多，而且老丈人也不好对付。”

萧然吃惊地说：“什么老丈人？”

郑礼贤说：“别装啦，人家邢臻天天围着你，开始大家还以为她对谁都是这样，现在看来，她对你特别一点，虽然不是特别好，但终究也是特别！”

萧然连忙摆手，说：“郑所，不是你想的那样！”

郑礼贤踢了萧然一脚：“他妈的，得了便宜还卖乖是吧？”萧然下楼。

回到楼下，邢臻的鲜花档已经收摊，值班室里摆满了水果。

萧然拿起一颗洗好的车厘子，放在嘴里，说：“谁买的水果？”

赵建军说：“是邢臻，她把鲜花低价卖给了花店，买回了水果。”

萧然点头：“很勤俭！”

赵建军指着萧然：“不是哥说你，人家邢臻对你一片真心，你怎么看不出来？”

萧然摆手：“打住！”

“你……你活该单身！不，你活该打光棍！”

萧然坐在值班室，等着邢臻过来，结果到了午饭时间，邢臻也没有来。萧然到了食堂，见邢臻不在，有意找了一个没人坐的桌子，等着她过来。十分钟过去了，没有等来邢臻，等来了李建胜。李建胜盘子刚放下，就说：“今天过分了，怎么还整一个签到表放门口！”

萧然这才知道犯了众怒，说：“我做错了？”

李建胜压着声音说：“何止做错，大家都看出来了，邢臻气你是希望你能够注意到她。按说她做得不对，可你也不能摆张桌子在门口，成什么样子？”

这时，邢臻走进食堂，平常她看见萧然和李建胜，都会挥手，今天却装作没有看到。萧然背对着菜盘，等着邢臻打完菜走过来，但是她没有。平时的几十秒钟，此刻却像几个小时，萧然眼巴巴看着邢臻端着盘子，在电视的正前方坐了下去，正好背对着自己。

萧然说了声嘿，邢臻没有理会，李建胜大声喊了一声邢臻，邢臻回头看着萧然，说：“干吗！”萧然哑巴了，李建胜说：“萧然叫你坐过来。”

“不去，这个人太坏！”

萧然看邢臻真的生气了，只好吃了几口，离开了食堂。

吃过午饭，萧然想找邢臻单独说两句话，道个歉，但是却接到了邢关的电话。萧然心里咯噔一下，暗想，坏了，怕是邢大队长找自己麻烦来了，硬着头皮接了电话：“邢……邢大，你好！”

“说话怎么吞吞吐吐的，没吃饱饭吗？”

“没有，吃饱了，有啥指示？”

“老地图我已经找到了，你和李建胜来一趟分局刑警大队。”

“是！”

萧然长出一口气，准备找李建胜，出发前，想发个短信给邢臻，表达一下歉意，写道：“上午是我不对，向你道歉。”写完就发了过去。这时李建胜到了，两人上了车，萧然开车，刚刚启动，邢臻回了短信：“怎么道歉？”

萧然暗喜，心说邢臻挺好说话的，但他没有想好如何赔罪，就回：“你爸在刑警大队等我，回来细说。”等到了刑警大队，萧然打开手机，看到邢臻回了三个字“不要脸”，萧然暗自纳闷，就翻看了短信，发现自己情急之下，短信中的“你爸在刑警大队等我”少写了“你”字。

萧然和李建胜上了楼，来到大队长办公室，见到了邢关和韦安俊、肖金甲。

一张泛黄的旧地图铺在办公桌上，这是一张保存完好的地图，邢关拿着放大镜反复观看，口中说：“这荔城变化真是太大了，仅仅十年时间，地图上的房子甚至街道全部不见了。”邢关把放大镜扔在桌子上，说，“你们也看看。”

萧然上前，见地图上小区和街道名字清晰可见，不需要放大镜，就故意在离桌子很远的位置观察地图。

“萧然，你站这么远能看得见吗？”

“我视力好，能看得见！”

邢关点头，没有再说什么，萧然露出扬扬得意之色。

邢关说：“根据这幅地图，在南国新苑周边五公里范围内，有三十五家工厂，这三十五家工厂有二十五家不知所终，或注销，或前往外地，剩余的十家工厂迁往本市开发区。”

萧然问：“那该怎么办？”

邢关说：“一一走访，按照地图信息，对南国新苑周边的工厂，采用由近而远的方法，逐一排查。先找公司，再找原工厂的厂长或者老工人，询问十至十五年前有无三名女工人失踪。”

李建胜点头，说：“这个方法好！”

邢关说："既然你们没有意见，还是分成两组，萧然和李建胜一组，韦安俊和肖金甲一组。行动注意保密，因为凶手也许就在工厂里，当心惊走了凶犯。"

萧然和李建胜走访的是荔城润和科技有限公司，该公司的前身是三禾电子厂，现在主要从事手机配件研发，其公司生产玻璃屏幕，面向全球知名手机品牌，该产品已经成为公司产业支柱。

三禾电子厂原址坐落于正弘大厦，电子厂搬迁后，正弘集团建成了现在的正弘大厦。新建成的润和科技园位于荔城市经济开发区，该开发区为国家级经济开发区，聚集了十多家上市企业，大多是荔城市本地发展的民企。

因为润和科技是本地的名企，所以提起三禾电子厂，大家都知道它的地址。萧然和李建胜到达润和科技的时候，已经是下午 5 点。

"你们干吗的？"门卫拦住了萧然二人。

"警察，岭南分局前进派出所的。"萧然说。

门卫打量二人，说："请出示证件！"

萧然把警察证出示给门卫，门卫看了一眼证件上的照片，又将证件还给萧然，说："两位警官，请进吧！"

负责接待的前台通知了主管行政的副总经理高自来，副总经理将二人请进办公室，言辞热情，说岭南就是老家，没有想到娘家来人了。

萧然二人客套一番，言辞正传，表明来意。高自来说："创业的老爷子已经于去年过世，新的董事长五年前就任，因公司产业转型，公司搬迁之后，老员工大多辞退，招录的都是大学生和研究生，公司在职的没有工作十年以上的老员工。"

萧然和李建胜知道这是大海捞针，既然公司没有老员工，就从高自来的办公室走了出来。走到大门口，两人看门卫端坐在岗亭里，准备出去，门卫问："案子查得怎么样？"

萧然摇摇头，说："没有线索！"

门卫说：“别着急，一步步来！”

萧然微笑着和门卫挥手，和李建胜离开了润和科技。

回到派出所，萧然加了班，处理日常案件，回到家里，已经了凌晨1点。这个房子是他租的，一厅一室，房间并不大，住了一年。推开门，换了鞋，萧然看到门口的脚垫上有一个白色信封。

哪里来的信封？

萧然很奇怪，他拾起信封，看到信封上没有字，拆开信封，从信封里取出一张照片，照片很旧了，但是保存得却十分完好，上面是三个女孩的合影，她们穿的是2000年前后流行的背带裙子，背景是荔城的地标奔牛广场，青春葱茏，风华正茂。

萧然握着照片，双手有些发抖，难道这就是被杀的三个女孩？

萧然盯着照片，看了三分钟，然后翻看照片的背面，只见上面用钢笔写着：兰花、小雪、阿柔，四川省S县黄塘乡吼江村。书写端正，就像是打印出来的一样。

萧然当即给邢关打电话，邢关说：“马上把照片连同信封一并送过来，我们到分局碰头。”

“是。”萧然不敢怠慢，穿上鞋子，下楼拦了一辆车，去了分局。

邢关晚萧然十分钟到，他情绪非常激动，下车就说：“照片在哪里？”

萧然将装有照片的信封交给邢关，邢关接过信封，把照片抽了出来，来到办公楼大厅，借着灯光，看了个仔细，半晌之后，问：“知道是谁送来的照片吗？”

“不知道。”萧然说。

“明天查一下，看看谁送过来的，送信的人肯定是知情人。”

“是！”

次日，萧然带着视频员，调查监控。令萧然感到奇怪的是，没有找到送信人。

萧然住的楼梯房一共五层，在房子的楼梯入口，有一个模糊的监控，但想看楼道内的监控，却是没有。萧然非常懊恼，却无可奈何。这是一个老旧小区，每套房子属于不同的业主，业主将房子出租，等待旧改，不肯安装监控，而小区物业费较低，物业公司不肯花钱安装监控，致使小区入室盗窃案件频发，公安机关束手无策。

萧然看了一个上午的监控，没有看到陌生人进入小区，也没有看到谁手里拿着这个信封，心里生出一阵惧意。

下午，萧然接到钟明礼电话："萧然啊，晚上有个校友会，一起过来，都是我校的杰出校友，据说还有几个是公安的领导，介绍给你认识一下。"

"太忙了，没有时间过去。"

"再忙也要放松一下，再说认识一下领导，也是工作的一部分。我理解你们公安，你们比较忙，你就当工作的时候，顺便吃个饭，吃完饭再加班也不迟。好了，晚上六点半，粤海大酒店，不见不散！"

挂掉电话，萧然忙工作去了，到了下班时间，萧然想着被人盯上的出租屋，心里有些害怕，不敢回去，打车去了粤海大酒店。

钟明礼在粤海大酒店迎接每一位来宾，萧然下了出租车，钟明礼连忙迎了上来："来了就对了，肯定不会让你失望的！"萧然哈哈一笑，随钟明礼进了房间。

这次校友会就是钟明礼组织的，他包了一个大厅，大厅内有四张圆桌，已经上了七成座。萧然坐下之后，看到身边的一位女孩颇为眼熟，他立即在脑海中翻找，脱口说出女孩的名字："江雨！"

"真是好记性，萧警官！"

"你怎么在这里？难道你也是南海大学的校友？"

"当然了，不像吗？"

钟明礼介绍："萧然，真是巧了，江雨也是我们的校友！"

萧然这才想起来，那天在咖啡屋，钟明礼拉着江雨，一起离开了现场，也不知道两人发展得如何了。

“你们聊，我出去招待一下客人！”钟明礼拍着萧然的肩膀。

萧然正想找个话题，抬头看到莫卿，他颇为激动，站了起来。刚走进门的莫卿，正在观察场内情况，萧然猛地起身，恰好进入莫卿视线。莫卿尚未开口，萧然已经挥手：“莫卿，这边！”莫卿走了过去，说了一声好巧，看到了一旁的江雨，说：“你们两个怎么坐到了一起？”

萧然见莫卿误会，解释说：“碰巧，都是校友！”

莫卿释然，萧然拍拍右侧的凳子，说：“来，坐这里！”看到莫卿身后另有一人，似乎想要说话，目光转移，才看到王玉童站在莫卿身后。萧然高涨的情绪掉落了一半，莫卿走到江雨左侧，说：“我坐这里好了！”说罢，走了过去。

“莫卿，你也是南海大学的校友吗？哪一级的？什么专业的？”萧然忍不住问。

莫卿微微一笑：“我毕业于南海音乐学院，不是南大的校友，今天是跟随玉童出来蹭饭的。”

王玉童走到莫卿左侧坐了下来，萧然有些不自在，这时钟明礼引着一人来到房内，对大家说：“贵客来了！万局，里面请！”

萧然见进门的人颇为眼熟，只是叫不出名字，暗想此人应该就是钟明礼口中说的领导了。

钟明礼将客人迎到主桌，赔笑半晌，走回萧然这桌，说：“哟，挺热闹，这么一会，人就坐满了！萧然，替我招呼客人！”

萧然已经体会到场面的尴尬，却不想点破。

第七章 校友聚会

饭局终于开始了，钟明礼致辞发言：“感谢各位领导、老总、贤达，能够在百忙之中，抽出闲暇，参加本次校友会，鄙人感到十分荣幸。百年南大，孕育了无数英才，先辈披荆斩棘，创造了今日辉煌，也让我们有缘在此欢聚。首先，允许我向在座的诸位介绍今日特邀嘉宾，那就是明礼屡邀不到、一心为民、屡破大案的全国公安英模万振奇副局长。”台下鼓掌，钟明礼继续说，“万振奇副局长是天螺分局主管刑侦的副局长，是我们校友的楷模，也是荔城知名人物。一次偶然的相聚，通过朋友介绍，得知万局是我们法律系的校友。几日前，明礼冒昧地来到万局的办公室，邀请了万局，本做好了三次造访的准备，没有想到万局听说明礼组织校友聚会，非常高兴，当即拍桌子，表示一定到场。”大家哈哈大笑，钟明礼说，“等会大家可要好好亲近亲近万局。”众人又哈哈大笑。

一番讲话之后，大家不免推杯换盏，不管是经商的还是从政的，全都围在万振奇周围。万振奇口才极好，身边不时传来哄笑和掌声。

钟明礼走到萧然身边，说：“萧然，向万局敬一杯酒！”

萧然说：“算了，这么多人，他也未必记得住我！”

“先混个脸熟，毕竟都在一个系统！”

“等人少的时候，再过去吧！”

这个时候，江雨起来，走到钟明礼身边，抱住钟明礼的胳膊，说：“一起坐下来吃点嘛！”钟明礼笑着说：“好，那就坐下来吃一点。”钟明礼坐在萧然右侧，江雨拖来凳子，在钟明礼右侧坐了下来。

王玉童说：“没有想到钟先生是南大的校友！”

钟明礼说：“我也没有想到王先生是南大的校友！”

王玉童问：“钟先生是哪一级的校友，又是哪个系的？”

钟明礼说：“我是 2003 级金融学专业的。”

王玉童问：“2003 级金融有个师弟，名叫杜百涛，你认识吗？”

钟明礼说：“就是天天弹着吉他，在天桥卖唱的那个吧，我已经很久没有见到他了，天桥的风太大！”说罢，摇了摇头。

江雨给钟明礼夹了一个生煎包，钟明礼吃了一口，王玉童说：“江雨是四川人，喜欢吃辣，你吃得了辣椒吗？”

钟明礼愣住了，将生煎包放下，对萧然说：“萧然，将那盆剁椒鱼头端过来。”

萧然说：“师兄，这不合适吧！”

“有什么不合适的？你只管端过来！”

萧然将剁椒鱼头转到钟明礼身边，钟明礼伸筷子去夹菜，江雨突然拽住钟明礼的手，说：“你是福建人，吃不了辣椒。”

钟明礼转头看着江雨，说：“为了你，我愿意吃辣椒！”说完，横了一眼王玉童。

江雨说：“不，你这样会烧坏胃的！”

钟明礼说：“就算住进医院，我也甘心！”

江雨抱住钟明礼，说：“你的心意我知道了，但你不用吃辣椒！”

王玉童冷笑一声：“想和江雨在一起，不吃辣椒可不行！”

莫卿扯了一下王玉童的衣袖，但是王玉童并不理会。王玉童看着钟明礼，钟明礼吃一块夹一块，虽然室内空调凉风习习，但不多时，脸上就冒出豆大的汗珠。

“不要吃了！”江雨哭着说。

莫卿也站了起来，说：“钟明礼，你不要吃了。”

钟明礼依然如故，盘子里的菜少了大半。

“别光顾着吃肉，还有剁椒呢，剁椒不单是作料，也是可以下饭的！”

莫卿指着王玉童，大喊：“王玉童，你什么意思，这么逼人家，有意思吗？”大家听到莫卿大声说话，都看了过来，王玉童面色不改，说：“他要追江雨，就要敢吃辣椒！”

莫卿说：“你还是放不下江雨！”

王玉童说：“没错，我就是放不下！”

莫卿气得指着王玉童，突然喘不上气，手转而捂着胸口，萧然看到情况不对，问：“莫卿，你怎么了？”

“快送她去医院！”江雨大喊，“莫卿哮喘病犯了。”

万振奇说：“大家别围得太近，病人会缺氧。”众人听了，连忙退到远处。“明礼，快打120。”

钟明礼拨打了急救电话，好在人民医院就在附近，不到五分钟，急救车就到了酒店楼下。王玉童和江雨陪同莫卿去了医院，众人觉得饭吃到这个局面，再吃下去就不合时宜了，纷纷向钟明礼告辞。见众人离开，萧然问：“明礼哥，你这肚子要紧不？要不要给你也叫一辆急救车？”

“没事，虽然辣点，但是没问题。我觉得辣椒挺好吃的，下回我要专门找个湘菜馆尝尝！”

“你不是烧坏了吧，怎么吃顿剁椒鱼头，就爱上了辣椒？”

“不是爱上了辣椒，是爱上了吃辣椒的姑娘，嘿嘿！”

这时，一名男子走进包房，问：“哪位是萧然？”

萧然回头，见不认识此人，问：“你是谁？”

“万局在车里等您，想和您聊一聊！”

钟明礼拍着萧然的肩膀，说：“怎么样，我说得没错吧，只要来参加聚会就有机会。依我看，万局看上你了，要把你调到天螺。”

萧然将信将疑，心想自己并没有和万振奇说话，难道是万振奇通过刚才的事，发现自己沉着冷静，具有办大事的特质？很快，他否定了这个想法，也许是万振奇在意校友情，提携一下本校的师弟。如此走了几步，萧然开始考虑自己是否要去天螺分局，如果去了，将会被安排什么岗位？

萧然随司机来到酒店地下停车场，走到一僻静角落处。

“请吧，万局在车里！”

萧然拉开车门，见万振奇果然坐在车里，说了一声：“万局好！”

“萧然啊，进来吧！”萧然坐进车里，万振奇说，“明礼告诉我，说你在前进派出所工作，是这样吗？”萧然说是，万振奇说，“说起来，我也曾在前进派出所工作过，不过那都是十几年前了。”

“真巧！”萧然说，“2002 年，岭南分局重新划分辖区，不知道万局在哪个派出所工作？”

万振奇说：“我在新苑派出所。”

萧然吃惊地问：“是不是在南国新苑附近？”

万振奇说：“光听名字，你就知道派出所的位置了。当时派出所办公大院在南国新苑东一公里，现在是岭南分局的技术中队。”

萧然问：“那您知道南国新苑的煤气罐藏尸案吗？”

万振奇说：“今天我就是想找你说这件事的！”

“万局请讲！”

“我是 1994 年 9 月参加工作。1999 年 8 月的一天，我在新苑派出所值班，早上 9 点，接到三禾电子厂工人报警，说工厂的一名女工失踪了。我问报警人，失踪的女子多久没有上班了，工人说一天了。

我联系厂里的保卫部门，保卫科的工作人员说这个女孩因为谈恋爱，经常旷工。我没当回事，劝报警人回厂里等一等，结果三天后，工厂保卫科的来报警，说厂里的三个女工失踪了。我以为是乡下的姑娘进城，贪玩，跑哪儿玩去了，还是没当回事。结果又过了三天，三名女工还是没有回去，我就觉得有点不对劲了。保卫科通知了家属，家属坐火车，从老家赶到荔城，来派出所哭闹，说要找孩子，惊动了当时的市局局长，指示派出所全力查找。所长发动每一名民警，询问厂里的每一名工人，都说没看见，我们就觉得有问题了。”

萧然意识到，这是一个重大线索，追问万振奇：“三名女子的身份有吗？”

万振奇说：“有，不过材料要去市档案馆才能找到，这些时间较久的档案被送到了档案馆保管存放，你可以去复印。”

萧然问：“事情后来如何，有无走访关系人？”

万振奇说：“走访了。最先失踪的女子名叫兰花，她男朋友名叫陈正龙。”

“陈正龙？”

“不错，就是深然证券的陈正龙。”

“陈正龙是南国新苑藏尸案案发地房东的儿子。”

“是，当时的房子并不是陈正龙住，而是租了出去。”

“租给了谁？”

“一个姓王的男子，名叫王大军。陈正龙说，兰花和他约会分开以后，他喝多了，是王大军送她回厂里的。”

“王大军？”

“对，这个事情我印象很深，所以名字记得很清楚。”

“王大军现在哪里？”

“这就不知道了，我记得他是煤气站的站长。”

“你们有没有找过王大军？”

“找过，还到他家里搜过，但是没有找到死者。”

“难道就这样放过他了？”

“当然没有，刑警大队化装成收废品的，在他家门口蹲守了一个月，始终没有发现线索。半年后，王大军搬走了，这个事情就成了无头案，活不见人，死不见尸。”

“另外两名失踪的人是谁？”

“另外两人的名字记不得了，需要翻看档案。”

萧然沉吟良久，说：“万局，您怎么今日才说出这件事？”

万振奇叹道：“年龄大了，糊涂了。虽然这件事很大，但毕竟过了这么多年。我也是前几天听到局长讨论这个案件的时候，才想起来这件事的。”

萧然问：“您为何不和我们分局的邢关大队长说？”

万振奇长叹，道：“有些事，你去问邢关吧！”

离开万振奇的车，萧然仰望天空，见天上星光朦胧，被霓虹遮蔽，视野再次回到生活之中。

万振奇提供的线索太重要了，他要将这个线索告诉邢关。将要拿起电话，钟明礼走了过来，说：“怎么样，聊得好吗？”

萧然微微一笑：“还不错。”

钟明礼问：“什么时候调到天螺？”

萧然笑着说：“没说调动。”

“没说调动？那聊些什么？”

萧然知道案情重大，不可能告诉钟明礼，就说：“聊了一些工作情况，分享一些工作经验。”

钟明礼拍着萧然肩膀，说：“那也不错，慢慢来。我们去看看莫卿吧！”

萧然想到莫卿因为哮喘进了医院，是要去看看，就随钟明礼去了人民医院。

莫卿正在急诊科输液，情况已经好转，看到钟明礼和萧然过来探望，莫卿坐了起来。

“快躺着！”钟明礼上前一步。

“没关系，好多了。”莫卿说，“吓到你们了吧。”

“确实吓到了。”钟明礼笑着说。

“我这是遗传病，发病的时候，症状恐怖，经常吓到朋友。”莫卿说。

“好好休养，心态平和！”钟明礼说。

王玉童说：“大家出来说话吧，别影响莫卿休息。”

一行人走出病房，江雨说：“明礼，你回去吧，我留下来照顾莫卿就好。”

钟明礼说：“我陪着你。”

江雨说：“我不用你陪，有玉童哥呢！”

钟明礼如遭了雷击，说：“玉童是玉童，我是我！”

江雨说：“那随你。”说完，转身进了病房。

钟明礼叹气说：“江雨的心情，比荔城的天气还多变！”

萧然说：“明礼哥，你别难过。”

钟明礼说：“我还有事，就先走了，你回去吗？”

萧然说：“我再进去看看莫卿。”

钟明礼情绪有些低落，说：“那好吧。”萧然目送钟明礼离开医院，王玉童转身进了病房，萧然也跟着进去了。

走进病房，萧然看到王玉童站在病床跟前，想起莫卿发病，是因为看到王玉童和钟明礼因为江雨争风吃醋的情形，顿时失落。他已经猜出事情原委，江雨和莫卿同时钟情于王玉童，王玉童喜欢莫卿多过江雨，江雨因此投向钟明礼，莫卿以为江雨找到真爱，走近了王玉童，就随王玉童参加他的校友会，结果看到了江雨和钟明礼。王玉童看到钟明礼和江雨举止亲密，生出醋意，莫卿急火攻心，哮喘病发。

梳理出这样一个事情脉络，萧然得出结论，莫卿是喜欢王玉童的。尽管三人关系微妙，萧然已经意识到自己的多余，正忖度如何退场，莫卿喊了萧然的名字："萧然！"

"嗯？"

"谢谢你来看我！"

萧然感到莫大欣慰："应该的，都是朋友！"

莫卿微微一笑，说："谢谢！"

王玉童上前一步，伸出左手，做出和萧然握手的动作，萧然一愣，也伸出了左手。这是他第一次使用左手握手，总觉得怪怪的，眼睛不由得看向了王玉童右手，看到王玉童的右手只有四根手指。王玉童注意到萧然的目光，将右手放进了裤子口袋，说："我习惯左手握手。对了，听同学说，你现在前进派出所工作？"

萧然说："是的。"

"那你住哪里？"

"解放花园。"

"那是一个旧小区，平时怎么上班？"

"打车或者坐公交。"

"人民警察太清苦了，对了，我是做证券投资的，和钟明礼一样，都是基金经理。如果你有兴趣，可以买我推荐的股票，帮助你理财。"

萧然喜不自胜："那太好了，平时买一只亏一只，从来没有赚过。"

王玉童说："你留一下我的电话，稍后我将股票信息发到你手机里，你明天建仓，三日后到了点位，立即卖掉，不要贪图更高利润。"萧然说好，加了王玉童的手机，王玉童拍着萧然肩膀，说，"谢谢你对莫卿的关心！"

离开人民医院，萧然准备回家。他想起他租住的屋子，心里有一丝恐惧，担心有人伏击自己。虽说他收到的只是一张照片，但住址已经暴露，如果凶手也知道此处，自己岂不是有生命危险？

想到这里，他准备更换住址。与此同时，他又有一丝担忧，如果送照片的证人再来提供证据，找不到自己，又该怎么办?

萧然打了车回到了小区，因是深夜，小区一片寂静，各住户的灯都已经熄灭。萧然四处张望，小心走进楼道，打开手机照明，来到自己的房门口。

深吸一口气，萧然拧开房门，快速打开房灯，检查地面。

还好什么都没有。

他躺在沙发上，四肢瘫软，就像是一个偏瘫的病人，眼睛望着天花板出神。

五分钟后，他拿起手机，看时间才 11 点，给邢关打了一个电话："邢大，今天我遇到万局了。"

"哪个万局?"

"就是天螺分局的万振奇副局长。"

"他怎么了?"

"他说他在 1999 年 8 月接过三禾电子厂报的失踪警情。"萧然将万振奇所说，一五一十说给邢关，电话那头的邢关一语不发，直到萧然讲完。"邢大，这是一个重大线索。"

"当然是重大线索，明天你和李建胜拿文书到档案馆复印案卷材料，一页也不能漏。"

"是。"

挂掉电话，萧然还是理解不了万振奇为什么找他做传话人。

萧然洗完澡，王玉童发来一条短信，上面只有四个字：东煌科技。

第八章　玉童荐股

次日上班，萧然先买入东煌科技股票，随后找李建胜，准备去档案馆。

“建胜，邢大让我们去档案馆调个案卷。”

李建胜站起来，看到萧然身后站着邢臻，说：“萧然，我要去看守所提审嫌疑人，不如让邢臻陪你去吧。”

萧然说：“邢臻的工作证还没有下来。”

“咳咳。”邢臻咳嗽了两声，说，“不巧得很，本人的工作证于昨天发下来了。”

萧然回头，看到邢臻，问：“你什么时候站到我身后的？”

邢臻说：“我一直是你坚强的后盾啊！”

“你愿意去就去吧，正好我有事问你。”萧然拿着材料，上了车，邢臻坐进了副驾驶。

警车驶离派出所，邢臻说：“想问什么，说吧？”

“你爸和天螺分局的万振奇有什么过节吗？”

“万振奇？过节？”邢臻想了一下，说，“没有听说啊！怎么了？”

“煤气罐藏尸案有了新线索，是万振奇副局长提供的，他没有告诉你爸，而是告诉了我。”

“这么说，还真是蹊跷！”

“万局会不会是你爸的情敌？”

“瞎说。”虽然邢臻觉得萧然天马行空，但是想着有道理，就给妈妈发了一条短信，“妈，万振奇今天找我了。”不到十秒钟，收到回复：“他找你干什么？”

“他说我和你长得很像。”

几条简短的微信，邢臻已经看出端倪，对萧然不禁敬佩三分。

经过半个小时车程，两人来到了档案大厦，经出示证件，找到了当时的接警材料。萧然翻看案件材料，这才知道失踪人姓名的全称和户籍地，里面还有陈正龙和王大军的笔录。萧然迫不及待地复印案件，将材料带回了分局，交给邢关。

邢关坐在办公室，翻看案卷，陷入沉思，良久说：“看来我们要出差一趟，找到案卷上失踪人口的家属，采集 DNA 血样，与煤气罐尸体进行比对。”

“爸，我去吧！”

“你不行，太年轻！”

“就是因为年轻，才需要锻炼。”

邢关看了一眼邢臻，见她态度坚决，说：“那好吧。”

“出差需要两名民警，另外一名民警派谁？”

邢关看了一眼邢臻，说：“李建胜吧！”

“爸，李建胜侦查思路不够灵活，我怕他难以担当大任。”

“你想和谁一起去？”

“萧然！”

邢关把案卷用力扔到桌子上，说：“上次你在派出所胡闹，就弄得满城风雨，人人皆知，你还想再胡闹？”

“我没有胡闹。”

萧然站在邢臻身后，十分尴尬，说：“还是我和建胜去吧？”

邢臻说：“我也要去！”

“那就三个人一起吧！”

邢臻和邢关说话的时候，萧然在走廊看股票，股票波澜不惊，没有任何起色，既没有突破下轨，也没有放量，还是阴死阳活在低位横着。回到派出所，萧然在向郑礼贤递交出差报告，萧然站在办公桌前，郑礼贤和邢关在通话。

“师父啊，你一下抽走我三员爱将，我这派出所怎么运转哪？”

“这是重大案件，萧然和李建胜抽调专职侦办，平时让他们在派出所工作，已经是体谅难处了，现在有了工作需要，你怎么还抠抠索索的？”

“实在是基层警力匮乏，再说出差去两个人就行，邢臻去了也顶不了用处。”

“要不我给你换一个人？我这边出一个，你那边出两个？”

“换下李建胜，妥了。”

等待出发的日子，萧然经常掏出手机，观看股票走势，连续两天，都没有较大波动。周三上午 11 时，股票缓缓上走，到了箱体上方，下午 2 时，突然封在涨停，一张 300 万手的大单死死封住涨停板。

萧然目瞪口呆，给王玉童发了一条信息：“涨停了！”

三分钟后，王玉童回：“不要动。”

次日开盘，东煌科技高开三个点，9 时 45 分，涨幅回落一个多点后随即上扬，越过开盘价，来到了开盘价上方。10 时 30 分，东煌科技再次涨停。

萧然大喜，给王玉童发信息，说：“又涨停了。”

周五早晨，9 点 30 分开盘，东煌科技直接涨停，萧然给王玉童的信息还没有发，就收到了王玉童的短信：“出货。”

萧然看到封单很大，正犹豫要不要抛掉，突然封单撤销，大笔卖盘蜂拥而至，萧然意识到情况不对，赶紧卖掉手中的股票。股票刚刚抛掉，股价就如倾盆大雨，从高处跌落，瞬间跌出七八个点位。

萧然长出一口气，他半晌难以平静，暗想王玉童果然有一套。这样买股票，想不赚钱都难，多操作几次，早晚发家致富，这不就是先富起来的人带动大家共同致富吗？

萧然给王玉童打电话："感谢王总提供的致富信息，晚上请王总吃个饭？"

王玉童说："吃饭就不必了，这只股票行情已经结束，下午我还要开会分析研究下一只股票。如果你不忙，晚上我们师兄弟可以一起喝杯咖啡，大家都是校友，彼此认识一下，在荔城多个朋友。"

萧然挂掉电话，思来想去半天，觉得除了股票，和王玉童没有什么好聊的。王玉童所在的公司这么厉害，索性多拍几个马屁，赚了钱，买辆车，在遇到张语溪的时候，摇下车窗，对张语溪微微一笑，然后踩上油门，扬长而去。

为了避免尴尬，萧然想把钟明礼约上，想到钟明礼和王玉童是情敌，否定了这个想法。可以约莫卿，但是莫卿和王玉童的关系太微妙，如果再次哮喘病发，该怎么办？

萧然翻来覆去，没有拿定主意，结果萧然接到了报警，一直忙到晚上9点才结束。

萧然给王玉童打电话，问他在哪里，路边一辆奔驰汽车亮起了车灯，从停车位上开了过来。车窗摇了下来，萧然从副驾驶车窗看到开车的是王玉童，问："师兄怎么在这里？"

"我路过这里，刚好有电话打进来，因为事情比较重要，就把车停在了路边。"

"那真是太巧了。"

"想去哪里？"

"我随意。"

“我知道一家咖啡屋，环境非常不错，上车吧。”

萧然上了车，王玉童驱车来到了创意园。这是一处文艺工作者生活和工作的地方，它原本是一片废弃的工厂，因租金低廉，吸引了大批的无业青年毕业生。后来这些无业青年在创作上展现出惊人的天赋，设计出亮人眼球的惊世作品，使废弃工厂容貌焕然一新，成为荔城市乃至南海省的一道风景，房价超越天螺金融区。

王玉童选的咖啡屋名叫冰火，两人挑了一个户外的座，两侧没人，也比较安静。

“这里的环境真不错。”萧然说。

“是啊，文艺青年的聚集地，当然收拾得好了。”

“今天真要好好感谢师兄推荐的股票。”

王玉童微微一笑，说：“这都不算什么。”

萧然说：“像我一个小散户，都有这么大的盈利，基金公司岂不是盈利更大？”

王玉童说：“不，恰恰相反，基金公司利润微薄。”

萧然说：“这怎么可能？”

王玉童说：“基金公司买入的股票多，建仓久，出货也久，不像散户，随买随卖。对于高位的仓，利润就少很多，还有拉盘的股票，最后因为出货不及时，接盘的资金少，需要低价抛售。”

萧然说：“拉得高点，不就不亏了。”

王玉童问：“多高是高？拉得高了，获利盘就多了，散户纷纷套现，最后反把庄家给套住了。”

萧然点头，长叹一声：“看来炒股确实不是一件容易的事。”

王玉童笑着说：“是啊，还是做警察好，我从小的理想就是做警察，伸张正义，为民除害。”服务员端上来两杯咖啡，王玉童喝了一口，问萧然，“你从警多少年了？”

“三年多了。”

“有没有办过什么大案？”

“大案，有啊！”

“什么样的大案？”

“南国新苑的煤气罐藏尸案。”

王玉童来了兴致，说：“听公安的朋友说起过，详细情况还不清楚，怎么回事？”

萧然说：“情况是这样的，有一天，我值班，派出所的兄弟查处吸毒女，在南国新苑的夹层里发现了三个煤气罐，内有三具尸体，经过尸检，确认三名死者年龄均在20岁左右，死亡时间十年以上。”

“不可思议，这三具尸体确认死者身份了吗？”

“还没有，不过案件已经有了眉目，我们找到了当年死者家属报警的失踪档案，准备去死者的老家出差，联系家属，进行NDA亲属关系鉴定，确认尸源。”

“单是确认尸源就这么复杂，看来案件很难破！”

说起案件，萧然滔滔不绝，他说：“是很难，但也不是没有希望。当年家属报了失踪，案卷内有很多可用的信息，我们只要联系上亲属，重新梳理死者关系人，就能找到破案的线索。”

“你和谁去？”

“我和邢臻，还有刑警大队的一名民警。”

“刑警大队的民警有没有见过报警人？”

“没有，现在分局没有人记得这宗警情。”

“既然是比对DNA，难道公安机关当年没有采集报警人的血样？”

“没有采集，不知道是不是疏忽了。”

“可能是办案民警觉得没那个必要，毕竟当时只是失踪。”

“对啊！”

“兄弟准备何时动身？”

“周日出发，下周一到达。”

“祝你们早日破案！”

两人聊了许久，不知不觉夜深，萧然几次想问莫卿和江雨的情况，话到嘴边，又咽了下去。凌晨 1 时，王玉童送萧然回到了出租屋。

“师兄，再有好股票，记得向我推荐！”

“没问题，一路顺风！”

周日上午 9 时许，萧然和邢臻在火车站集合，却没有等到刑警大队的民警。邢关打电话给萧然，说：“刑警大队的小王母亲生病了，需要陪床，不能随你们出差了。”

挂掉电话，萧然和邢臻两人上了火车，随后邢臻收到邢关发来的短信：“孩子，我只能帮到这里了！”

邢臻回复短信：“谢谢好爸爸！”

S 县位于四川省西北部，萧然和邢臻搭乘飞机到了成都，然后改乘火车，抵达 S 县。两人持介绍信到当地县公安局刑警大队联系工作，接待二人的是该县刑警大队的一位年轻民警，名叫江克，听说萧然要找黄塘乡，摇了摇头，说：“我们县没有黄塘乡。”萧然和邢臻吃了一惊，取出复印的案卷和照片，见上面明明写的黄塘乡。

看萧然二人不信，江克打开手机，说：“你们可以用手机地图查。”萧然打开地图，果然没有检索到黄塘乡。邢臻问：“出发前，你没有用地图和公安系统核实二人住址信息吗？”萧然摇头，说：“我怎么会想到户籍地址有问题！”

邢臻打开案卷，看到卷宗上有失踪家属的姓名和住址，写的就是黄塘乡吼江村，与萧然收到的匿名照片背后的地址一致。邢臻嘀咕：“奇怪了，只有户籍地，没有身份证号码，哪位神仙做的笔录。”

这时，办公室角落里站起来一位老民警，拖着浓重的四川口音说：“没啥子奇怪的，从前身份证号码登记不规范，乘坐火车不实名，公安系统没有实现全国联网，农民进城，全靠乡音分辨户籍，哪里晓得身份证号码是啥子东西！”

邢臻说："你的意思是黄塘乡确实存在，只是查不到了。"

"对头。"

江克问："失踪家属当年应该采集了 DNA 血样吧，直接检索 DNA 库不就好了。"

邢臻说："当年家属没有采集 DNA，就算采集了，笔录没有精准户籍地和身份证号，DNA 库登记的住址也是和笔录一样的。"

江克说："那就没啥子办法喽！"

离开刑警大队，两人情绪都十分低落。邢臻气得跺脚："连死者家属都联系不上，还谈什么破案！"萧然嘿嘿一笑："你以为破案这么容易？"

奔波了这么久，两人还没有吃饭，找了个餐馆坐了下来。两人点了些菜，正吃着，外面进来一位中年男子，进门用方言说："老板，炒个尖椒鸡蛋，一定要辣。"说完，坐在了萧然左侧那桌。

那男子上身穿着白色衬衣，下身穿着黑色裤子，手中夹个公文包，对萧然端详半晌，片刻后说："两位帅哥美女，外乡来的吧，告诉你们一个好消息，我公司在白峰山开发了一座旅游度假村，风景好得很，特别适合你们这样的年轻人，耍起来相当得行！"

萧然用四川话说："白峰山在哪头？"

"就在黄唐村上头！"

邢臻和萧然异口同声："黄塘村？"邢臻问："黄塘不是一个乡吗？"

中年男子说："那是猴年马月的事情喽，黄塘原本是个乡，但是在二十多年前，裁乡建镇，黄塘下辖的村子一半划进白虎镇，一半划进长山镇，所以找不到黄塘乡。"

萧然打开地图，搜索黄塘村，还是找不到，中年男子走上前，指着地图说："你这个塘字不对，应该是唐朝的唐。村里头都是姓黄和姓唐的，所以叫黄唐村。"

萧然和邢臻二人恍然，重新检索，果然找到了黄唐村。

萧然问："那吼江村在什么位置？"

中年男子想了一下，说："吼江村啊，改名喽，现在叫华富村，就在黄唐村下头，离黄唐村有五里远。"

邢臻说："老板结账。"

中年男子问："干啥子？"

邢臻当即掏出警察证，出示给中年男子，说："警察，办案！"

中年男子一惊，站起来："原来是警察先生和警察姑娘，有啥子需要帮助的，我可以帮忙，你们外乡来的，人生地不熟，工作相当不容易！"

邢臻说："好，请先生给我们引路！"

第九章 假冒死者

吃过午饭，萧然和邢臻上了男子的车。男子的车是一辆白色的大众，男子边开车，边和萧然、邢臻二人说话。“我叫罗建永，本地人，就爱搞些小本的生意。从小想做警察，可惜没有搞成！”三人说着话，来到了华富村，罗建永说：“这里是华富村，华富村东边有一条江，每到盛夏，江水滔滔，犹如嘶吼，所以古人取名吼江。”

邢臻问：“后来为什么改名叫华富村？”

罗建永说：“那当然是因为村民想致富。在华富村上面五里是黄唐村，黄唐村上面就是白峰山了，两位有空，可以上去转转，我为两位做导游。”

邢臻说：“谢谢你，你能不能把我们拉到村委，我们去村委找一下村干部？”

罗建永说：“好嘛！说走咱就走！”

华富村是散落的村庄，房子彼此不相连，罗建永把车开到一处院子，院子外墙没有标记，院内的两层小楼门口挂着木牌，上面写着S县白虎镇华富村委会。

“唐支书，唐支书，有客人。”

一位穿着半旧藏青色中山装的中年男子从一楼走了出来。

罗建永说："唐支书，这两位是荔城市的警察，有事找唐支书。"

邢臻说："唐支书，你好，我们是荔城市公安局岭南分局的民警，有事找你配合一下。"

唐支书哦了声，问："你们带证件和介绍信了吗？"

"带了。"邢臻掏出人民警察证和介绍信交给唐支书，唐支书查验证件，将证件退还给邢臻，留下介绍信，问："你们有什么事？"

邢臻说："是这样的，我们市在一个月前发现了三具尸体，身份不明。案件发生后，领导高度重视，我们查到十四年前，吼江村的莫来问、江水长、宋金山到我分局的新苑派出所报警，称其女儿兰花、江雪、宋柔失踪，我们怀疑失踪的三人就是死者，现来到村里，核实死者身份，联系亲属。"

唐支书摇摇头，说："你肯定搞错了。"

邢臻问："什么搞错了？"

唐支书说："我们这个村子从前确实叫吼江村，但是你说的兰花、江雪、宋柔都在，没有失踪。"

邢臻和萧然同时惊道："什么？没有失踪？"

唐支书淡然说："是啊，以前她们确实出去打工了，但是春节的时候回来了，现在就在家里头。"

邢臻和萧然对视了一眼，愣住了。这怎么可能，明明已经失踪，怎么回家了？

萧然说："唐支书，能把三个人叫过来吗？"

唐支书说："当然可以，我打个电话给她们。"唐支书打开手机，拨打了一个电话，稍时对面传来女子的声音："喂，是哪一个？"

"这边有荔城市公安局的人在找你，你过来一下。"

萧然说："不劳烦了，我们过去找她。"

唐支书说："你不晓得路，让她过来就是了。"他对着电话，说，

“好嘛，快点噻，都在等你，叫上兰花和江雪她们两个。”

邢臻补充：“让她们带上户口簿和身份证。”

“带上户口簿和身份证！”

唐支书挂掉电话，说：“两位到里面喝茶！”

罗建永也说：“对，喝茶，不能光顾着工作。”

唐支书泡着茶，过了两分钟，一辆摩托车停在了院子里，一位中年妇女走进会客室，大声喊：“唐支书，是哪个找我？”

邢臻和萧然回头，看此女三十七八岁，生得白嫩，肚子肥大，衣着宽松，像是有了身孕，萧然问：“我们是荔城市公安局的，不知道怎么称呼？”

“我叫宋柔，有啥子事？”

“宋金山是你什么人？”

“他是我阿爸！”

“十四年前，宋金山到荔城市公安局报警，称你和兰花、江雪失踪，这是怎么回事？”

“那个事情哦，当时我们去香港耍一下，钱花完了，在香港找了份工作，过年的时候，就回来喽。”

“去香港？”

“是的。”

“三禾电子厂知道吗？”

“他们哪里晓得，我听说他们报了警，吓得不敢回去，直接回家喽。”

“为什么去香港，没有告诉厂里的同事？”

“天哪，我们要是走漏了消息，那还走得了吗？每天累都累死了，就想出去耍一耍。”

这时，另外两名妇女走进院子，宋柔看到她们，挥了挥手，说：“嗨，我在这里头！”两人进了办公室，问：“有啥子事情？”

宋柔说："当时去香港的事情！"

一名女子惊问："去香港也犯法了？"

宋柔说："鬼知道啥子情况。"

邢臻说："把你们身份证出示一下。"

三名女子掏出身份证和户口簿，邢臻逐一核验，本人及其父母与案卷上的名字一致。邢臻问萧然："做不做笔录？"

萧然说："做。"

萧然和邢臻用笔录纸，给唐支书、宋柔、江雪、兰花做了笔录。

做完笔录，四个人签字、按指印。

邢臻拿起手机，准备拍照，宋柔惊叫："搞啥子，不要拍，我们又不是坏人。"

另外两名女子也说："不能拍。"

邢臻说："合个影嘛，你看我们好不容易来一趟，和几位合个影。"

宋柔说："那也不行，对我的宝宝不好。"

那个叫江雪的说："就是，怎么可以随便拍照！"

邢臻大吼一声："谁敢不配合，再嚷嚷，把你们全部带到派出所去。"

几名女子顿时失了声，罗建永上前，说："警官，不要吓到她们，都是村子里的好人。"

邢臻继续呵斥："拍个照，也这么啰里啰唆，当初要不是你们父母报警，我们能千里迢迢来到这里吗？"

三名女子不再说话，邢臻对人、身份证、户口簿拍了照。

邢臻拍照的时候，萧然给邢关打了电话："邢大，我们到了失踪人员宋柔等人户籍所在的村子，村子和镇子因为撤乡建镇，调整区划，名字发生了变更。意外的是，当年的失踪人员于当年春节回家了，并没有死亡。"

电话那头的邢关身躯一震，口中念叨："不可能啊！"

“我和邢臻也觉得不可思议！”

“对人员、身份证全部拍照，做好笔录，尽快回来吧！”

得知三人没有失踪，萧然和邢臻的情绪十分低落，这说明近期开展的工作方向都是错的，煤气罐中的三具尸体身份仍不清楚。想到这里，两人的工作也没有了积极性，草草收场，向唐支书等人告别，离开了华富村。

罗建永将两人送到白虎镇，两人搭乘大巴车，到了县城。

县城的餐馆歇业早，两人在人民广场的大排档吃了点炒菜，相对而坐，默默无言。

萧然一边吃，一边叹气，邢臻听得久了，放下筷子，说：“别叹气了，叹气有什么用？”

萧然说：“白忙活了！”

邢臻说：“白忙活就白忙活呗，还能怎么样，十几年的案件，哪这么容易破！”

萧然说：“没有道理啊！”

邢臻说：“这个线索本来就是蒙的。你想，这种没有物证线索的情况下，应该首先从 DNA 库下手，寻找关系人。”

萧然说：“如果关系人的 DNA 没有入库，根本没得比。”

邢臻说：“当时的民警就应该采集报警人的 DNA。”

萧然说：“采集了有什么用，现在失踪人都找到了。”

邢臻说：“但是不管怎么说，案件还是发生在 502 房，与此房相关的业主和租户仍然是嫌疑人。”

萧然拍着大腿，说，“不错，案卷中的王大军最可疑！回头就先把这个王大军找到。”片刻后，萧然又失落起来，说，“确认不了尸源，就算找到王大军，他也可以否认自己是凶手。”

邢臻说：“人家当然可以否认了，就算确认尸源，也是一样可以否认，嘴长在人家身上，人家想怎么说，就怎么说。”

萧然感到烦躁，说：“不想了，明天回荔城。”

回到酒店，两人各自回房，萧然躺在床上辗转反侧。

次日，两人买好了去成都的汽车票，距离发车还有一个小时，萧然坐在候车厅，怅然若失，他总觉得哪里有问题，就对邢臻说：“把昨天拍的照片发给我。”邢臻把宋柔等人的照片发给萧然，萧然把身份证发给李建胜，并使用微信发消息：“建胜，你用系统核实一下这三个人的身份证信息。”

李建胜收到信息，回复说：“这不都有身份证照片了，还查什么？”

萧然说：“查查身份证是不是真的。”

过两分钟，萧然接到了李建胜电话：“萧然，怎么回事，你发的这三个身份证号码不存在啊！”

萧然一惊，挂掉电话，拉着邢臻去了刑警大队。

“不坐车了？”

“不坐了，昨天的几个人给我们提供的身份证是假的。”

接待萧然的还是江克。“兄弟还没有打道回府啊？”江克看到萧然拉着邢臻，说，“原来你们是情侣。”

萧然松开邢臻的手，将手机交给江克，说：“你先帮我核查一下这几个人的信息。”

江克看着手机上的身份信息，口中说：“咦，这三个人没死！”打开公安系统，江克输入宋柔的身份证号码，查询结果为无。“啷个事情？”江克输入江雪和兰花的身份证号，发现另外两个号码也不存在。

“假身份！一定是假身份！”江克说。

萧然说：“请上报你们单位领导，随我们再去一趟华富村。”

江克说：“好，你也报告一下你们领导，让两边的领导沟通一下。”

两边各自打了一个电话，邢关听完萧然的汇报，十分吃惊，他当即上报分局局长宋泽忠，宋泽忠听完汇报，说：“别慌张，让我们的同志原地待命，我和当地公安局领导沟通一下。”

邢关挂掉电话，给萧然打电话，说：“分局领导正在沟通，你们联系当地刑警大队，先赶往白虎镇，在白虎镇派出所待命。”

萧然挂掉电话，对江克说：“领导正在沟通，我们先去白虎镇吧。”

江克说：“下楼，出发！”

萧然说：“你请示领导没有？”

江克说：“给大队长打了电话，大队长说，让我们先去白虎镇，他先报告局长。”

三人驱车来到白虎镇派出所，派出所所长姓张，名叫金来，见到江克，说：“你们大队长已经给我打了电话，你们说说情况吧！”

江克说：“昨天荔城的兄弟来过，找黄塘乡，我说没有这个乡。这位兄弟离开刑警大队，遇到了一个叫罗建永的人，罗建永将他们带到了白虎镇华富村，村党支书叫来了三名女子，说是十四年前在荔城失踪的人。回到县城，这位兄弟觉得情况不对，就来刑警大队查验身份，发现三名女子的身份是假的。”

张金来说：“接待你们的村干部是谁？”

邢臻说：“姓唐，罗建永叫他唐支书。”

张金来说：“华富村的支书确实姓唐，那你们又是在哪里见到三名女子的？”

邢臻说：“在村委会。”

萧然补充说：“是在入村后，距离石桥两百米远的一个院子里。”

张金来说：“那不是什么村委会，那是华富村废弃的老学校。”

“什么？连地方都是假的！”邢臻惊道，“真是无法无天了。”

张金来带着派出所仅有的四名民警和十几名巡防队员与萧然再次来到华富村，他们来到昨天去过的“村委会”，只见院门紧闭。几名巡防队员粗暴地踹开大门，进了院子，见昨日悬挂的 S 县白虎镇华富村的牌子已经不见，只剩下两颗钉子。进入昨天招待萧然的办公室，用具还在，但是遍查其他房间，只见灰尘满地，桌椅狼藉，好似到了废墟。

“张所，江警官，我跟你们说，我现在的心情就像是宁采臣遇到了鬼。”萧然捂着脸说。

“能理解！”张金来拍着萧然的肩膀，说，“人家有备而来，你能及时发现，已经是了不起了。”

“现在想想，漏洞百出！证据已经充分地指向了死者身份，而我就轻易相信了他们。”

张金来说:“你们如果先到我们派出所，就不会遇到这个情况了。”

“太可怕了。”邢臻说，“当时我们被对方牵着鼻子走，如果对方将我们杀了，我们也没有还手之力。”

张金来笑着说：“别说笑了，白虎镇十年没有出过命案了。”

邢臻说：“张所，这话说不得。”张金来连忙捂嘴。

一行人驱车去了华富村村委，华富村的地点位于村中心区，是新建的一栋双层楼。接待众人的是唐支书，却不是昨日的“唐支书”，这位唐支书年龄与昨日的“唐支书”年龄样貌相仿，穿着花格子上衣和牛仔裤，倒像是 90 年代城里的暴发户。

“张所长亲临华富村，一定是有什么指示！”

张金来向萧然介绍：“这位是村党支书唐月贵。”介绍完，问唐月贵：“唐支书，谁在管理你们的老学校？”

“没有人管理，现在村里的一名智障人员住着。”

“智障在哪里？”

“在院子里。”唐支书指着院子拐角，说，“这两天，他一直睡这里。”

张金来问：“他怎么突然睡这里了？”

“我也不知道。”唐支书说，“我和这名智障也沟通不了。”

张金来走近那名智障人员，将要问话，那名智障噌地站了起来，举起棍子就要打过来，幸好张金来反应灵敏，没有打到。唐支书吼了一句：“唐三，你弄啥子！”那名智障听到唐支书一声吼，顿时像霜打的茄子，放下棍子，躺在了草地上。

“还说不能沟通，我看他最听你的。”张金来说。

“支书嘛，威信还是有的。”

张金来问：“唐支书，我问你，你们村有没有叫兰花、宋柔、江雪的人？”

唐月贵摇头，说：“没有。”

萧然问：“唐支书，你们村有没有改过名字？”

“改名字？”唐月贵说，“听说一百年前叫三里坟，民国的时候，村里出了一个国民党高官，觉得名字不吉祥，改成了现在这个名字。”

邢臻笑着说：“民国就起了这么现代的一个名字。”

唐月贵说：“祖先有才嘛。”

萧然问：“那这附近有没有叫吼江村的？”

唐月贵说：“没有，从来没有听说。”

萧然问：“那黄塘乡呢？”

唐月贵说：“只有黄唐村，没有黄塘乡。”

萧然说：“看来只有黄唐村是真的，其他都是假的。”

张金来说：“萧警官，你还记得车牌号吗？”

邢臻说：“我记得。”

张金来说：“江克，你让刑警大队在后台查一下。”

“好的。”

回到派出所，邢关和S县刑警大队同时打来电话，说领导指示，要全面调查此事。

第十章　找到家属

假冒失踪人员的事不仅印证了宋柔等人就是南国新苑的死者，还暴露了凶手，使案件有了新突破。

邢关一面加派人手，赶往S县，一面命令萧然开展追踪。

S县刑警大队调取了县城的录像，核实罗建永驾驶的车辆为套牌车，并在白虎镇的县道上消失，因县道监控设施不齐全，没有追踪到车辆去向。

江克坐在监控室内，说："县里的监控就这么几个，实在追不下去。"

萧然说："那几个人都是本地口音，邢臻拍了照，你们能不能辨认出来？"

江克说："那真是大海捞针。这样吧，你把照片发给我，我下发给派出所，再由各派出所发给各村党支书，如果确实是我们县的，一定能认出来。"

萧然大喜过望，说："太好了。"邢臻将照片发给江克，江克将照片逐一下发。

次日早晨，经过连续奔波，邢关、胡连盛、肖金甲等人赶到了S县。

一行人召开了专案组会议，由萧然汇报S县工作情况，再由邢关分配任务。“同志们，这是重大突破，各位要抓住机遇，不要错失良机！”当日上午，邢臻留守刑警大队，联系单位，上报情况，邢关带领专案组民警，会同刑警大队、白虎镇派出所再次回到华富村，对嫌疑人伪装的村委会进行再次勘查。

华富村老学校的大门被唐月贵锁了起来，得知公安机关再次来到老学校，唐月贵早早将大门打开。邢关进入一楼办公室，见桌子上摆满茶具，茶杯上冒着热气，水壶正在烧水，问萧然：“当时嫌疑人在哪里招待你们的？”

萧然指着地上，说：“就在这里！”

邢关眼睛一睁，说：“在这里？”

萧然点头，邢关气得直跺脚，说：“现场全被破坏了，还勘查个屁！”

众人一阵唏嘘，白虎派出所所长张金来说：“村子里都是乡下人，不懂保护！”

邢关翻着白眼，说：“村民不懂，你们不懂吗？”被邢关一骂，众人面面相觑，谁也不敢说话。邢关径直走向前方墙角，从地上捡起一个烟头，问，“这是谁的？”

唐月贵战战兢兢，说：“我的。”

邢关没有好气，从地上捡起一个矿泉水瓶，问：“这个水瓶子是谁留下的？”

唐月贵低声说：“是我外孙子的，他刚刚喝了瓶水。”

邢关摇了摇头，大声说：“除了小张，都出去！”众人连忙退出房间，邢关戴上鞋套，从口袋掏出一把手电，说：“退到院子外！”众人不敢停留，全部退到了大院外，房间里只剩下邢关和技术中队的张成海。

离开房间，张金来长出一口气，说：“萧然，你们大队长挺严谨啊！”

萧然说：“是啊，就是脾气急了点！”

肖金甲笑着说：“我们这个大队长，成竹在胸时，特别沉得住气，如果没有任何线索，就如热锅上的蚂蚁，谁都不要自找没趣。”

邢关在房间内勘查了半个多小时，来到院子，在院子转悠了半个小时，没有所获，背着手来到院子外，说：“这些人太狡猾了，什么蛛丝马迹都没有留下。”他问唐月贵，“唐支书，你有没有走访村民，了解情况？”

唐月贵说：“我问了，大家都说没注意。”

邢关问：“你怎么问的？”

唐月贵说：“我问有没有见到陌生人进到村里头。”

邢关没好气：“萧然，拿着照片重新走访。”

走访是一项繁重而又让人垂头丧气的工作，走访的结果大多是让人失望的，许多人确实没有见过嫌疑人，而有的人见过，由于种种原因，不肯告诉警察。

经过半日走访，得知有几名村民在前几日见过陌生人进村，村民见他们穿着得体，以为是走亲戚，就没有留意。

单是见过是没有用的，就像是萧然，上了对方的车，还和对方面对面说过话，但是对方使用的是伪造的身份证，并不知道对方的真实身份。

忙碌了一天，没有任何突破，回到县城，已经是深夜。

吃完饭，萧然回到酒店，躺在床上，准备休息。江克打电话给萧然，说各派出所反馈，没有人认识照片中的男女。

对于这样的坏消息，萧然已经养成习惯。

嗡嗡！萧然的电话响了。

“萧然，这两天去哪儿了，我和江雨吃夜宵呢？”

是钟明礼，萧然说：“我在出差，你怎么又和江雨在一起了？”

“当然是魅力呗！告诉你，我现在爱上吃辣椒了！”

“那祝你幸福！”

“在哪出差呢？”

“四川S县。”

“你等会，江雨好像也是S县的。”

“这么巧啊，我在白虎镇。”

“我问问江雨是哪个镇。”电话那头的钟明礼问江雨，“萧然在你们县白虎镇出差，你家是哪个镇？”萧然听到江雨在电话中说：“我说了他也不知道。”

钟明礼说：“人家都到了，怎么会不知道？说一下嘛，看看远不远。”

江雨说：“他要是不知道，你怎么奖励我？”

“你说怎么奖励？”

“我要去香港迪士尼！”

“说好了！嘿嘿，其实我们家离白虎镇有三十公里，我们那叫黄塘乡。”

萧然突然打了一个激灵，叫出了“黄塘乡”三个字，钟明礼问：“萧然，你知道吗？”

“我当然知道，你把电话给江雨，我有事问她。”

“你能有什么事？”

“快给她，天大的事。”

钟明礼把手机给了江雨，江雨问：“怎么了萧然？”

“江雨，你说你们家在黄塘乡？”

“是啊，怎么了？”

“这个地方不是撤乡建镇，改名字了吗？”

“哟，你连这个都知道，真是了不起，是改名字了，我就是想考考你！”

“黄塘乡现在叫什么名字？”

“叫常玉镇。”

“那吼江村现在叫什么？”

“你还知道我们村哪？”

萧然直接从床上跳了起来，说：“你说你家在吼江村？”

“是啊！不过现在不叫吼江村了，叫古驿村。”

“为什么改名字？”

“听说是因为我们村从前是驿站，镇长想发展乡镇特色文化。”

“江雨，江雪。”萧然突然问，“你是不是还有个姐姐叫江雪？”

“萧然，你是不是查我？可没有几个人知道我姐姐！”

“你姐姐是不是十四年前失踪了？”

“是啊。”

“天哪，功夫不负有心人！你知道吗，我们一直在找江雪的家属？”

“我姐姐怎么了？”

萧然想起江雨还不知道姐姐已经死亡，他只得抑制自己的情绪，尽量用平稳的语气说：“五十多天前，我们在南国新苑发现三具尸体，因为没有证件，五官模糊，身份难以确认。后来公安机关开展了漫长的调查和走访，终于有了线索，我们怀疑死者是四川人，名叫江雪、兰花、宋柔。”

“天哪，原来我姐姐真的……”

“你认识兰花、宋柔吗？”

“她们都是好朋友。”江雨哭泣着说，“兰花是莫卿的亲姐姐！”

“什么？”萧然十分震惊,他回忆案件,想起兰花的父亲确实姓莫。

“你怎么没有跟我提起这件事，害得我现在才知道。我妈想念我姐姐，哭瞎了眼睛，我和莫卿是为了找姐姐才来的荔城。”

“你能把你家的定位发给我吗？我明天去见你爸妈。”

“好的。我这就发给你！”

挂掉电话，萧然马上将情况汇报给邢关，邢关也吃了一惊，说：

“还有这样的巧合，明天专案组全部赶往常玉镇。”

萧然挂断邢关的电话，看到有莫卿的未接来电，萧然刚要拨过去，莫卿的电话再次打来。

“你好，莫卿！”

“萧然，我姐姐是怎么死的？”莫卿情绪激动。

“现在还不能确定死者就是你姐姐！”

“一定是我姐姐，我姐姐失踪了十四年，生死不明。”

“明天我们准备去你们家，比对DNA。”

“有什么可比的，我姐姐一定死于谋杀，你们要抓住凶手，不能让凶手逍遥法外。”

挂掉莫卿电话，萧然对于破案曙光带来的兴奋消失殆尽。

“萧然！萧然！听说你联系上死者家属了？”邢臻推门而入。

“你吓我一跳，怎么不敲门？”萧然说。

“你门都没关，我敲门干什么？”邢臻说，“快说说，你怎么联系上死者家属的？”

“死者是莫卿、江雨两个人的姐姐。”

邢臻释然，说：“怪不得，我说你怎么能无线接入死者家属，原来是有特殊关系！”

“你说话怎么阴阳怪气的？”

“有吗？我一直都是这么说话的！”邢臻离开萧然房间，边走边说，“看来你很快又能见到你的朋友了。”

专案组的人听说萧然联系上了死者家属，无不震惊，当邢臻揭破萧然联系过程时，众人无不唏嘘。刑警大队为专案组提供了一辆车，专案组一早赶往常玉镇，并与常玉派出所取得了联系。

常玉派出所所长王晖亲自为专案组引路，在路上，王晖介绍了自己的心路历程：“邢大，各位同事，我到常玉派出所八年了，这八年我一次都没有交流过，不是我不想走，而是别人不愿来，为了这事，我没少和领导吵架。我们局长说，你王所对常玉镇情况了解，换了别人，干不了，不知情的还以为我在这里坐上了山大王。”众人哈哈大笑，王晖继续说，“江雪的父亲叫江进东，莫兰花的父亲叫莫有才，宋柔的父亲叫宋运起。这些年，江莫宋三家每逢农忙空闲就来一趟派出所，嚷嚷要见女儿。他们的女儿是在荔城失踪的，我说你们应该到荔城报警，他们说已经在荔城报警了，荔城没有找到人，让我们去找。活要见人，死要见尸。我看这样下去不是办法，就说已经派人出去找了，才把他们哄走。”说到这里，王晖叹了口气，继续说，“其实我们心里明镜一样，这三个女娃是找不见了！这回好了，你们来了，人也找到了，他们再不用来我们派出所了，我也能交流回县城了。”

邢关说：“这么大影响的事，为什么我们到了你们县公安局，却很少有人知道？”

王晖说：“一者发生的时间太久了，二者不是我们管辖的警情，再者下级单位不能天天把同一件烦心事挂嘴边，所以分局民警知道的不多，局领导们也只是听说过这事，未必能想起来。”

一行人驱车来到古驿村口，只见村口站满了人，萧然放眼望去，竟有百人之多。

王晖说：“前面就是古驿村了，站在最前面的是党支书梁玉堂。”

一行人下了车，王晖为邢关引路。

梁玉堂上前一步，握住王晖的手，说：“王所长辛苦了。”

王晖说：“梁支书，这位是荔城市公安局岭南分局刑警大队长邢关同志。”

梁玉堂握住邢关的手：“大队长同志，可把你们盼来了，这些年，他们等得望眼欲穿。”

邢关问：“哪位是家属？”

梁玉堂指着身后几人，说：“这几位是孩子们的父母。”

这时，一名妇女上前抓住邢关的手臂，号啕说：“警察同志，孩子死得冤，你可得把凶手抓住，让我女儿瞑目啊！”

梁玉堂说：“这位是莫兰花的母亲江春菊。”

“大姐，我们警方一定会抓住真凶。”邢关对村民说，“乡亲们，我们一定能破获案件，抓获嫌疑人，请大家配合我们寻找线索。”

梁玉堂说：“村委会已经腾了出来，各位警官暂且到村委会办案。死者的家属已经到了，大家可以在村委会向他们了解情况。”

邢关说：“好，我们就去村委会。”

一行人进了村委，邢关就委托当地警方提取宋柔、江雪、莫兰花父母的血样，并送市公安局技术部门化验。血样采集完毕，邢关展开询问。最先被依次询问的是宋柔父母，宋柔父亲名叫宋运来，母亲名叫蓝彩云。宋柔父母陈述，宋柔初中毕业后，于 1997 年和江雪到南方打工，从事电子加工。起初，宋柔每个月给家里打一次电话，寄 400 元钱，但是到了 1999 年 8 月，突然电话不打了，钱也不寄了。家里联系厂里，保卫科说宋柔失踪了，已经报了警。一起失踪的还有江雪、兰花，他们就和江雪、兰花的父母坐上最快的火车，赶到了荔城。到了荔城以后，公安机关很重视，走访了整个工厂，可惜没有找到他们的女儿。

询问完宋柔父母，邢关询问江雪父母，江雪的母亲眼睛已经失明，父亲看着比实际年龄衰老许多。江雪父亲的陈述和宋柔父母的陈述大体一致，可是没有提供可用的破案线索。

“江雪有没有在电话中说与何人结仇？”

“没有结仇，她很善良，从不与人结怨，村里的人可喜欢她了。”

邢关有些失望。只剩下兰花父母了，兰花的母亲叫江春菊，是江雪的姑姑，江春菊一直十分激动，进门之后，握住邢关的手，反复说着：“警察同志，你一定要抓住凶手！”邢关理解江春菊，但是继续下去就不能开展工作了，只好说：“大姐，你松手吧！”可是江春菊情绪颇为异常，邢关挣脱不开。萧然在一旁，对兰花的父亲说：“莫先生，你老婆再这样下去，案件就破不了了。”

兰花的父亲名叫莫有为，听到萧然的话，突然暴喝一声：“松手，再不松手，我们就回家去！”

江春菊像是触了电，手快速收了回来，口中念叨：“兰花爸爸是开大车的！兰花爸爸是开大车的！”

莫有为平静地说：“不好意思，我是大货车司机，兰花他妈这些年急坏了。”

邢关问：“兰花在荔城有什么仇人吗？”

“没有仇人，农村人，才出去两年，哪里有仇人？”

邢关点头说：“你们多久和兰花联系一次？”

莫有为说：“开始一个月一次，后来一个星期打一次，她说自己赚了钱，买了电话卡，打电话便宜。”

邢关问：“兰花失踪前，她有没有异常表现？”

莫有为说：“没有异常。”邢关很失望，莫有为从口袋里掏出一个陈旧信封，说，“这是兰花往家里寄的一封信。”

邢关接过信封，从里面抽出一张信纸和一张照片，照片是一个年轻的女孩和男孩的合影。莫有为说：“这封信是1998年5月收到的，信中说，她和阿龙在谈恋爱，等他们结婚了，就接我们过去享福。”因年代久远，照片没有过塑，已经有些模糊。

邢关问：“这个阿龙是谁？”

莫有为说：“阿龙就是阿龙，我不知道全名。三禾电子厂的人说，阿龙是香港人。”

邢关问：“你见过阿龙没有？”

“没有，我们到荔城的时候，阿龙当时在香港。”

两人说着话，江春菊突然捂住胸口，呼吸困难，邢关问：“怎么回事？”

莫有为说：“兰花妈妈哮喘病犯了。”

邢关说："快打 120！"

萧然打通了急救电话，镇上的急救车很快赶到了现场。村民堵在院子门口，急救车好不容易开进村委大院。急救人员向江春菊喷了些药物，不多时，江春菊呼吸就平稳了许多。

第十一章　抓获嫌犯

急救人员对莫有为说："别让病人情绪太激动。"

莫有为不知道如何接话，江春菊平缓地说："谢谢医生！"

邢关上前，说："家里要常备药物，以防再次病发。"

莫有为说："她已经很久没有发病了，今天说起了兰花的事，她可能太激动了。"

邢关见此情景，说："大家先吃晚饭，我们明天再过来。"

村民各自散去，为方便办案，邢关在镇上住了下来。

当日晚上，邢关在常玉派出所召开专案会，明确下一步的侦查工作。第一，上报荔城市公安局，发协作函，请求四川省公安厅立即对冒充死者的嫌疑人及车辆开展盘查、追捕。第二，通知岭南分局，立即研判王大军轨迹，开展抓捕。第三，继续走访家属，搜集可用的线索和证据。

次日清晨7时，萧然接到莫卿的电话："萧然，我和江雨回来了！"

"你们来得好快！"

"钟明礼给我们买了昨天晚班的飞机，到了机场，我们租了一辆汽车！"

“我在镇招待所！”

“我们在招待所楼下！”

萧然下楼，看到楼下停了一辆车牌为川A开头的丰田汽车，驾驶座上坐着钟明礼，萧然走上前去，说：“明礼哥，你也来了！”

“这么大的事，我能不来吗？”

莫卿问：“情况怎么样？”

萧然说：“最快今天下午出DNA结果。不出意外的话，死者就是你们的姐姐！”

萧然说着话，莫卿和江雨的眼泪就掉了下来。

莫卿说：“知道凶手是谁吗？”

萧然说：“我们找到了你们家人报案时的案卷，当时的房子住的是一个叫王大军的人，我怀疑王大军是凶手！”

莫卿口中念着王大军，问：“王大军在哪里？”

萧然摇头，说：“要研判之后，才能知道这个人在哪里！”

几人说着话，邢臻走下楼，看到莫卿，说：“你们怎么这么快就到了？”莫卿点头，说：“邢警官你好！”

邢臻说：“请节哀！”她顿了一下，问：“你们吃早餐了吗？”

莫卿说：“不吃了，我想先回家看看我妈妈！”

萧然说：“你妈妈昨天哮喘犯了，快去看看吧！”

莫卿一惊，说：“那她怎么样了？”

萧然说：“叫了救护车，没事了！”

莫卿说：“明礼，我们走吧！”

钟明礼等人走后，专案组在镇上一起吃了早饭。王晖说：“派出所的民警少，没有自己的食堂，一日三餐，自己解决。”

邢关问：“你家在城里，吃饭怎么解决？”

王晖说：“找亲戚租了一套房子，大家平时自己做，好在菜市场不远，也不算麻烦，而今我这厨艺也是派出所一绝！”

吃完早餐，专案组准备再次赶往古驿村，S县刑警大队值班室突然打来电话："邢大你好！刚刚Y县交警大队打来电话，说S115县道发生车祸，肇事车辆为无牌汽车，车辆外观与你们所发协查相似，我请示了大队长，大队长说请你们去现场看一下。"

邢关十分惊喜，问："有没有照片？"

值班台说："照片发到江克手机里了，请注意查收！"

邢关说："谢谢，请把地址一并发过来！"

挂掉电话，邢关查看了江克手机，看到微信传来的事故车辆，见该车没有车牌，车头撞到了前车后盖上。"萧然、邢臻，你们看看！"邢关将手机递给邢臻，邢臻说："不是，不是这辆车，罗建永的车是白色的大众，这辆车是黑色的丰田！"

"我看看！"萧然接过手机，看了照片，也说不是，他又看了片刻，说，"这是丰田的哪一款车？怎么和捷达车型一模一样！"随后他一拍大腿，说，"这就是罗建永那辆车，只不过换了车标，换了一种漆！"

其他民警听了，都走过来看，因为他们没有见过原车，只见过监控里远远拍摄的模糊照片，所以无法印证真伪。

"不可能吧，这么快就把油漆换了！"邢臻难以置信。

邢关说："我和萧然、邢臻、江克去事故现场，江克路熟，萧然和邢臻见过车的内饰，可以分辨！胡所、肖金甲和王所去古驿村，走访家属，查找线索。"

工作分配完毕，邢关三人坐上了江克的车。经过两个小时的车程，一行人抵达S115省道事故现场。现场一片安静，三名交警坐在车里，肇事车主坐在后排，不远处的大树下，站着一人，正在抽烟，想来就是前车车主了。

邢关下车，和驾驶座上下来的交警握手，说："同志，怎么称呼？"

交警说："我姓姚，名崇江！"

邢关说："姚警官，你好！"

姚崇江说："肇事车主驾驶无牌车辆，撞上了前车，事故并不严重，肇事司机已经被我们控制。"

萧然走到后车事故车，打开车门，见车内内饰与罗建永驾驶的车辆完全不同，心里凉了一大截，对着邢臻摇了摇头，邢臻笑着说："想象很大胆，现实很骨感！"

邢关问："怎么了？"

萧然说："车辆内饰与罗建永驾驶的车辆不同！"

邢关问："罗建永驾驶的是什么车？"

萧然说："黑色的大众捷达！可这是一辆白色的卡罗拉，你看车尾还有卡罗拉字母！"

邢关反问："你见过这么扁的卡罗拉吗？这就是一辆捷达！"

邢关把肇事司机从警车里叫出来："你叫什么名字？"

肇事司机是一位穿着紧身上衣的胖子，他说："警察先生，我叫魏全胜！"

邢关问："魏全胜，你这辆车什么时候买的？"

"昨晚晚上。"

"哪里买的？"

"二手车市场附近的国道辅道上。"

"花了多少钱？"

"八万。"

"嗯？"

"八千！"

"跟谁买的？"

"我不认识，他不肯告诉我名字！"

"你连对方的名字都不知道，还敢买车？"

"今天准备和女朋友约会，他给的价低！"

"你真够可以！"邢关掏出手机，指着罗建永的照片，问，"是不是这个人卖给你的车？”

胖子司机说：“不是他！”

邢关有些失望，又将其他人照片出示给胖子，胖子都说不是。

邢关暗叫邪了门，他问姚崇江：“同志，你们有没核查车辆车主信息？”

交警说：“这辆车是三无车辆，没有行驶证，没有驾驶座，没有车牌，连发动机号都是假的，根本核实不到信息！”

邢关对魏全胜说：“胖子，看来你很不走运。”

魏全胜说：“何止不走运，简直倒霉！”

在魏全胜的指认下，邢关等人来到了汽车交易点，但是因为该地点是县城郊区，没有监控。邢关随即来到县交警大队，查看路面监控，经过反复排查，终于找到了该车辆。驾驶这辆汽车的是一名男子，头上戴着帽子，脸上戴着眼镜，根本看不到人脸。

邢臻说：“这人也太狡猾了吧！”

监控显示，车辆行驶到了红绿灯路口，前方亮起红灯，停了下来。

萧然说：“这无牌车，竟然不闯红灯。”

邢臻说：“当然啦，遵守交通规章，是每个公民应尽的义务！”

萧然说：“这说明司机是守法公民。”他放大照片，说，“开车的人穿的衣服像是修车厂的！帽子上有字，任意车行！”萧然打开地图，搜索任意车行，果然在国道附近找到了这家修车店。

邢关赞许地看着萧然，说：“不错。”

离开交警大队，专案组赶往任意车行，找到了店老板。店老板姓张，名叫四海。邢关询问张四海有无改造过照片中的这辆车，张四海摆手，说自己没有见过这辆车，也没有这个员工，一定是其他车行嫁祸自己。

邢关将车行所有的员工都叫了过来，指认照片中驾车的男子，店员都摇头表示不认识。这时候，萧然看到店门口有监控，问张四海监控后台电脑在哪里，张四海支支吾吾，萧然一声暴喝：“在哪里？”

张四海吓得一哆嗦，说："几位爷，我说，我就给人家喷了一种漆，换了套座椅内饰！"

邢关问："谁开车来的？"

张四海说："不认识，那个人三十来岁，戴着一副墨镜！"

邢关问："人去哪儿了？"

张四海说："不知道，说是让换副漆，送到二手市场卖了！我嫌捷达不好卖，给换了个车标，买主也高兴！"

邢关拿出手机，找出罗建永等人照片，依次给张四海辨认，张四海说不认识。

邢关问："你把车卖了，对方谁来取钱？"

张四海说："他说过两天就来。"

邢关问："留电话了吗？"

张四海说："没有，我说我记一下电话，他说不方便，过两天再来找我！"

邢关说："张四海，你擅自更改机动车外观和发动机号，本来只处罚款，但是你更改的车辆是作案工具，涉嫌共同犯罪。"

张四海顿时慌张："警官，我做的正经生意，不知道这辆车的来路！"

邢关说："我问你，谁去卖的车？"

张四海说："是我儿子。"

邢关指了指张四海，一副无语的表情："你可真行，是不是想把儿子一块送进监狱？"

张四海惊慌失措，说："警官，你一定要帮我，我什么都不知道。"

邢关说："既然你什么都不知道，我也帮不了你！"

张四海说："警官，我实话实说！更改外形，抹掉发动机号确实是违法的，所以我们一般不干。但是熟人送来的活，信得过的，就考虑一下，毕竟利润大，有肉，一般送到后院进行处理。三天前，我接到老铁的电话，说有个朋友从废品厂买来一辆车，外观还不错，想换种漆，保养一下，高价卖了。当天晚上，一位三十多岁的男子把车开到车行，放下车就走了。我连夜给车喷漆，其实那辆车保养得还不错，不像是废品站的东西。但是对方急于出手，我只报了八千就卖了。”

邢关问：“老铁是谁？”

张四海说：“六塘镇人，姓张，外号老铁，真名是什么，不清楚。”

邢关问：“电话多少？”

张四海报了电话，江克将号码发给单位后台，经核实，老铁真名张少通，六塘镇水围村人，年轻时多次参与打架斗殴，现在经营一家小型水泥厂。

邢关将张四海交给交警，带领专案组赶到了六塘镇，在水泥厂找到了张少通。张少通听说专案组来追查汽车车主，也没隐瞒，说：“这辆车是郝富强卖的，他让我推荐一个修理厂，我就给张四海打了电话。至于是什么车，我也没问。”

邢关问：“郝富强是谁？”

张少通说：“他住镇上，以前是做外贸生意的！”

邢关问：“能带我找一下他吗？”

张少通说：“打个电话就来。”说完，他拨了一个电话，“老郝，你上次卖车的钱，人家给送来了。”说完，挂了电话，不到十分钟，一名男子走进院子，萧然回头一看，这不是华富村老学校里的那位“唐书记”吗？

进门的男子吹着口哨，看见萧然，收住脚步，愣了一下，随即掉头，被院外的邢臻堵住，邢臻抓住男子衣领，说：“唐书记，好久不见！”

男子满脸是汗，说：“你认错人了，我是老郝！”

邢臻冷笑：“你就是化成灰，我也认识你，你好大的胆，敢欺骗警察！”

男子身都软了，说：“大姐，你放过我，我上有老，下有小！”

“叫谁大姐呢？”

“妹子！”

“是你叫的吗？”

“那该叫什么？”

“警官！”

“警官，你认错人了。”

萧然上前一步，说：“难道我也会认错？”

男子闭口不言。

邢关喜笑颜开，说：“这就是那位唐书记？”

萧然和邢臻说是，江克哈哈大笑：“功夫不负有心人，终于抓住了！”

邢关问：“你的同案呢？”

男子如在梦中，口中喃喃：“同案，同案！”

邢臻呵斥：“罗建永呢？”

“罗建永？罗建永！”男子用力在回忆，“哦，罗建永，他走了！”

邢臻问：“去哪儿了？”

“去哪儿了？他说任务完成了，就走了！”

邢臻问：“江雪她们呢？”

“江雪？没有江雪，都是假名字！”

邢臻问：“她们的真名是什么？”

就在这时，江克把手机拿给邢臻，问：“你看这两个人，是不是假冒江雪等人的嫌疑人？”

邢臻接过江克的手机，说：“是很像，这个人是谁？”

江克笑着说：“这位貌美如花的女子就是眼前男子的女儿。”

男子不说话，邢臻指着郝富强，说：“你真可以，带着自己的女儿一起犯罪！”

郝富强说：“怕什么，父女上阵，就是坐牢也在一起！”

邢臻冷笑：“你没有听说过女子监狱吗？”

郝富强一惊："还分开关吗？"

郝富强被带到了六塘派出所，专案组在派出所民警的配合下，随即赶往了郝富强家，将假冒宋柔的郝青草和假冒莫兰花的郝青苗抓获。

郝青草和郝青苗同为郝富强的女儿，郝青草为长女，郝青苗为次女。郝富强供述，一年前，其与罗建永在成都相识，因聊得投缘，彼此留了联系方式。五天前，罗建永找到他，约定以五万元为酬劳，聘请其假冒村党支书，聘请其两名女儿假冒失踪人员。

邢关问郝富强作案用的车辆是谁的，郝富强回答说是罗建永的。邢关问假冒江雪的人是谁，郝富强说不认识。邢关问谁选择以华富村老学校作为作案地点，郝富强说是罗建永选的。

邢关问："罗建永为何买通你，让你假冒华富村党支书？"

"罗建永说这几个人已经死了，这么做，是为了干扰你们办案，找不到家属。"

"你倒是坦诚！"

"警察先生，不是坦白从宽吗？"

邢关说："坦白一定从宽，我问你，既然你知道这是在干扰办案，你为何还要做？"

"为了钱，罗建永答应给我五万块！"

"你不怕被抓吗？"

"我怕，可罗建永说没事，说我家不在S县，我没有前科，警察找不到我。事情办完，只要把车重新刷漆，谁也找不到我们！他还说，即便找到了，只要我坚持说当时那个人不是我，你们没有证据，也拿我没有办法！"

邢关问："那你怎么又承认了？"

郝富强说："我妈从小教我做人要诚实，警官已经抓到了我，女儿也被抓了，这能抵赖得了吗？"

邢关问："这也没几天，就抓到了你们！"

郝富强问：“是啊，车都刷漆了，你们怎么找到我的？”

邢关问：“你们的车卖给了一个新手，出了事故，我们一路追过来的！”

郝富强露出懊恼的表情：“一着不慎，满盘皆输！”

邢关问：“罗建永和假冒江雪的人去哪里了？”

郝富强低头说：“当天晚上就走了。”

第十二章　诡异血坑

邢关记下罗建永的手机号，准备讯问郝青草，这时，六塘派出所的民警走进讯问室，对邢关说：“邢大队长，镇上的居民在后山上发现了一处土坑。”

“土坑？什么土坑？”

“我们镇地形狭长，沿谷而建，全镇就一条街，各家房子后面是山林，这处土坑就是在郝富强家后面不远处的林中发现的！”

邢关问：“郝富强，这是怎么回事？”

郝富强结结巴巴，说：“我不知道啊，什么土坑？”

邢关起身出门，派出所民警将郝富强关进监仓区。专案组来到位于郝富强家一百米远的山坡，看到现场站满了人，邢关走上前，见几棵松树中间，果然有一片土坑，长不足两米，宽不足一米，已经塌方，像是被人挖过。最诡异的是，土坑带有血腥味，远远就能闻到。报警人说，清早发现狗不见了，怀疑被偷，就上山寻狗，看到镇上的几条狗围着土坑掘土，感觉奇怪，走近就看到了血迹，便报了警。

派出所民警赶到现场，没有看见尸体，也没有见到其他动物尸体，感觉十分奇怪，报告给了六塘派出所所长黄跃进，黄跃进勘查了现场，认为土坑距离郝富强家近，可能和郝富强有关，就通知了邢关。

邢关看着土坑上的血迹，眉头紧皱，问黄跃进："黄所，最近贵单位有接到群众报人口走失吗？"

黄跃进说："刚问过了，都说没有接到失踪警情。"

邢关说："你看这处土坑，长宽与人体身形一致，虽然不能确定与我的案件有关，但是我建议通知技术中队的法医过来一下，提取土样，进行检测。"

黄跃进吃惊地说："你怀疑这里埋了人？"

邢关点头，说："不排除这种可能！"

黄跃进说："既然是埋了人，为什么人又不见了？"

邢关说："肯定是心里不踏实，又转移了！"

黄跃进点头，说："有道理，有道理，到底是老刑侦！"他马上拨通了县公安局技术中队的电话，挂掉电话后，黄跃进说，"县城到这里需要点时间，我们现在该做什么？"

邢关说："当然是拉起警戒线，保护现场。"

黄跃进恍然，指挥民警拉起警戒线。六塘镇治安平稳，很少发生重大刑事案件，所里一时间找不到警戒胶带，黄跃进干脆拉起麻绳，让派出所巡防队员站在绳外保护，严禁群众再次踩踏。

一个小时后，县技术中队的法医赶到了现场，黄跃进迎上去，说："你们终于到了，我们已经将现场保护了起来。"法医姓宋，听了黄跃进的话，他心中一喜，及走近一看，见满地狼藉，到处的狗蹄印，心凉了半截。

宋法医的助手对现场进行拍照固定，宋法医则戴上手套、穿上鞋套，戴上帽子口罩，进入现场中心区，他拨开表层土，对含血量比较高的土块进行取样，拍照固定，然后请黄跃进对土坑进行挖掘。

"宋法医，你觉得这土里的血是人血吗？"

"不好说！我已经派人把样品送到市局实验室，晚点就会出结果。"

六塘派出所的民警一边挖土，一边录像，土越挖越深，一直挖出两米，还不见坑底。民警累得满头大汗，以为找不到可用线索，结果在清理松土时，在土坑下发现了一只男式运动鞋。

民警和围观的群众一阵唏嘘，都说肯定死了人。现场的人纷纷打电话，询问自家男人是否健在，结果问了半晌，也没见谁家少人。

“会是谁呢？”在场的民警不免起了怀疑。

夜幕降临，邢关和黄跃进来到郝富强家，试图寻找线索。但是翻找了家中所有角落，也未见异常。黄跃进说：“这郝富强是老实人，平时没做什么出格的事！再说冒充村支书，与山上土坑的事也没啥子关系！”

到了晚饭时间，邢关接到S县刑警大队的电话，电话说，经过比对，莫卿、江雨父母等人与煤气罐藏尸案死者系血缘亲属关系。

这似乎已经没有意外，比对结果完全在意料之中。

吃完晚饭，萧然准备讯问郝青苗时，接到钟明礼的电话：“萧然，你那边怎么样？”

萧然说：“挺邪乎的，我们找到了扮演唐支书的男子，嫌疑人家后山的林地里发现了一个填埋坑，坑里面没有尸体，只有一只男人的鞋子！”

“转移尸体啊！死的是谁？”

“不知道，镇上没有死人。”

“会不会是他的同伙罗建永？”

“你是说黑吃黑。”

“不排除！”

“可是没有证据，只是猜测。对了，你在村里住得习惯吗？”

“习惯，这里的菜很香，我很喜欢！”

“你不是福建人吗，吃得了辣椒吗？”

“最近吃了几顿辣椒炒肉，感觉很合胃口。还有这个村子，感觉非常亲切，乡亲们对我很好，特别是宋叔叔一家，对我可好了！”

“你是说宋运来夫妇？”

“是啊。”

“四川人热情！看来你真要做四川女婿了！”

“我看有可能，江雨的妈妈也很喜欢我！”

两人打着电话，邢臻叫萧然到审讯室，说要开始审讯了。

审讯分别进行，萧然现在审讯郝青苗。

郝青苗坐下后，萧然开始问话：“郝青苗，罗建永去哪里了？”

“走了！”

“假冒江雪的女子呢？”

“一起走了！”

“什么时候走的？”

“前天晚上！”

“你们家后山上的土坑是怎么回事？”

“土坑？什么土坑？”

“郝青苗，你可知道杀人的后果吗？”

“警察，你不要乱说，我什么时候杀了人！”

讯问开展得并不顺利，及问郝青草，情形也是这般。

将郝青草送进监仓，邢臻说：“你这样问，是问不出土坑的事的。”

萧然说：“我也不能诱供啊！我们没有任何证据，能够证明土坑里死了人，也没有证据证明死者是谁，更没有证据证明是郝富强父女所为！”

是日夜，Y 县宋法医告知黄跃进，土层中的血迹系人血，样本特征已经保存。接到通知，黄跃进百感交集，连忙找到邢关：“邢大队长，你办案经验丰富，帮个忙，把这案子破了！”

“黄所长，按照你们市的规定，这宗案件应当由你们县刑警大队立案，市刑警支队协助破获，不需要外地警方帮忙。”

“我们本地公安的侦查水平，我是清楚的，就这么一个土坑，没有尸体，连案都立不了，更别说破案了。依我看，山坡上的事，十有八九和郝富强有关，您就受累帮我这个忙！”

“黄所长太客气了，这宗案件不单是你们的事，也是我们的事，一定查个水落石出！你们镇没有监控？”

黄跃进说：“有监控，全镇一共十个探头，其中五个属于交警，分布在县道重要路口，五个在镇上，分布在镇出入口和农贸中心！”

邢关说：“这就好办了，也不是一点办法都没有。”

当日晚上，邢关呈报了对郝富强父女三人的刑事拘留。按照犯罪地管辖原则，冒充死者系支书的行为，发生地是 S 县，应该由 S 县公安局立案。但是经两市沟通，认为冒充死者的行为系为了掩饰杀人行为，系杀人的共犯，为了便于起诉，追查真凶，由荔城市公安局进行处理。

次日，邢关调取了六塘镇近十日的所有监控，对出入的车辆逐一筛查，在萧然、邢臻的协助下，终于找到了蛛丝马迹。郝富强冒充支书的当天晚上 0 时，在六塘镇入口的监控上找到了罗建永驾驶的那辆捷达车。因监控模糊，夜视条件差，看不清楚车上乘客和司机的模样。次日凌晨 3 时许，该车驶离小镇，此后再也没有出现过。

萧然和邢臻观看了小镇近五日的监控，没有见到罗建永和假冒江雪的女子。

人去哪儿了？

又到了夜里，邢臻分析案情：“按照郝富强父女的口供，罗建永和假冒江雪的女子是一伙的，他们完成任务之后，将车交给了郝富强，让他找个车行刷漆，翻新，卖掉，自己离开了。晚上镇上没有大巴，两个人怎么离开，难道有人来接他们？”

萧然接道：“我仔细看了当日夜里的监控，郝富强家没有人出来。”

邢臻说：“郝富强家距离监控区域较远，看不清楚。”

萧然说："确实如此，单凭监控，说明不了什么。"

两个人的分析并没有得出结论。

到了六塘镇的第三日，仍然没有发现尸体。黄跃进派了所有民警和巡防队员，围绕附近的山谷进行搜索，但是没有发现可疑对象，走访附近的村民，也没有结果。

难道是一个恶作剧？

岭南分局的局长宋泽忠不断打来电话，追问案件进展，询问审讯情况，邢关如实报告，宋泽忠说："邢大队长，市局的领导天天追问。你搞了几个月，凶犯都没有抓到。"

"已经抓到三名嫌疑人！"

"这三名嫌疑人不是主犯，很明显是别人雇来演戏，骗你闺女的！"

"演员也是线索，我们可以顺藤摸瓜！"

"顺藤摸瓜，有这么容易吗？以我的经验，你再顺三根藤，也摸不到瓜！"

"我在明，敌在暗！"

"我了解，可你也考虑一下局长的感受吧，如坐针毡，懂不懂？"

"我懂！"

"你懂个屁，现在领导不好干！你把这三个瓜先带回来，给上面的领导看看，展示一下工作成果。"

"您刚才不是说，这三个是演员吗？"

"演员也是嫌疑人！如坐针毡啊！"

"可是这边的案件还没有查完？"

"有什么好查的，尸体没有，算什么命案！让他们找到尸体再说。"

"那罗建永和假扮江雪的女子的下落呢？"

"把人带回来，慢慢审，有线索了，再抓捕。你以为出差经费很充裕，我告诉你，紧张得很！"

又过了一日，专案组将郝富强父女三人押回了荔城。

回到荔城，萧然和邢臻受到了同事的热烈欢迎，庆祝二人凯旋，但二人却高兴不起来。郝富强父女虽然假冒村党支书和失踪人，但却是受他人雇用，罗建永和冒充江雪的女子仍下落不明。调查显示，郝富强父女从未去过荔城，关系人中也没有荔城人，就连手机联系人号码归属地也没有荔城的，也就是说，郝富强父女和荔城几乎没有任何交集。按照这个推理，能够排除郝富强父女，其被雇用的说法可以被采信。

排除郝富强父女，嫌疑人还剩下罗建永和假冒江雪的女子，从年龄上看，这两人比被害人小几岁。受害人死亡时，年龄 20 岁左右，罗建永和假冒江雪的女子还没有成年，作案可能性也比较小。如果罗建永和江雪也是被雇用的，那么真凶就另有其人。

会是谁呢？

调查案件就像是破解一件机密，调查越深入，对背后的真相就越感兴趣。

最有嫌疑的仍然是当时租客，王大军。

根据萧然的研判，王大军没有任何的轨迹，这些年就像是人间蒸发一般。人口系统上，他的照片还是黑白色，仿佛电脑也会褪色一般，照片上的人脸十分模糊，难辨五官。这还是十五年前的照片，新的照片完全查询不到。

在王大军的户籍页上，他没有妻子，没有父母，也没有子女。

一个人间蒸发的煤气站长，会想到聘请演员，扮演村党支书和失踪人员吗？

萧然百思不得其解。窗外下起了大雨，淅沥沥的雨声，让萧然安静了下来。

还有一个重要的关系人。“陈正龙！”萧然想到了陈正龙，可是受害人死在王大军租住的出租屋，和陈正龙会有什么关系？他把这个想法告诉了邢臻，邢臻说："女朋友死了，陈正龙却无动于衷，本身就很奇怪！"

"你怎么知道他无动于衷？"

"档案上没有陈正龙的报警笔录，说明陈正龙没有去报过警。"

"可是有他的证人笔录。"

"证人笔录和报警笔录不同，虽然同是民警记录，但还是能体现出情感上的差别。"

萧然来了兴致，问："有什么差别？"

"报警的笔录，受情绪影响，表述会比较乱，因为当时是手写的，笔录会出现反复修改，措辞比较着急、关心，说的多是口语。而证人笔录就表现得比较理性、官方，说的话就像是事先准备好的。"

萧然正要表达一番赞叹，看守所打来了电话："这里是看守所值班室，郝富强是不是你们派出所办理的嫌疑人？"萧然说是，看守所值班室说："郝富强出了意外，望风的时候，滑倒了，额头碰到监仓的台阶上，出血过多，我们已经送往人民医院抢救，你报告一下你们领导，安排警力轮值看守！"

萧然说好的，看守所值班室说："顺便通知一下家属！"

萧然说："家属也在监仓，你们直接告诉她们就行了！"

挂掉电话，萧然通知了胡连盛，胡连盛挂掉电话，马上报告郑礼贤，郑礼贤说："这个嫌疑人诡计多端，擅长表演，是不是想外出就诊，借机逃跑？"郑礼贤让胡连盛给邢关打电话，邢关得知情况，十分重视，说这是重要嫌疑人，就挂掉了电话，给郑礼贤打电话，请郑礼贤安排人手，保护好郝富强，同时不能让其逃脱。郑礼贤接到电话，告知胡连盛，命他马上安排人员轮值，胡连盛挂掉电话，打回给萧然："这个案件，你和邢臻最为熟悉，你们暂且过去值守，稍后我让内勤排个值班表！"

萧然没有想到，领导的几个电话，最终事情又落回到了自己头上。

他领了一辆警车，和邢臻赶往医院，医院的保安看见萧然，指着急诊大楼，说：“人在里面！”

萧然心领神会，将车停到了急诊大楼门口，急诊大楼的保安看到萧然穿着警服，知道他是来办公事，也不说话，指着一楼左侧的走廊，说：“左手边走到底，右转！”萧然感叹医院保安的洞察力，走进左侧走廊，看到尽头有几人穿着警服，有的背着手，有的打着电话，有的看着手机，走了过去。

一人看见萧然，问：“前进所的？”

萧然点头，那人伸出手，说：“我是看守所的赵玉清！”

“是赵所！”萧然虽然没有见过这个人，但是听说过这个名字，他连忙伸出手，和赵玉清握了个手，问，“情况怎么样？”

这时，抢救室的门被打开，医生走了出来，问：“谁是负责人？”

萧然和赵玉清上前一步，赵玉清说：“我是看守所的，这位萧警官是办案单位的！”

医生说：“伤者颅骨破裂，脑部受伤严重，已经死亡！”

第十三章 眼镜王蛇

在场的民警全都吃了一惊，特别是赵玉清，像是被击中一道闪电，浑身发抖。

萧然问：“赵所，您怎么了？”

赵玉清努力控制自己的情绪，说：“没事，昨晚睡眠不好！”

医生说：“人已经死了，不能放在医院，你们还是赶紧想办法拉走吧！”

赵玉清说：“容我请示一下所长！”

医生说：“好吧，不过我建议你们可以把死者先放进太平间，再做下一步处理！”

赵玉清说：“好，先放进太平间！”

太平间的管理人员将郝富强尸体抬进了太平间，赵玉清和萧然分别报告给了各自的领导，消息不胫而走，很快传遍了整个分局，局长宋泽忠拍着桌子骂赵玉清：“连个人都看不好，还不如不把人拉回来，你等着刘书记找你吧！”刘书记是分局的纪委书记，赵玉清当值，对监管安全负有领导责任，纪委马上停止了赵玉清职务，等待接受调查。

羁押人员在看守所死亡的，应当通知家属前来处理。局长宋泽忠亲自找郝青苗和郝青草谈话。

“郝青苗，对于你父亲的死，我深表悲痛。这件事，绝对是一个意外，希望你能节哀，不要过分悲痛。当然，如果你有什么想法，可以向我提，公安机关尽量满足你的要求。”

“眼镜王蛇！”

“你说什么？”

“是眼镜王蛇？”

“什么眼镜王蛇，我们是公安机关，不是毒蛇！”

郝青苗从提审室的座椅站了起来，她激动地说：“是眼镜王蛇干的，只有他们能做到！”

宋泽忠回望身后的民警：“看守所里有蛇吗？”

看守所的民警摇头，说：“从没有进过蛇！”

郝青苗口中反复念叨眼镜王蛇，宋泽忠摇头，说：“郝富强的死对她打击太大了，带她回去休息吧。”

郝青苗走后，宋泽忠又见了郝青草，郝青草的状态看着比郝青苗好很多。

“我的日子没有多少了，你们想问什么就问吧！”

宋泽忠十分不解，回望身后民警，问郝青草：“你这句话是什么意思？”

“眼镜王蛇来了！”

“眼镜王蛇？”

“是！”

“看守所没有蛇！”

“大叔，你当警察多少年了？”

“快三十年了！”

“怪不得你这么傻。”

“我怎么傻了？”

“眼镜王蛇是一个杀手组织，你竟然以为真是一条蛇！”

“杀手组织？”

“没听说过吧，眼镜王蛇是一个很老的杀手组织。”

宋泽忠莞尔一笑，说：“原来是百年老字号，宋某确实是井底之蛙，你能介绍一下这个组织吗？”

郝青草说：“我告诉不了你很多，因为这个组织很神秘，我知道的只有一个名字！”

宋泽忠问：“眼镜王蛇和你父亲的死有什么关系？”

“当然有关系，是眼镜王蛇杀死了我父亲！”

“你有什么证据？”

“证据，证据不是应该由你们警察来找吗？”

宋泽忠说：“你提供的线索，当然由你提供证据！”

郝青草说：“我没有证据，真相只有少数人知道，你不相信，只是因为你对真相了解太少。”

宋泽忠问：“眼镜王蛇为什么要杀你父亲？”

郝青草说：“这个不方便告诉你！”

宋泽忠说：“既然你的性命受到威胁，你说出来，我们可以保护你！”

郝青草说：“你们保护不了！我们躲进看守所，都没有保住性命，他们本事太大了！”

宋泽忠更加疑惑了，说：“你的意思是说，你们是故意被抓，目的是为了躲避眼镜王蛇？”

郝青苗郑重地说：“不错，要不然就你们那几条虫，能抓住我们？”

宋泽忠感觉自己受到了轻蔑，他尴尬一笑，说：“这么说来，我们确实很傻！”

“我回监仓了，我想一个人安静待会，享受人生最后一点时光！”

宋泽忠说：“请便！”

离开看守所，宋泽忠命令督察大队立刻停止对看守所副所长赵玉清的职务调查，吩咐邢关立即介入对郝富强的死因调查，指令看守所对郝青苗姐妹进行保护。

是日黄昏，邢关来到刑警大队技术中队。

张成海见邢关到了，连忙迎接："邢大亲自调查啊！"

邢关摘掉墨镜，说："宋局指令！尸体在哪里？"

张成海领着邢关进了停尸房，张成海打开聚光灯，指着尸体头部说："头部颅骨破裂，是致命伤，身体其他部位没有明显伤痕。"

邢关仔细观察尸体，问张成海："死者衣服呢？"

张成海说："已经分装在透明塑料物证袋！"邢关来到物证室，逐一观察袋子内的衣服，最后目光停在了郝富强的鞋子上，见鞋子沾满血渍，问张成海："有无提取死者鞋底物质进行化验？"张成海说没有，邢关说："马上化验！"

离开技术中队，邢关去了看守所，副所长赵玉清亲自迎接。

"邢大，你可要调查清楚，还我清白！"

"就算调查清楚了，人死了，不管原因如何，你都要背责任！"

"可不是吗，工作不好干！"

邢关调阅郝富强事发监控，看守所监控员说现场没有视频。邢关回到现场，见现场是监仓走廊拐角，问监控员："走廊拐角交叉口为什么没有设监控探头？"

监控员说："这个问题我早就反映了，但是就是一直没有处理。"

邢关见郝富强摔倒的现场地面整洁干净，也没有警戒线，问赵玉清："为什么这么早打扫现场？"

赵玉清说："当时我值班，在押人员都看到郝富强是自己摔倒的，所以排除刑事案件。再说当时也没有人想到他会摔死，为了保持良好的羁押环境，消除影响，我命令值守的在押人员对场地进行了打扫。"

邢关叹了口气，说："郝富强没事，你赵所就是精明能干的副所长，郝富强死了，你赵所就是不懂业务、破坏现场的笨警察。”

赵玉清叹气：“可不是吗，工作不好干！”

邢关随后找到了郝富强所在监仓的同住在押人员进行问话，当时在现场的有五人，目击郝富强摔倒的有三人。目击郝富强摔倒的在押人员陈述，郝富强洗好衣服，到院中晾晒，回来的路上，走到走廊拐角，突然摔倒，头部撞到了台阶。

邢关查看录像，录像显示，郝富强当时确实在晾晒衣服。

凶手是台阶！

邢关提审郝青草，郝青草对邢关视而不见。

“郝青草，眼镜王蛇是怎么回事？”

郝青草不说话。

“眼镜王蛇为什么要杀郝富强？”

郝青草不说话。

“你怎么知道是眼镜王蛇杀死郝富强的？”

郝青草仍不说话。

邢关因调查郝富强死因，无暇见陈正龙，指派萧然到陈正龙的公司了解情况。萧然打电话给李建胜，邀他一起，李建胜说：“我感觉我已经不是这个专案组的人了，还是邢臻陪你比较合适，男女搭配，干活不累！”李建胜挂掉电话，办公室里的邢臻对他竖起了大拇指。

9月22日14时30分，萧然和邢臻驱车来到南海大道国标大厦，深然证券的前台接待了萧然二人。“两位警官请稍等，现在是开盘时间，陈总正在操盘，按照公司规定，公司高管和操盘手这个时间必须在交易室。15时，股市休市，陈总再出来见两位。”距离休市还有半个小时，萧然正想趁短暂闲暇看一看股票，就和邢臻在接待区坐了下来。

邢臻见萧然查看股票行情，伸头凑了过来：“你也玩这个，当心输得倾家荡产！”

萧然接话：“无产阶级本就一无所有，还害怕倾家荡产？”

邢臻说："倾家荡产不要紧，你不怕娶不到老婆？"

萧然说："怕，所以不能让自己变穷，要多买股票。"

邢臻笑着说："你买的什么股票？"

萧然说："我买的是正东科技！"

邢臻抢过萧然的手机，看到正东科技一条红线往上蹿，嘴里惊叫："往上涨了，快看，往上涨了！"

这时，萧然收到王玉童的短信："抛出正东！"

萧然夺回手机，卖掉正东科技，邢臻恍然，用看破秘密的语气说："原来有内幕！"

萧然捂住邢臻的嘴，示意不要声张，邢臻点头，萧然松开手，邢臻说："晚上请我吃日本料理，最豪华的那家！"

萧然撇了一下嘴，说："你又不是我女朋友！"

邢臻说："太功利，同事也可以请！"她刚要说不介意做你女朋友，陈正龙从交易室出来了，陈正龙看到萧然，似乎在回想萧然的名字。萧然站了起来，说："陈总，你好，我们见过，我是前进派出所民警萧然！"

陈正龙想了起来，问："萧警官找我有什么事？"

萧然说："现在还没有休市，对您要紧吗？"

陈正龙看了一眼大厅的时钟，说："没关系，尾市很平稳，到我办公室谈吧！"

两人来到陈正龙办公司，陈正龙秘书给萧然二人各自倒了一杯水，随即离开。

"萧然上次和邢大队长来过，为的是南国新苑的事，这件事有什么进展吗？"

萧然没有直接回答陈正龙，而是说："陈总，十四年前，您有没有一位叫莫兰花的女朋友？"

陈正龙脸上的笑容顿时收敛，用带着结巴的语调问："谁？"

“莫兰花！”

“莫兰花，莫兰花。十四年前，我确实认识一位叫莫兰花的四川姑娘，她当时在三禾电子厂工作！”

“莫兰花的家人收到莫兰花写的一封信，信上说，您是他的男朋友！”萧然拿出莫卿父亲提供的照片复印件给陈正龙，陈正龙接过复印件，看了半天，说：“照片的女孩子确实是兰花。”

萧然问：“旁边的男子是您吗？”

陈正龙说：“照片太模糊了，我无法确定是不是我。”

萧然又问：“那您当时是莫兰花的男朋友吗？”

陈正龙说：“当时年轻，和兰花走得确实比较近。但是她是外来打工妹，父母不同意婚事，所以不能算正式的男女朋友！”

萧然问：“莫兰花失踪的事，您知道吗？”

陈正龙说：“我知道，这件事我印象很深，她就像突然从人间蒸发了一样，我到电子厂找她，也找不到。后来我去报警，警察说电子厂已经报了警。”

萧然问：“您还记得莫兰花具体的失踪时间吗？”

陈正龙闭上眼睛，说：“记不起具体日子了，大概是八月。”

萧然问：“您描述一下最后一次见莫兰花的情形！”

“我打断一下！”陈正龙说，“你们怎么突然问起莫兰花？难道南国新苑的尸体是莫兰花吗？”

萧然点头，说：“莫兰花是其中之一！”

陈正龙说：“我明白了，另外两个人是江雪、宋柔！她们一起失踪的！”

萧然说：“是，所以还请陈总协助我们调查！”

陈正龙说：“这么多年过去了，终于真相大白，是谁杀了莫兰花，还请警察还她们一个公道，届时我为你们送上锦旗，请荔城日报采访你们为死者沉冤昭雪的工作事迹！”

萧然说："工作职责，都是本分！"

陈正龙说："最后一次见兰花，是一个周日，我请她去海边玩，吃完晚饭，她说要回宿舍，我就送她回电子厂。第二天我回了香港，一周以后，我再回荔城，已经联系不上她，到了厂里，我才知道，她失踪了。"

邢臻问："你和莫兰花在哪里告别的？"

陈正龙说："就在电子厂门口的公交站。"

邢臻问："你们当时坐公交车去的海边吗？"

陈正龙说："是的，哦不是，是摩托车，那个时候，摩托车比较拉风，我花了三万块买了一辆雅马哈摩托车。"

萧然说："根据我们的档案，你父亲是当时的业主，王大军租住504房，你认识王大军吗？"

陈正龙说："我没有什么印象，收租的事一直由我父亲负责。"

萧然说："您再仔细回想一下！"

陈正龙思考半晌，说："确实没有什么印象。"

萧然说："我提示一下，这个人是送煤气的！"

陈正龙说："本人当时青春年少，奔波香港、荔城两地，主要是为了兰花，没有留心王大军这个人。"

萧然说："既然如此，您在我们的笔录上签个字！"

陈正龙看了笔录良久，在笔录下方签名，按指印。陈正龙问："兰花她们家人还好吗？"

"不好！"邢臻说，"她父亲不爱说话，母亲疯疯癫癫，妹妹一直在荔城找姐姐！"

"她还有个妹妹？"

"在咖啡馆里工作，弹吉他！"邢臻刚要再说下去，萧然踩了一下邢臻的脚。

陈正龙见邢臻被打断，也不好再继续追问，就送别了二人。

郝富强的死因，邢关并未发现异常。他怀疑郝青草说了一些危言耸听的话，这是看守所，就算是真的有眼镜王蛇这个杀手组织，他还能跑进看守所杀人？

现场虽然没有监控，但是目击郝富强摔倒过程的在押人员表示，郝富强摔倒时，身后并没有人。张成海将郝富强的鞋底提取物进行了化验，得出结果：脚底有菜油。

邢关提审郝富强同监仓的嫌疑人，该监仓在押的嫌疑人表示，当天吃饭的时候，郝富强因为抢菜，打翻了菜盆。

“这是郝富强咎由自取的一个意外！”邢关得出了结论，但是他不敢放松警惕，仍然叮嘱郝青苗和郝青草的管教民警，对其密切监视。

郝青草和郝青苗的管教民警姓廖，为了不背上渎职的罪名，他给监仓内的所有在押人员编了号，排了班，两两一组，四个小时倒一班，几天过去，整个监仓的在押人员就有了上班的感觉。

寻找王大军成了专案组最重要的工作。萧然说：“既然有人雇用演员，说明真凶依然在世。”但是邢臻认为，深然证券的陈正龙并不简单，王大军充其量就是个煤气站长，只有陈正龙才有实力雇用演员。

系统检索，王大军是湖南郴州人，萧然想出差去一趟湖南，查一下他的户籍和关系人。当他将这个想法告诉郑礼贤时，郑礼贤说：“你小子出差上瘾了，是不是又想和邢臻一起公费旅游？”

萧然顿时叫屈：“天大的冤枉，我每次办差，都是申请和李建胜一起，但是不知道为什么，莫名其妙就变成了邢臻？”

“你就是窦娥呗？”

“窦娥是封建时代的丧偶妇女，我是新时代人民警察，不能比！”

“我问你，和邢臻发展到什么阶段啦？”

“没什么阶段，她还没有表白呢！”

“呸，臭不要脸！”

“郑所，那出差的事？”

“等邢臻表白了再说！”

萧然惊愣了一下，离开了郑礼贤办公室，刚到走廊，接到了钟明礼的电话，萧然问：“明礼哥，从四川回来了吗？”

“早他妈回来了！”

“怎么了，谁惹你不高兴了？”

“就在刚刚，江雨给我打了一个电话，说以后不要联系了！”

“怎么回事？”

“我也不知道怎么回事，我刚陪她和莫卿回了一趟四川，在四川的时候还好好的，谁知道说翻脸就翻脸，手机还把我拉黑了！你是警察，你给我断断，这究竟是怎么回事？”

“警察也不破感情案啊！”

“别说风凉话了，哥们难受死了！”

“那怎么着？快下班了，我找你，咱们一起喝点去？”

“行，先麻醉一下自己，等我喝多了，借你电话，我再给江雨打一个！”

第十四章 股票之战

处理完手中的工作，时间到了下午6点，萧然换上便衣，离开了派出所，到了一家烧烤档。夜幕降临，钟明礼已经将酒菜点好，看到萧然来了，问："邢警官呢？"

"不知道啊！"

"没和你一起啊！"

"一起啊！"萧然还没有说话，一人出现在萧然身后，只是先听声，后见人。

萧然早已经习惯邢臻神出鬼没的风格，问邢臻："你开车来的？"

邢臻坐了下来，说："是啊，我爸的！"

"你这样不好！"

"为什么？"

"你下回出来跟我说一下，让我省一下打车钱，现在车费挺贵。"

"你出来的时候，也没告诉我啊！"

钟明礼伸出双手，做出制止的动作，说："别秀恩爱了，哥哥我现在情况很不好！"

邢臻吃了一根烤串，问："怎么了？股票被套了？"

钟明礼说："江雨把我拉黑了，要跟我分手！"

邢臻啊的一声，说："你们什么时候好上的？"萧然扯了一下邢臻的衣袖，邢臻连忙改口，说，"这江雨真是善变，一点定力都没有，说分手就分手。"萧然附和，说："就是！"

钟明礼感叹："我钟明礼一表人才，经济条件也算不错，她怎么会看不上我呢？邢警官，你是女孩子，你帮我分析分析！"

邢臻说："这怎么好分析！"

钟明礼说："没关系，你分析分析！"

邢臻看了一眼萧然，说："那我说说？"萧然点头，邢臻说："好，那我就谈谈我的看法！江雨这个女孩子呢，从我们第一次见她的时候，就知道她喜欢王玉童，她跟你在一起，纯属是为了气王玉童！"

钟明礼说："这个我知道，但是我们后来相处得也很好！"

邢臻说："是，因为王玉童一度和莫卿走得很近，江雨对王玉童失去了信心。"

钟明礼问："你的意思是江雨又重投王玉童的怀抱了？"

邢臻说："不排除，我只是这么一猜！"

钟明礼拿出电话，说："我打电话给王玉童，问问他！"

邢臻连忙制止了他，说："要打也不能打给他。"

"那打给谁？"

"莫卿！"钟明礼刚要拨电话，邢臻说："让萧然打！"钟明礼释然，望着萧然，萧然指了自己，说："我？"邢臻点头，萧然说了一声好吧，拨通了莫卿的电话，电话嘟嘟了两声，里面传出莫卿的声音："萧然，有事吗？"

"喂！喂！我是萧然，是这样，有个事我问一下你，就是江雨突然给明礼哥打电话，说要分手，我想问问你是怎么回事，大家都是朋友，互相关心一下！"

"分手？我不知道啊，江雨没有跟我说。为什么突然分手？"

“我也不知道为什么，所以想问问你知不知道。”

“我也不知道。”

邢臻抢过电话，说：“莫卿你好，我是邢臻，我问一下，王玉童这两天和你联系多吗？”

“没有什么联系，从昨天开始，他一个电话都没有打过，发了微信也不回，怎么啦？”

“没事，我就是随口问问，要不要一起出来喝两杯？”

“谢谢，不用了，我等会还要去咖啡屋唱歌！”

挂掉电话，钟明礼握住邢臻的手，说：“神探！神探！”钟明礼回头对萧然说：“萧然，我握一下神探的手，你不介意吧！”

“我不介意，你这是瞻仰，不是揩油！”

钟明礼松开邢臻的手，说：“我要维护邢警官。王玉童追回江雨，你可不能去追莫卿啊！”

“说什么呢？”萧然白了一眼钟明礼。

邢臻笑着说：“萧然不会去追莫卿，王玉童向萧然推荐了几只股票，萧然赚了钱！”

钟明礼吃惊地问：“王玉童还向你推荐股票！”萧然说是，钟明礼感叹，“你们关系真是玄妙！算啦，喝酒吧，只有酒才是真爱！”

次日，钟明礼打电话给萧然：“喂，萧然，你现在持有什么股票？”

“还没有买，等王玉童消息！”

“买进前告诉我，我帮你长长眼！”

“好！”

挂掉电话，萧然投入进无限工作之中。到了下午2点，王玉童发来短信，短信只有四个字：净水环能。

萧然搜索净水环能，看到这只股票是做环保材料的，股票业绩惨淡，走势不佳，就将短信转给了钟明礼，一分钟后，钟明礼打来电话：“萧然，净水环能业绩不佳，抛压很大，你千万不要买入。”

“这是王玉童推荐的，他推荐的股票全都涨了。”

“未必都涨，听我的，千万别买！”

想着钟明礼是基金经理，自己也不看好这只股票，就没有买入。2点40分，萧然打开手机，看到净水环能放量上涨，从下跌五个点，转为上涨五个点，阳线完全遮住阴线，K线形成了一个探底阳柱。悔没听王玉童的话，萧然懊恼至极，他连忙登录交易系统，全仓买入。到了收盘，净水环能上涨七个点，形成了一根放量大阳柱。

4时，净水环能发布公告，称与美国旧金山市签订污水处理合同，年订单2亿美元，该订单一旦达成，净水环能将扭亏为盈。

利好！绝对的利好！萧然将行情拿给邢臻看，邢臻点头，说：“还是王玉童厉害，有内幕消息！”

萧然说：“就是，钟明礼属于技术分析派，比起王玉童还是差远了。”

下一个交易日，萧然提前收到了王玉童的短信：“开盘抛掉！”

萧然回复：“收到！”

9时15分，净水环能竞价涨停。

萧然盘算，如果前一日以最低价买入，今日涨停卖出，就有百分之二十四的收益。如果今天再买进一个下跌五个点的股票，如法炮制，用不了几天，股票市值就翻倍了。

王玉童真是财神爷！

他正要约王玉童吃晚饭，表达一下谢意，邢臻凑了过来，说：“萧然，情况不对啊，净水环能不是有重大利好吗，怎么跌停了！”

萧然说：“怎么可能，我明明看到竞价涨停。”

“你再看看！”

萧然打开行情软件，看到净水环能股票被200万手的单子封在跌停板上。“这是怎么回事？不是利好吗？”萧然难以置信：“会不会是庄家故意的，逼走一些筹码，然后自己再拉起来？”

9点半开盘，成交量很小，跌停板上的封单不仅没有减小，还增加到了1000万手。

“到底是怎么回事？”萧然纳闷，到了10点，交易软件发布资讯称：美国偷运大量的固体垃圾投放中国沿海，污染中国海域。少时，交易软件转载媒体资讯，称净水环能假借环保，处理固体垃圾，从海外接收大量放射性污染物，屯放沿海荒地，污染近海海域，破坏海洋生态，相关部门已经介入调查。

“垃圾股票，垃圾公司！”萧然义愤填膺。“难怪跌停！”这时，萧然开始敬佩王玉童的先见之明，后悔买入。

净水环能连续跌停，竟然一直持续到了国庆假期之后。萧然本来不想打电话给钟明礼，毕竟自己没有听信他的话，但是跌停永无止境，股票市值不断缩水，他终于坐不住了。

“明礼哥，有件事请教你！”

“我们兄弟这关系，还用说请教二字，太见外了。”

“实在不知道怎么说，就是你让我别买净水环能，我那天看到尾盘上冲，没有忍住，追高买进了。”

“在我意料之中，你当时一定后悔听了我的话。”

“当时是后悔，毕竟当日涨幅惊人。”

“那现在呢？”

“现在后悔没有听你的话。”

“没事的，听我的，继续持有，至少可以保本。如果你想盈利，明天加仓！”

挂掉电话，萧然陷入沉思，净水环能存在重大利空，连续跌停，离退市不远了，还加仓什么！他把情况告诉邢臻，邢臻说：“钟明礼掌握一手消息，一定有利好。”萧然茅塞顿开，说：“邢臻，我这没钱加仓了，你能不能借我一点，我补个仓？”

邢臻说：“我没钱。”

萧然说："你不是刚发工资吗？"

邢臻说："我相信钟明礼，我要买进净水环能。"

下个交易日，净水环能继续跌停，10时15分，有大单买进，吃掉了跌停板封单，股票反弹五个点，又被抛压打了下来，再次跌落跌停板，交易持续放大，随后在底部震荡。

14时30分，净水环能脱离底部，快速上扬，换手率高达25%，股票翻红。14时45分，股票封住涨停板。

萧然猛掐自己大腿，悔恨没钱补仓，这时，邢臻蹦蹦跳跳来到萧然身边，拿出手机给萧然看："哈哈，一天赚20%！"

此后，净水环能连拉三个涨停，第四个涨停时，公司发布澄清公告，称证监会到公司进行调查，没有发现公司存在引进海外固体垃圾的行为，并表示追究造谣者法律责任。同日，公司还公告海外并购计划，拓展海外业务，公司即将开展经营重组。

萧然惊喜，原来有大利好在后头，看来股票还可以继续持有，如果继续涨停，自己不但可以回本，还能获利。正当萧然翻看股票资讯，钟明礼打来电话："萧然，明天把股票抛了！"

"利好不是才刚出来吗？"

"出利好就是为了出货的！"

萧然恍然。

一次股票买卖，萧然对钟明礼彻底敬服，他邀请钟明礼吃晚饭，地点选在一家高档日本料理。

"萧然，如果我记得没错，这是你第一次请我吃饭。"

"平时工作太忙，真是罪过！"

"工作忙呢，我也理解，但是邀请我吃饭的时间总是有的吧！"

"您是高端人士，金融界的翘楚，我怕我这小警察请的饭，您不来。"

"得了吧，什么地摊我没吃过。你小子这回是看到我的真本事了，所以才找我！”

“大哥明鉴！我是真不明白，明明是垃圾股，为什么王玉童说涨，真就涨了，你说跌，真就跌了。跌到深处，眼看要死了，你说涨回来，就真涨回来了。”

“看你态度还算谦虚，又请我吃这么高档的料理，我就给你说说。”

“洗耳恭听！”

“其实我就是为了报复王玉童夺女朋友之恨！”

“啊！”萧然十分震惊。

“你说王玉童，年龄比我大，相貌也不比我好，怎么会赢得江雨的心？那只剩下才华和金钱了，上个月你和我说，你在买王玉童推荐的股票，我就猜到王玉童帮你建了老鼠仓。在业内，建老鼠仓是要被重罚的，也不知道什么原因，他竟然肯告诉你。但是这给了我一个好机会，我调研了这股票，准备做空它，就在你告诉我王玉童向你荐股的当日，使用公司名下的几十个账户买入了大量净水环能。你看到股票涨了，以为是王玉童拉起的，其实不是，而是我拉涨的。”

萧然又是一惊：“可是第二天为什么跌停？”

钟明礼说：“因为我要套住王玉童。我先买入 200 万手，然后在第二个交易日全部以跌停价卖出，给市场造成恐慌。随后媒体放出我连夜准备的利空消息，股票应声暴跌，恐慌性套牢盘挂在跌停，压死股票。”

萧然问：“那你通过什么获利？”

钟明礼说：“挤走王玉童，逼迫王玉童所在的公司低价交出筹码，然后我再重新拉上去，这样底部接回的筹码，就获得了近一倍收益。”

萧然恍然：“原来如此，那公司的公告也是你们做的吗？”

钟明礼点头：“当然，既然做就做全套。”萧然沉默，钟明礼问，“怎么了？”

萧然说：“这样未免太狠了，王玉童的公司在这一战中，肯定损失惨重。”

钟明礼说：“商场如战场，以王玉童那家基金公司的实力，不蛰伏一年，恐怕翻不了身了。”

萧然有种被利用的感觉，说：“你这样做不好吧。”

钟明礼说：“有什么不好，他抢走了我的女朋友就好了吗？”

萧然说：“江雨本来和王玉童就是一对。”

钟明礼说：“我认识江雨的时候，王玉童喜欢上了莫卿，江雨已经离开了他。现在王玉童重新把江雨招了回去，江雨便将我踢了，这种招之即来挥之即去，我很难接受，作为受害人，我必须给王玉童一点颜色。”

萧然起身，说:“你利用我打击报复王玉童，这顿饭还是你请吧！”说完，萧然起身走了。

钟明礼颇为尴尬，他将要付钱，突然接到江雨的电话：“钟明礼，你去死吧，你竟然用卑劣的手段报复王玉童，你不得好报！”

“谁告诉你的？”

“你以为只有你们公司有情报？我告诉你，王玉童的公司也有，人家查得清清楚楚，这背后都是你在搞鬼！”

“没错，是我做的，这就是王玉童该有的下场。”说完，钟明礼挂掉了电话，他干脆要了一壶清酒，一个人喝了起来。

10 月 10 日 22 时，一个普通的夜晚，正在值班的萧然接到报警，称深夜咖啡屋有人被打，双方都是女性。接到报警，萧然和赵建军当即赶往现场。

深夜咖啡屋的现场有些混乱，来消费的客人站在咖啡馆外指指点点，萧然走进咖啡屋，看见一名女子指着坐在台阶上的一名女子大骂：“你小小年纪就学会勾引人，找不到男人吗？学人家做小三，怎么一点羞耻心都没有！”

萧然上前：“别骂了，怎么回事？”

骂人的女子说：“警察，这个狐狸精是小三，勾引我老公！”

萧然看到台阶上坐着的女子披头散发，双手抱着小腿，脸贴着膝盖，问：“女士，你不要紧吧！”地上坐的女子不抬头，赵建军说：“姑娘，你说句话呀，叫什么名字！”

咖啡屋老板走上前来：“警察同志好，我是负责人，地上坐着的是我们的驻唱歌手莫卿！”

萧然上前，问：“莫卿，是你吗？”

莫卿呜呜地哭着，说：“是我！”

“你什么时候做小三了？”

“呜呜！我没有！”

站着的女子说：“每个小三都不会承认自己是小三的！”

萧然说：“请出示你的身份证！”

女子说：“你怎么不让她出示啊，她是小三！”

萧然说：“她也要出示！”

女子说：“你先让她出示！她是小三！”

萧然说：“先回派出所！”

萧然和赵建军将莫卿和那名女子带回派出所，到了所里，萧然才发现，莫卿的脸被打肿了，眼镜被打坏，眼角有瘀血，衣服也被扯破了洞。

赵建军看着莫卿破烂的衣衫，心生同情，指着打人的女子说：“有话好好说，不是我说你，你看你把人打的！”萧然打电话给江雨，让她送一件衣服过来。电话刚挂，女子发出冷笑：“破鞋还需要干净的衣服吗？”

萧然怒喝：“闭上你的嘴，你张口闭口骂人家是小三，有什么凭据？她是人，你也是人，凭什么把她打得遍体鳞伤？”

第十五章　打人有理

打人的女子说："我当然有凭据，我亲眼看到她和我老公抱在一起！"

"就算是真的，你也不能打人。我告诉你，殴打他人是要被拘留的！"

女子嚷嚷："哎，你吓唬谁，不要以为你们认识，你就可以拉偏架，我告诉你，我申请回避，你给我回避！"

萧然说："好，我报告所长，但是我告诉你，她只是我案件受害人的家属，不是我近亲属，我和她也不存在利害关系，你申请的回避不会通过！"

萧然打了电话给所长，所长郑礼贤来到办案区，了解情况后，对女子说："莫卿只是案件受害人的亲属，不构成回避条件。如果你坚持申请回避，请写一份申请，我再书面驳回。"

女子再次嚷嚷："你们官官相护，我要打电话给我老公！"

女子拨通了一个电话，说："老公啊，你来一趟派出所，我被人打了！哪个派出所？前进派出所，快点！"她挂掉电话，指着郑礼贤："你们等着吧，我老公认识你们局长，你们等着好看！"

郑礼贤皱了眉头，问萧然：“这女的老公是谁啊？”

“不知道啊！”萧然说，“这尊神叫什么名字，我现在还没弄清楚呢！”

说话时，郑礼贤接到一个电话：“哪位？”

“郑所你好，我是深然证券的陈正龙！”

“哦，有什么事吗？”

“郑虹是不是在你们派出所？”

“郑虹是谁？”

打人的女子大喊:“那个谁？我就是郑虹！哼哼，你们等着瞧吧！”

郑礼贤回头看了一眼，走到远处的院子里，说：“哦，她在，贵夫人气质优雅，美丽动人！”

陈正龙说：“刚郑虹说她被打了，这是怎么回事？”

“她去了深夜咖啡屋，找一个叫莫卿的女子，莫卿你认识吧，这两个人相遇，谁打了谁，你应该比我清楚！”

“什么？莫卿？她们怎么遇上的？”

“这就要请教陈总了！”

“请问郑所如何处理郑虹？”

“先验伤，轻微伤的，按照《中华人民共和国治安管理处罚法》，对殴打他人的违法人员处以治安拘留十五天之处罚；构成轻伤以上的，依照《中华人民共和国刑法》，立案侦查，移送起诉，根据情节判处刑罚。”

“郑所，您看这样，能不能调解处理？”

“哦，这个不是我说了算，什么？谁说了算？当然是法律说了算。还有以后请不要打我个人电话，有事请通过值班前台联系。”

郑礼贤挂了电话，郑虹冷笑看着他，说：“怎么样，怕了吧，挨训的滋味好受不？咯咯！”

郑礼贤摇摇头，对萧然说：“把郑虹放进监仓冷静一下，给莫卿做笔录，通知邢臻搜身。”

萧然走到郑虹身边，指着办案区，说：“走，进去！”

郑虹望着萧然，说：“干吗？”

“进办案区！”

“我不去！”郑虹说，“我老公不是搞定了吗？”

“进去！”

“你不要碰我！”

邢臻接到郑礼贤的电话，从楼下下来，看到郑虹正在对抗萧然，吼道：“老实一点！”

郑虹不怕萧然，但是似乎很怕邢臻，她说：“干吗？”

邢臻说：“进办案区去！”

郑虹语气软了很多，但是仍然不服气：“不进去怎么样？”

“打了人还有理！”邢臻抓住郑虹左臂，将其左臂扣在后背，郑虹顿时弯下腰，邢臻像推车一样，将郑虹送进了办案区候问室。

郑礼贤啧啧称赞：“深得邢大队长真传！萧然，学着点！”

这时，江雨来到派出所，看到萧然，说：“萧警官，我给莫卿送衣服来了，她怎么样？”

萧然说：“她受点伤，正在接警室休息！”

江雨说：“那先去包扎吧！”

萧然说：“需要拍照，固定证据。”他接过衣服，拿到接警室，问莫卿，“你怎么样？”

莫卿说：“脸有些灼辣，眼睛很疼！”

萧然说：“先拍照，然后你换衣服，再去医院清创！”

莫卿点头，萧然随即开始拍照，拍照主要是针对创面、衣服，拍完照片，邢臻带她去更衣室换了衣服，出来以后，江雨带她去医院。

“还好哮喘病没有发作！”萧然说。

“她还有哮喘病？”邢臻惊愣，萧然点头，邢臻说，“在更衣室的时候，我了解了一下，陈正龙确实去找过她，还答应要帮她开一家海滩主题咖啡屋！”

“陈正龙找莫卿干什么？”

“爱屋及乌，如果陈正龙当年十分喜欢兰花，兰花死了，陈正龙肯定会关心兰花的亲人。莫卿是兰花的妹妹，陈正龙听说莫卿在荔城，自然而然就会去找她！”

“陈正龙怎么找到她的？”

“那还不简单，那天我们告诉陈正龙，说她有个妹妹在荔城的一家咖啡馆里唱歌，荔城的咖啡屋一共就十几家，陈正龙一家家找，也用不了几天！”

萧然想说是邢臻提供的信息，想着责备没有意义，就没有说。他叹了一口气，说：“怪不得王玉童重新找回江雨，原来是莫卿有了新欢！”

邢臻说：“依我看，莫卿未必是喜欢陈正龙，可能是陈正龙念及对兰花的旧爱，对兰花的妹妹关心一下，也许是哪一幕亲密的动作被郑虹看到了，郑虹起了嫉妒心！”

“有道理，有道理！”萧然和邢臻说着话，江雨和莫卿回来了，萧然问：“怎么这么快就回来了？”

江雨说：“我们在附近的社康中心包扎的，大夫做了清创。莫卿说，你这边还有工作，不能耽误你，我们就先过来了。”

萧然关心地问：“莫卿，你能做笔录吗？”

“没事的，萧警官！”莫卿说，“开始吧！”

萧然带莫卿做了笔录，询问中了解到，陈正龙在萧然去过深然证券找过他的当天晚上，就在深夜咖啡屋找到了莫卿，他自称是莫卿姐姐的前男友，对莫卿姐姐的死感到十分伤心和悲痛，希望能见见莫卿。莫卿对陈正龙十分有好感，他很有涵养，又感性多情，言谈之中透露着对她姐姐的相思之情，真挚没有虚情。

此后，陈正龙多次来到咖啡屋，听莫卿唱歌，但是他没有对莫卿表露过任何爱慕，只是把她当作妹妹。有一天，陈正龙问莫卿有没有心愿，莫卿说："我有两个心愿：第一是能够找到杀死姐姐的真凶，第二个心愿是开一间属于自己的海洋主题咖啡屋！"陈正龙当场表态，一定帮她实现心愿。

陈正龙没有告诉莫卿他已经结婚，10 日晚上，一名浓妆艳抹的女子冲进咖啡屋，走上歌台，不由分说，抓住莫卿的衣服，拳打脚踢，骂莫卿是小三。

笔录做完之后，萧然去询问郑虹，郑虹见到萧然，突然像是变了个人："警官！警官！我错了！我不该打人，求求警官给我一个机会！"

"认识到错误了？"

"认识到了，认识到了，我一进来，马上就认识到了，我不想被拘留，求警官给我一次机会！"

这时，萧然接到郑礼贤的电话："来我办公室一趟！"

萧然挂掉电话，去了郑礼贤办公室，郑礼贤说："刚刚市局赵局打电话，替陈正龙求情。"

萧然问："哪个赵局？"

郑礼贤说："哪个赵局？你小子也要官腔是不是？你不知道就去内网查，市局领导就一个姓赵的！"

"怎么天天有这么多人打电话，这些领导怎么认识这么多社会人员？"

"你不要发脾气，谁都是社会的其中一员！"见萧然不说话，郑礼贤问，"郑虹现在态度怎么样？"

"倒是好了很多！"

"嗯，关进去就老实了！让她知道打人的后果，这样才能坦诚认错，与受害人达成谅解！"

根据法律法规，因双方存在矛盾纠纷而引发的殴打他人行为，轻微伤以下的（含轻微伤），经过调解，取得对方谅解的，可以不予追究。

萧然离开郑礼贤办公室，找到莫卿，说：“里面的女人认识到错误了，希望赔偿医药费，获得你的谅解？”

一旁的江雨问：“她愿意赔多少钱？”

莫卿说：“赔多少钱都没有意义，既然她认错了，就算了！”

江雨嚷嚷：“怎么能算了，她打了你，让她赔个十万八万的。”

莫卿说：“毕竟是姐姐生前男朋友的老婆，别伤了和气！”

江雨说：“可是你的脸？”

莫卿安慰江雨：“没关系的，医生说了，瘀血半个月后就会化掉，脸上也不会有疤的！”

萧然说：“莫卿，你真是大度！”

莫卿说：“为了我的事，你也累，这都凌晨2点了，歇会吧！”

“都是工作。”萧然说，“既然这样，你们回去吧，明天早上9点过来签调解协议，现在放了这个女人，她会继续吆喝她老公认识局长。”想到这里，他顿了一下，“别说，还真是认识局长！”

莫卿、江雨走了以后，萧然给郑虹做了一份笔录。

次日，邢臻早早上班，她来到值班室，看到萧然还在睡觉，拍着萧然的屁股，说：“起来了，太阳晒屁股啦！”

萧然迷迷糊糊说：“你不掀开我被子，太阳怎么会晒到我屁股！”

“莫卿来了！”

萧然坐了起来，问：“在哪？”

邢臻横着眉，说：“我让你起，你不起，说莫卿来了，你就起劲是吧！”

萧然躺了回去，说：“别闹，人家是报案人！”

邢臻说：“告诉你一个消息！昨天晚上，我回到家里，我爸也刚回来，他和技术处马国平通电话，电话中说，技术处重新处理煤气罐，在拼接尸体的过程中，发现多了一枚小指骨。目前正在做鉴定。”

萧然重新坐了起来，问：“怎么会多一枚小指骨？”

邢臻说：“不知道，不排除是受害人在反抗的过程中，咬下来的！”

萧然来了精神：“对，咬下来以后，就会吞进肚子里，这就成了关键性证据！”

邢臻说：“没错，看来这个案件离破不远了。”

萧然陷入沉思：“小指骨，小指骨，嫌疑人没有了小手指，那么他就只有九根手指！”

邢臻说：“我怎么记得你说过，王玉童就是九根手指！”

萧然说：“是啊，他不仅九根手指，他还姓王！”

邢臻说：“难道他是王大军？”

萧然说：“年龄上不符合，王大军的儿子还有可能。如果是王大军杀了兰花等三人，王玉童为何与莫卿、江雨关系这么紧密？心理上没有人能做得到！”

邢臻说：“这就是一个巧合，天下姓王的人何止千千万！”

两人说话时，莫卿打来了电话，萧然示意邢臻停止讨论，莫卿说她已经到了派出所门口，萧然出去迎接了她。

莫卿精神恢复了许多，倒是萧然，熬了一夜，憔悴了，头发像是被炮仗炸了一般。

萧然把郑虹叫了出来，郑虹见到萧然，连连认错，但是看到莫卿，斗志昂扬，像是换了一个人，她刚要张口，萧然横了她一眼。

“现在就郑虹殴打莫卿一事开展调解，郑虹因怀疑莫卿与陈正龙存在不正当男女关系，殴打莫卿，事实清楚，证据充分。依照《中华人民共和国治安管理处罚法》，应当对郑虹处以拘留十五日之处罚，经民警教育，违法人员郑虹承认了错误，表示愿意道歉，受害人莫卿也愿意无偿接受谅解，不再追究郑虹的责任，对此，双方有无异议？”

郑虹对莫卿不追究的事，十分震惊，她表示无异议。萧然继续说：“郑虹，莫卿的姐姐曾经是陈正龙的女朋友，陈正龙对莫卿只是兄妹一样的关爱，如果你认为他们存在其他不正当关系，请友好协商，协商不成的，请联系民政部门，也可以直接起诉陈正龙离婚。你明白了吗？”

郑虹说：“明白！”

签订好调解协议，双方离开了派出所。萧然坐在办公室，仍然想着小指骨的事。他找到失踪案的案卷，记下王大军的身份证号，在本市人口系统检索王玉童，查到王玉童的身份证号前六位与王大军一致。

身份证号是每个人终生不变的号码，不因户籍迁移而改变。王玉童和王大军身份证前六位一致，说明两个人籍贯是一样的。

都姓王，只有九根手指，和王大军同乡，真有这样的巧合吗？

查询王大军的户籍，王大军没有近亲属，而王玉童的户口上也是一个人。户籍信息显示：王玉童于2007年9月从南海大道01号迁入。南海大道01号，一个让人难忘的地址，那是南海大学的校址，萧然的身份证地址至今还是南海大道01号。

萧然想，王玉童一定是从老家迁入南海大道的，可能是因为当时当地电脑没有普及，没有更早的户籍录入信息。如果能查到王玉童迁入南海大道时的户籍信息，就能确定王玉童和王大军是否是父子关系。

哪里能查到王玉童的户籍信息？

萧然马上想到了南海大学，他马上呈批了一份调取证据通知书，然后打电话给李建胜：“喂，建胜，我们去一趟南海大学，调取证据！”

“是藏尸案吗？”

“是！”

“男女搭配，干活不累！”说完，挂掉了电话。

萧然无奈，给邢臻打电话：“我们去一趟南海大学吧，调个证！”

邢臻说：“哦，我好忙哦，没有时间！”

萧然说：“你不是一直无所事事吗？”

邢臻说：“你哪只眼睛见我无所事事？我要写材料，还要参与办案，所里到分局的各项学习、培训，哪个不是我去参加的？没有我，你们能有时间办案吗？”

萧然说：“既然你这么忙，那算了，我找赵建军陪我！”

邢臻说：“等会，你是不是去查王玉童？”

“对啊！”

“早说嘛，藏尸案我还是感兴趣的！”邢臻顿了一下，说，“你为什么总是先给李建胜打电话，你要是先给我打，就算是请我吃饭，我也答应！”

“美的你！”

“萧然，你自己去吧！”

第十六章 寻找检材

公安机关办理案件必须两名以上民警，经出示证件才能办理。萧然说了半天好话，才把邢臻哄上车。

邢臻说："其实我们不用去调王玉童的学籍信息，DNA 报告出来后，直接比对，就能撞出真凶了！"

萧然说："我看未必，DNA 数据是有限的，并不是 13 亿人口的数据都在数据库内。"

车辆驶入南海大学，萧然将车停在行政楼下的停车场，直奔学生处。学生处的处长孙艺东认出了萧然："萧然，你回学校看望老师来了？"

萧然笑着说："是的，孙处长，您最近工作可好？"

孙艺东说："好，一如平常！听说你在公安局工作，看你拿着档案，是不是有什么工作？"

萧然说："孙处长火眼金睛，什么都瞒不过您。是这样，我们在调查一桩杀人案，现在有一名怀疑对象，其身体特征、籍贯特征都比较相符，我想到您这里核查一下这个人的籍贯信息！"

孙艺东问："是在校的，还是往届毕业生？"

萧然说："是2005届毕业生。"

孙艺东说："这个有点不巧，往届毕业生的档案由小覃负责，但是小覃休产假，回广西去了。前几天我们也在找档案，联系小覃时，她说她把钥匙带走了。"

邢臻有些不平，说："这个小覃也真是的，休产假带走钥匙干吗？"

孙艺东说："她负责的是往届生档案，那些档案是锁起来的，平时没人找！"

邢臻问："那小覃什么时候回来？"

孙艺东说："得一个星期吧！"

萧然说："太久了，找个开锁的，把档案室的门打开！"

孙艺东说："这不太好吧，就算打开了，你怎么找你要的东西？没有她，你们不得把档案室翻个底朝天，校长能同意吗？"

萧然想孙艺东说得有道理，就没再坚持："既然是这样，我们等小覃回来！"

离开学生处，邢臻拍着萧然的肩膀："别灰心，DNA报告马上出来！"

说话时，邢臻接到了邢关的电话，邢臻一笑："嘿嘿，好消息来了。喂，邢大队长！对，工作时间，叫职务！什么？没有比中？为什么没有比中？什么，没有比中就是没有比中。"邢臻挂掉电话，绷着脸说，"完了，没有比中！我们还是去找校长谈一下开锁吧！"

萧然拉住邢臻的手："别去了，校长不会答应的！"

邢臻装作害羞的样子："你拉了人家的手！"

萧然连忙松开，往裤子上蹭了一下："不好意思，不是故意的！"

邢臻踢了萧然屁股一脚："嫌我手脏吗？"萧然连忙摆手，邢臻还要再踢，萧然指着楼上，说："孙处长！"邢臻回头，看到孙艺东正在窗户边看着楼下，脸上露着微笑。邢臻连忙整理衣衫，对着楼上挥了挥手，孙艺东也挥了挥手，邢臻仓皇跑进车里。

萧然上车，邢臻暗道了一声尴尬，把话题转移回案件身上：“怎么办，没有比中的嫌疑人？”萧然也不知道该怎么办，他没有说话，邢臻以为萧然生气了，说：“还在责怪我吗？”

萧然没好气：“你怎么老是喜欢拍人家屁股？”

邢臻笑道：“肉多！”

回到派出所，萧然被叫进了会议室，原来邢关正在和郑礼贤、胡连盛讨论案件。

邢关说：“这次 DNA 比对暴露一个问题，那就是我们的基础数据严重不足，我已经向市局进行了反映，考虑将所有医院、学校的数据库进行对接，对每家工厂进行数据采集，健全本市的数据库。”

郑礼贤说：“亡羊补牢，如果嫌疑人已经死亡，此举意义就不大了。”

邢关说：“不能从一个案件出发，要从长远的角度出发，面向未来！”

看到萧然进来，郑礼贤说：“邢大，萧然来了。萧然，快坐下！”萧然和邢臻各自找了一个椅子坐了下来，郑礼贤说：“萧然最近的工作开展得不错，态度认真，思维也很有创造性，是可塑之才！”邢关点头，问萧然：“听说你们去南海大学调档案了？情况怎么样？”

萧然说：“档案员休产假，把钥匙带走了，档案室进不去！”

邢臻说：“我们想找开锁的，可是学生处的领导不肯。”

郑礼贤说：“你想找开锁的，打开一所大学的档案室，真是天方夜谭！”

邢关问：“你们调谁的档案？”

萧然说：“王玉童，一个证券基金经理。”

邢关问：“有什么凭据吗？”

萧然说：“有凭据，但是不是直接证据。”

邢关说：“说说看！”

萧然将自己的看法说了出来，当说到王玉童是九根手指的时候，邢关打断了他：“你说这个王玉童是九根手指？”萧然说是，邢关凝神，半晌说，“长九根手指的人并不多见，算是重要特征，姓王，和王大军身份证前六位一致，确实可疑，可以把他作为重点怀疑对象！”邢关面色转喜：“你是怎么认识他的？”

萧然还没有来得及说话，邢臻插嘴说：“是这个王玉童主动接近萧然的！”

邢关看着萧然，用求证的眼神看着萧然，萧然说：“这么说也有道理，本来我和他没有交集，是他主动联系我，向我推荐股票。”

邢关问：“他有没有向你打听案情？”

“打听案情，应该没有！”萧然后背冒着冷汗，他想起自己曾经告诉过王玉童，他将去四川出差。难道是王玉童雇的演员？想到这里，萧然不寒而栗。

“这只是怀疑，王玉童和受害人莫兰花、江雪的妹妹莫卿、江雨的关系很亲密。”

“他们是怎么认识的？”

“听莫卿说，王玉童曾经资助过他们读书。”

“要调查，是只资助她们两个人，还是资助过很多不特定的人？”

郑礼贤插话说：“要我说，查那些太麻烦，你不是没有 DNA 信息吗？去他住的地方，拿个瓶子，捡个烟头，拿回来一比对，不就知道答案了吗？”

萧然拍掌说：“有道理！”

邢关拍着萧然的肩膀说：“你觉得有道理是吧？”萧然张着嘴，不明白邢关的意思，郑礼贤说：“萧然，既然你和王玉童比较熟，你去找王玉童，弄个瓶子来！”

萧然说：“可是这样的证据不合法啊！”

郑礼贤说：“只要确定是他，我们传唤他，依法提取血样，呈请鉴定，就合法了！”邢关点头，说：“这个任务就交给你了，记住，任务很重大！”

回到值班室，萧然躺着沙发上，眼睛看着房顶，苦思计策。已知嫌疑人身份的，提取其 DNA 检材样本是一件相对容易的事，萧然振作精神，研判王玉童的住址。

莫卿曾告诉萧然，王玉童住的一个豪宅区，名叫玉岭花园，结合研判，锁定玉霄阁 1806 房。萧然驾驶警车，来到玉岭花园，他将警车停放在远处的路边，只身来到小区门口。因萧然穿便衣，没有门禁卡，保安拦住了他，萧然出示警察证，说：“我进去找一下我们领导！”小区保安心领神会，放萧然进了小区。

根据工作经验，如果不出示证件，保安会拦住不放，要求登记拜访的住户房间，甚至直接联系业主，确认身份。如果出示证件，告诉保安自己进去是抓人或者查案，保安会报告队长，队长会追上来协助，那样就什么都做不了了，但是如果说拜见领导，保安会认为民警办私事，且身份安全，不会有违法行为，自然放行。

玉岭花园比较大，内有别墅区，萧然找了好半天，才找到玉宵阁。玉宵阁入口有门禁，萧然装作看手机，两分钟后，有上楼的人路过，打开了门，萧然跟着上了楼。进楼的是一位 50 岁的大妈，她见萧然没有密码，知道萧然不住这里，问萧然：“年轻人，你住哪间房？”

萧然愍了半晌，说：“1806。”

“1806 住的是一个姓王的年轻人，你是他什么人？”

“我是他表弟。”

“看着不像啊！”

“阿姨，表兄弟长相就差了很远。”

大妈按了 18 楼，萧然见她没有按别的楼层电梯，问：“阿姨您也去 18 楼？”

“我住 1805，我不去 18 楼，我去哪一楼？”

“18 楼好，18 吉利，那个什么……”

“小伙子，你是想骂我下十八层地狱吗？”

“没有，没有，我哪有那坏心眼！”

“我看你就是有！”

18 楼到了，两人同时出了电梯，1805 的大妈似乎并不相信萧然的话，站在 18 楼看着萧然，等萧然进去。

萧然并没有进去的打算，他只想在房外找一双王玉童穿的鞋或者放在门口的垃圾袋子。

“小伙子，你按门铃啊，墙上右边是门铃！”大妈仍不进门。

“阿姨，谢谢您，我正在给表哥发微信！”

“发什么微信啊，按门铃就好了，送外卖的来了，每次都按门铃。你要是不会，阿姨帮你，阿姨最热心了！”说完，大妈上前一步，按了门铃。萧然脑子里转了千百遍，想着王玉童正在上班，家里应该没人。

“谢谢阿姨，您真是好人，活雷锋！”

正说着，门开了，萧然暗道不好，回过头，看到一人穿着浴袍，拉着门把手，披头散发，望着自己。“萧然，你怎么在这里？是不是钟明礼让你来的？”萧然认出眼前的人是江雨，他脑子里闪了千百遍，才回过神来，说：“你等会。”他转身谢过大妈，“阿姨，谢谢您，您真好！”

大妈也是一愣，她没有想到萧然真的认识房间里的人，转身进屋，砰地关上了房门。

江雨还在追问：“萧然，你怎么在这里？”

萧然说：“我是来找我们领导，他孩子生病了，我来看望一下，走错了楼，被这阿姨带上来的！”

江雨不信，说：“看望领导，还能走错楼？”

萧然知道继续说下来，一定会被揭穿，就转移话题：“江雨，你怎么在这里？这是你买的房子吗？原来你住豪宅啊！”

江雨顿时脸红，说：“不是的，这是王玉童的家，我只是过来洗个澡！”

“果然是豪宅，还专门过来洗澡，我们都是去澡堂子，那里比较专业！”萧然看了一下手机地图，找到了另一栋楼名，说，“哎呀，时间不早了，我还要继续找领导，玉栏阁是哪里？”

“隔壁栋！”

“我继续找领导。”

江雨连忙说好，萧然回到电梯口，电梯还在 1 楼，萧然不下楼，江雨也不好关门，只能继续站在门口，一只手拉着把手，一只手扶着墙。

萧然回头看着江雨，江雨尴尬地微笑，电梯终于到了 18 楼，一人下了楼，但是电梯继续上行，萧然只好继续等。从电梯出来的是一名青年男子，他看见 1806 门口站着一名漂亮女子穿着浴袍，依依不舍的样子看着萧然，停住脚步，一会看看江雨，一会看看萧然，没有走的意思。

江雨怒喝一声：“看什么，没见过吗？”男子灰溜溜地进了自己的房子。

萧然回过头，尴尬地看着江雨，江雨也尴尬地看着萧然，时间慢如年。

电梯终于来了，萧然对江雨挥了挥手，进了电梯，他擦了一把汗，仓皇离开玉宵阁。为了不被江雨发现，他绕道玉兰阁，转了一圈，才走向出口。

萧然大步走着，忽然一人叫住了他。“萧然！”萧然回头，看到是一辆奔驰车，驾驶座上坐着的是王玉童。

“坏事了！”萧然暗想，不过他终究是一名警察，心理素质过硬，就应了王玉童。

“来办事吗？”

“我来见我们领导。”萧然回答的时候，底气足了很多。

“你等我一下！”王玉童在画线停车区找了一个停车位，将车停了下来，然后走到萧然身边，说，“最近不能给你荐股了！”

萧然说：“没事。”

“你和钟明礼关系怎么样？”

“还好，毕竟是校友嘛！”

“你和钟明礼是校友，和我也是校友，因为是校友，我才向你推荐股票，毕竟警察收入不高，你知道，老鼠仓是违法的，被公司知道，是要开除的。”

“这个我知道！”

“做师兄的，能帮一把是一把，但是钟明礼的公司狙击了我们。净水环能是我们的重仓股，敌暗我明，我们公司损失惨重，短时间我恐怕不能向你荐股了。”

“谢谢师兄关心，你的事业更重要！”

“钟明礼此人心术不正，使用江湖伎俩，此仇必报。我们公司已经筹集了资金，与他一战，一定让他不能翻身！希望你和他走得远一点，别受他影响！”

“好的师兄，我知道了。”

王玉童对萧然完全没有防备，萧然也觉得王玉童没有那么坏。王玉童说完话，向萧然告别，进了玉宵阁。

萧然站在楼下，准备出门，看到王玉童的驾驶座车窗没关，走了过去，看到驾驶座车门内壁有一瓶矿泉水，他抑制住内心的澎湃激动，戴上手套，伸手把瓶子取了出来，拿在了手里。萧然走到小区门口，看到保安在看手机，背着手对保安说：“停车场里的奔驰车窗没有关，要不要打电话通知一下业主？”

保安放下手机，说：“要通知，我们物业就是做这方面服务的！”

萧然离开了小区，激动地奔向警车，将水瓶子放进事先准备的物证袋子，然后给邢关电话：“邢大，我拿到了王玉童驾驶座上的矿泉水瓶！”

“很好，我现在联系马处，他会安排人在门口接你，你把瓶子交给他们！”

挂掉电话，萧然驾车驶向技术处，他仍然有些激动，到了红灯前，他停下车，给邢臻发了一条微信：“瓶子拿到了，感觉像做贼！”

到了下个路口红灯，萧然取出手机，看到邢臻回了两个字：哈哈。

半个小时后，警车驶入技术处大院，门口果然站着一名民警，那民警似乎有自动识别功能，直奔萧然而来。

“我是技术处小刘，是萧警官吗？”

“是我！”

“检材在哪里？”

萧然把瓶子交给小刘，小刘拿着检材就上楼了。萧然取出手机，看到邢臻又回了一条信息：“萧然，你真棒，能力总是在抽丝剥茧中锻炼的，越难的案件，越能锻炼思维，正所谓宝剑锋从磨砺出，相信你肯定能破获这个案件！”

邢臻的一条短信，让萧然感到身上袭来一股暖流，一阵温风，他似乎在这个岗位上找到了价值，找到了认同，他发现邢臻真的很懂自己。

下的工夫越深，越希望成功，案件也是一样。凡是参与破案的人，都希望案情水落石出，真相大白。现在萧然渴望抓获真凶，查清案情，这似乎已经突破了工作需要，上升成了执着信念，不止萧然，邢关、邢臻、郑礼贤、肖金甲、马国平、张成海，甚至整个分局、市局都希望早日破案，抓获真凶。

时间在一点点过去，尽管一切都是猜测，尽管有些风马牛不相及，但是感觉告诉萧然，不会错。

第十七章　抓捕玉童

次日中午，邢关打来电话。

“你好，邢大！”

“恭喜你，比中了！马上来分局，部署抓捕。”

萧然激动得手有些发抖，原来王玉童真的就是杀人凶手。时间是13时，邢臻正在午休，萧然按捺不住激动，给邢臻打了电话：“邢臻，比中了！比中了！”

“太好了，马上抓他！”

“我现在去分局，邢大等着我制订方案！”

“你快去吧！抓一个人，很快的！”

到了分局，各警种的人齐聚刑警大队会议室，各自献策，谁也没有留意萧然。

有的人说：“定位他的手机，迅速锁定目标。”

有的人说：“追踪他的车辆，看他车停在哪里。”

还有的人说：“直接到他公司进行抓捕！”

众说纷纭，但是谁也没有研判出王玉童的实时位置。

萧然出去给江雨打电话，说：“江雨，你在哪儿呢？”

江雨说："我在海岸城逛街呢，有事吗？"

萧然说："我想找一下王玉童，问他今天买什么股票比较好，可是他电话打不通。"

江雨说："他今天没时间，正陪我逛街呢，明儿再买吧！"说完，挂掉了电话。

萧然走进会议室，对大家说："王玉童在海岸城！"

邢关问："你怎么知道的？"

萧然说："他女朋友，就是江雪的妹妹江雨告诉我的，他们两个在一起！"

邢关毫不迟疑，喊道："全部便衣，目标海岸城。守住停车场出口，嫌疑人的车辆是黑色奔驰，大家记住车牌号。"

十几名民警离开了会议室，萧然突然对邢关说："邢大，抓人我就不去了。"

邢关说："为什么？这是你发现的线索。"

萧然说："我认识王玉童，不想看到他狼狈的样子。这次如果不是我拿了他的水瓶子，他就不会被抓，总觉得有一丝愧疚。"

邢关说："妇人之仁，一直是王玉童在利用你，他通过提供股票内幕交易信息，获取你的侦查动向。我想，你告诉了他你要去四川出差的事。因为只有这样，他才能获得一手情报，安排演员。也只有他，一个证券基金经理，有钱买凶。"

萧然沉默，这一点，他早已经想到。邢关拍着萧然的肩膀，说："保守秘密是人民警察的工作要求，虽然你是无心的，但是还是被有心的人利用，下回注意！"萧然点头。邢关说，"不想去就算了，在刑警大队休息一会。讯问在刑警大队开展，遇到困难了，还要找你。"邢关说完，下了楼，他要去现场指挥。

会议室一下子安静了下来，萧然坐在椅子上，望着窗外，怔怔出神。窗外下起了蒙蒙细雨，远近一片雾蒙蒙。

手机嗡地响了，是微信信息，刑警大队专门成立了一个抓捕群，将萧然拉进了群里。

“报告，已经守住停车场出口。”

“已经找到嫌疑人车辆。”

“看到嫌疑人，嫌疑人急匆匆走进车里，似乎急着离开。”

“报告，已经控制嫌疑人，正在核实身份！”

稍时，一张张现场抓捕的图片传进群里，王玉童被戴上了手铐，形象狼狈，江雨站在一旁正在打电话。

嗡！

萧然手机响了。

是江雨。

“萧然，到底是怎么回事？是不是钟明礼在搞鬼？”

“江雨，这是你姐姐的命案，钟明礼能搞什么鬼？”

“你们是不是搞错了，玉童怎么可能杀我姐姐？”

“我们有证据。”想到保密，他突然守住了嘴，说，“你还记得吗？他也姓王。”

江雨沉默了，电话里只有哭声。

警车和便车先后开进分局大院，十几名警察前呼后拥地将王玉童押解进办案区，直到十分钟后，抓捕的民警才回到会议室。

不多时，分局领导及各警种负责人都到了，有的到邢关办公室了解情况，有的直接去了审讯室。

郑礼贤和胡连盛来到了刑警大队，他们看到萧然，过来拍着肩膀，说：“辛苦了。”萧然站起来，还没有来得及说话，两人去了邢关办公室，分局的领导都在，所有的人都沉浸在破案的喜悦之中。

刑警大队的民警正在讯问，萧然突然有种失落，他下楼，开上车，回到派出所，在值班室里见到了邢臻。邢臻问：“不是抓到人了吗，你怎么回来了？”

“刑警大队里里外外都是人，现在不需要我了！”

“我爸说，抓捕的时候，你不肯去？”

“是啊，不知道怎么面对王玉童。”

两人说着话，突然邢臻接到一个电话，是邢关打来的：“萧然在吗？”

“在！”

“怎么回事，打他电话也不接，你把电话给他。”邢臻努着嘴把电话给了萧然，说：“找你的。”萧然接过电话，电话里传来邢关刺耳的吼声：“正在讯问，你跑哪里去了？”

“我看那么多人，没我什么事，就回来了。”

“那么多人也没有你一个人重要，快回来，王玉童不肯开口，指名道姓要见你。”

萧然回到刑警大队，邢关把他带到了审讯室，分局局长宋泽忠坐在电脑桌前，正在对王玉童问话：“王玉童，眼镜王蛇是什么组织，里面都有谁？”王玉童低着头，一言不发，宋泽忠又问，“是谁杀死了郝富强？”王玉童仍然一言不发。

宋泽忠说：“你不说话，我们一样也会拘留你，你不辩解，法庭一样审判你！”

王玉童抬起头，头发凌乱，说：“我要见萧然。”

宋泽忠无奈，问：“萧然来了吗？”

“来了。”邢关说，“萧然，局长叫你。”萧然穿过人群，走进审讯室。宋泽忠说：“萧然来了，你可以说了。”王玉童说：“我只和萧然一个人说。”宋泽忠对着身后民警说：“都出来吧，让萧然单独和他聊聊。”

所有民警都出去，房间只剩下萧然和王玉童两个人。

萧然坐了下来，问：“你这样没有任何意义，所有讯问都有同步录音录像。”

王玉童说："我知道，但是我只想面对你一个人。"

萧然说："为什么？论交情我们并不算很深。"

王玉童说："刚刚好，再深就要回避了，不是吗？再说交情深的，我见不着，也说不着。"

萧然说："你想和我说什么？"

王玉童说："你想问什么？"

萧然说："南国新苑 27 栋 502 房的三位死者是不是你杀的？"

王玉童说："不是。"

萧然问："那是谁杀的？"

王玉童说："我不清楚。"

萧然问："王大军和你是什么关系？"

王玉童说："他是我父亲。"正在场外监听的宋泽忠和邢关等人都颇为震惊，尽管这层关系早已被萧然研判清楚，但是因为王玉童入学信息没有调到，真实性还不能确认，现在从王玉童嘴里说出来，众人无不惊愕。

萧然问："王大军现在哪里？"

王玉童说："我不知道。"

萧然问："你不知道？你连你的父亲在哪里都不知道吗？"

王玉童说："我和他很少联系。"

萧然问："王大军的电话是多少？"

王玉童说："我没有他的电话。"

萧然问："你平时和他怎么联系？"

王玉童说："我从不联系他，他也很少联系我，通常他找我的时候，会到我住的小区，通过保安联系我。"

萧然问："王大军有没有杀害莫兰花等人？"

王玉童说："我不清楚。"

萧然问："根据莫兰花等人的失踪记录，当年莫兰花三人失踪的时候，你父亲正租住在南国新苑27栋502，当时你住在哪里？”

王玉童说：“我住在学校的学生宿舍，当时学校要求所有的学生必须住宿舍。”

萧然说：“可是莫兰花失踪的时间是8月，那是暑假。”

王玉童说：“我不知道你说的是哪一年的8月，我通常暑假是回老家陪奶奶。”

萧然问：“你怎么认识江雨和莫卿的？”

王玉童说：“扶贫，大一的时候，参加下乡活动认识的。”

萧然问：“你知道莫卿与莫兰花的关系吗？”

王玉童说：“我不知道。”

萧然说：“师兄，虽然你对答如流，但是有一半是假话。”

王玉童说：“因为我不知道你们为什么抓我。”

萧然说：“因为你涉嫌杀人。”

王玉童冷笑一声，说：“可笑，据我所知，这宗案件有将近15年了，我今年32岁，当时还在读中学，一个中学生，怎么可能杀得了三个成年人？”

萧然说：“理论上是有欠缺，但是我们有证据指向，结合证据，一个青春期的男子，因为某个原因，杀死了三名女性，也不是不可能。”

王玉童又发出一声冷笑：“证据，你们有什么证据？”

萧然说：“你刚到审讯室的时候，民警采集了你的血样，对不对？”

“对啊！”王玉童有些摸不着头脑。

萧然说：“技术部门在煤气罐中发现了一根多余小指骨。”

王玉童说：“小指骨？”

萧然说：“对，因为多出了这枚小指骨，所以世间多了一个九指人。九指人比十一指人要罕见，而师兄你又碰巧是位九指人，不免成为我们的怀疑对象。”

王玉童说：“那也不能定我的罪，凭什么说这根手指是我的？”

萧然说："我曾经去过一趟玉岭花园，并在你的驾驶座找到了一个水瓶，经过 DNA 检测，确定与煤气罐内的小指骨一致。为了固定证据，民警重新提取了你的血样进行比对，相信报告很快就能出来。"

王玉童神情顿时慌乱，口中喃喃："这不可能！这不可能！"

萧然说："没有不可能，这是事实。既然是你的小指骨，为何会在煤气罐中，是不是你与她们打斗时，被对方咬掉了小指？"

王玉童说："初三毕业那年，我遇到了车祸，我的小手指是被车体碎片削断的。当时我住在市人民医院，你们如果不信，可以去医院调取我的病历。"

萧然说："你这样说，我不知道何从调起。我们电脑普及是在 2005 年以后，医院的病例大多当场交给病人，不做保存。"

王玉童说："你说的是门诊病历，住院病历应该有保存。"

萧然说："即便是你出了车祸，可你的小拇指为什么又会飞进煤气罐中？是见鬼了吗？"

王玉童说沉默良久，说："我不知道。"

萧然说："既然你想和我说，为什么不交代清楚？"

王玉童说："我情绪一团糟，让我休息一下。"

萧然见他不肯再说，从审讯室出来。邢臻守在门口，着急地说："你怎么把拿他水瓶子的事都说了？"

宋泽忠从审讯室出来，说："萧然，聊得不错，不过杀人的事还没有问出来，还有你们去四川遇到的演员是谁请的，郝富强是谁杀的，眼镜王蛇这个组织究竟是否存在，都要问。"

萧然说："好的，局长。"

宋泽忠离开审讯室，邢关拍着萧然的肩膀，说："幸好有你，能开口就不怕审不开。"

萧然说："我建议马上调取王玉童的话单，王大军依然是关键人物！"

邢关说："没有问题，今天打报告，明天话单就出来了。"

休息了半个小时，萧然再次进入审讯室，对王玉童继续讯问。

萧然说："师兄，休息得怎么样？"

王玉童说："我现在感觉很不好。"

萧然说："我理解。"

王玉童问："你相信一名初中生杀死三名女性，藏尸煤气罐，并砌墙封存吗？"

萧然说："我不信，但世间一切皆有可能。"

王玉童干笑了一声，说："这么说，你还是怀疑我。"

萧然说："我相信证据，你总要给大家一个合理解释。"

王玉童说："我解释不了。"

萧然说："我问你，刚才你说你的手指是车祸发生时，车体碎片削掉的，那么当时这根手指去了哪里？"

王玉童眼睛望着房顶，想了半晌，说："当时我昏迷了，醒来的时候，手指就不见了，至于去了哪里，我没有问过。"

萧然问："王大军清楚吗？"

王玉童说："当时他说他没有找到。"

萧然问："你为何与你父亲联系比较少？"

王玉童说："这是我的隐私。"

萧然说："事关命案，你和你父亲的关系也是我们调查的内容。"

王玉童沉吟了半晌，说："我父亲气死了我母亲，所以自初中毕业以后，我们就很少有来往。"

萧然问："你父亲如何气死你母亲的？"

王玉童说："大家都是男人，我不说，你也能想到，无非就是身边的女人多了一点。父亲的不检点，引起了母亲的不平，后来她跳楼了。"

萧然吃惊："是在南国新苑 27 栋吗？"

王玉童说："是的，从楼顶跳下去的，脑浆都溅了出来，惨不忍睹。"

萧然暗暗吃惊，这27栋果然有些邪乎，他说："你这么说，我就理解了。你什么时候知道南国新苑发案的？"

王玉童说："发案没几天我就知道了，荔城新闻，我们了解得比较快，毕竟我们打的是信息战。"

萧然问："你向我提供股票信息，是为了打听案情吗？"

王玉童说："不是，是因为我们是校友，你又是莫卿的朋友。"

萧然认为王玉童没有说真话，但他仍不放弃，问："眼镜王蛇是什么组织？"

王玉童有些不明白，问："眼镜王蛇？刚才你们领导也问了这个问题，但是这个问题我真不清楚。"

萧然说："我出差到四川的时候，有人假扮成死者，意图蒙骗我们，这个事情你知情吗？"

王玉童说："我知道，江雨告诉我的。"

萧然问："不是你雇用的？"王玉童摇头。

首次讯问最大的成果，就是确认了王玉童是王大军的儿子，但是王玉童并不承认自己杀死了莫兰花三人，也不承认自己雇用演员。

眼下证据依然薄弱，单凭一根指骨，难以定罪，仍然有很多证据需要补充，因此找到王大军就显得十分紧迫。

第十八章 业主闹访

时间到了晚上 10 时，莫卿和江雨相约来到分局刑警大队，他们在分局的一间办公室里见了面。江雨一直洒泪，眼睛哭肿得像个包子。

莫卿问：“萧然，这究竟是怎么一回事？”

萧然说：“具体的案件，我现在还不方便透露。”

莫卿说：“我们作为最直接的受害人亲属，还不能知道案情吗？”

萧然说：“你们有权了解案情，但是案情尚未调查清楚，暂时不方便透露。”

莫卿说：“和你说话，就像是看电视台采访。那王玉童有没有杀害我姐姐？”

萧然说：“不确定，但他肯定是知情人。”

莫卿问：“为什么，你们有什么证据？”

萧然说：“告诉你们也没有关系，是这样的，我们的技术部门在其中一个煤气罐里找到了一枚多余的指骨，经过鉴定，确定与王玉童 DNA 一致。王玉童也交代，王大军就是他的父亲。”

这个时候，江雨哭得更凶了，她趴在桌子说：“怎么会是这样？怎么会是这样？”

莫卿嘀咕：“他资助我和江雨读书，难道就是这个原因吗？”

萧然点头，说：“不排除，但是王玉童不承认，他说大学时，学校下乡扶贫，遇到了你们。”

莫卿说：“确实有这么回事，现在想想，可能就是他精心安排的。我记得那是2001年，将要读初三，江雨将要读初二，因为经济困难，面临辍学。有一年，南海大学来了两名学生，说是大学生支援贫困地区，暑期助学。对于当时的学校来说，这是大事。学校教师的水平不高，升学率低，学校就组织全校的尖子生，放弃暑假，冒着酷暑，在学校补习。我和江雨都在补习之列，那个暑假，大家学习热情高涨，所有的人都把考大学当成了人生梦想。在两名大学生的鼓舞和帮助下，我们的成绩突飞猛进，大家对学习充满了乐趣。暑假过后，两名大学生回到了南海大学，学校陷入沉寂，我们期盼着到了寒假，他们还能再过来。令人高兴的是，寒假的时候，他们又来了。那个时候，全校的学生都羡慕我们，希望能参加补习，但是补习生的名额是有限的，不可能人人参加，因此大家对能够参加补习，非常自豪。这样的支教持续了两年，直到江雨考上了高中。那两年，我们十分快乐，在我们的心中，他们是来自大城市的，是大学生，他们就是阳光，是我们的精神支撑。

“后来我们读了高中，他们就定期汇钱给我们，钱很少，但是让我们得以读完高中。他们经常写信鼓舞他们，指导我们功课，给我们买车票，邀请我们到南海大学参观。高中时，只要收到来自荔城的信，都能羡慕倒一大片同学。高中毕业以后，我和江雨先后考入了荔城的大学，希望以后还能再见到他们。那个时候，我们的心愿是分别嫁给他们两个人中的一个。我和江雨读大学的时候，王玉童已经参加工作，而另一位则回了老家，找了一份稳定的工作，娶妻生子。王玉童没有放弃我们，他用他微薄的收入，供我和江雨读完大学。他经常来学校看我们，在我和江雨心中，他就是我们的偶像，是我们的兄长。暑期的时候，我们不回家，王玉童给我们找了暑假工的工作，到了夜里，我们就在步行街吃烧烤。因此，我和江雨对他有着深刻的感情，那种感情超越了朋友，甚至达到了亲情。”

莫卿说完，眼眶湿润，眼泪忍不住掉落下来，她喉咙哽咽，再也说不出话。江雨拍着桌子，哭道：“怎么会是这样，我还和他……”

萧然将纸巾递给莫卿和江雨，说：“你们先平静一下。”

这时，邢臻走了进来，说：“萧然，你出来一下。”萧然走出办公室，看到钟明礼站在走廊。钟明礼吃惊地看着萧然，说：“我听说王玉童是王大军的儿子？”

萧然说：“不要幸灾乐祸！”

钟明礼说：“被你说中了，我本来就是幸灾乐祸。”

邢臻一旁笑着说：“现在你又有机会了。”

钟明礼说：“她不爱我，我还不乐意了，谁喜欢二手的！”

萧然说：“你别不高兴，江雨很喜欢王玉童，而且爱到骨子里。”听了莫卿的故事，他终于明白莫卿和江雨为什么都深爱王玉童了，也知道为什么别的男人走不进她们心里。

钟明礼说：“我爱江雨也到骨子里。”他指着萧然出来的那间办公室，说，“江雨在里面吗？”萧然点头，钟明礼跑了进去，萧然还没有喘口气，钟明礼就被轰了出来。“你出去，我不想见到你。”

钟明礼踉踉跄跄从办公司退了出来，口中喊道：“再给我一次机会！”

“你走啊！”

钟明礼退到萧然身边，办公室的门被关上了，钟明礼两手一摊，说：“我真不知道自己做错了什么。”

萧然说：“你什么都没有做错，江雨只是不爱你。”

邢臻说：“结论下得别那么早，失去了王玉童，她早晚还会回到他的怀抱。”

萧然说：“我看未必。”

钟明礼说：“行了，你们别吵了，等你们忙完了，我请你们这对神雕侠侣喝一杯。”说完，转身去了停车场。

邢臻笑着说：“你这位师兄刚才称呼我们是神雕侠侣，真的好贴切，不愧是南海大学的高才生。”

萧然问：“有多高？”

邢臻说：“比正弘大厦还要高。”

因涉嫌故意杀人，王玉童被刑事拘留。

次日，萧然呈请调取王玉童的电话通话记录，并通话记录备份，送往情报中心开展研判。萧然对王玉童近三个月的通话进行筛查，因王玉童业务电话多，筛查工作开展了一个多星期，但没有任何线索。

因王玉童不认罪，且不具备藏尸能力，案件材料退回了办案单位，要求补充侦查，补充的第一点就是找到王大军，核实案件情况，但王大军就像是不曾存在过，公安机关除了掌握他的户籍信息，别的任何信息都没有。

2013 年 10 月 21 日，这天是周一，8 时 30 分，荔城市政府大门口聚集了大量群众，他们拉着横幅，上面写着“打击钉子户，还我家园”。政府工作人员正准备上班，往来的车辆因为聚集的群众太多，进不了政府大院。信访局的几位领导听说政府大楼有群众聚集，在红灯路口急得满头汗，猛拍方向盘。

新来的市长名叫郑家荣，是从省政府派下来的，他的汽车刚到政府门口，就看到了眼前这一幕。他走下车，走进人群，被群众认了出来。

“郑市长，你要给我们做主。”

郑家荣说：“市民朋友们，你们好，你们因为什么事来到这里聚集？”

众人七嘴八舌，郑家荣也听不清，最后还是司机告诉他，是南国新苑旧改的事。郑家荣恍然，说：“你们有没有代表？”

众人齐声说有，说话时，大家都指着一名男子，郑家荣问：“你叫什么名字？”

那男子说：“我叫梁东文。”

郑家荣说：“好的，梁东文同志，你来我办公室谈。市民朋友们，你们大家先回去，留下几个代表，我谈一谈，好不好？”

众人沉吟，一人说：“郑市长，我们的旧改问题持续十多年了，问题一直得不到解决，今天政府不解决，我不走了。”大家纷纷响应。

郑家荣说：“既然大家不肯走，就在院子坐一下。”

正在此时，信访局局长郝存钦赶到了现场。“郑市长，我来晚了。”郑家荣问：“你是郝局长？”郝存钦说：“是。”郑家荣说：“给群众准备一些水和遮阳伞。”郝存钦点头，说：“我马上办。”

几名代表被带进了市长会议室，市长郑家荣回到办公室，他没有找住建局，而是将电话打到市公安局，经市公安局转到了岭南分局，联系上了分局局长宋泽忠。“泽忠同志，今天市政府门口聚集了大量来访人员，诉求是尽快完成南国新苑拆迁项目，其中有个叫梁东文的，你知道吗？”郑家荣说。

宋泽忠对接到市长的电话感到非常激动，他说：“报告市长，这个梁东文从前是头号钉子户，自从南国新苑发现了一宗陈年命案，马上就同旧改公司签订了拆迁合同。现在梁东文成了旧改业主代表，坚决同钉子户做斗争。”

“南国新苑还有多少尚未签订合同的业主？”

“还有四家。这四位业主分布在四栋内，其他房子都拆了，唯独这四栋没有拆，影响工期。”

“街道有无对四户业主进行约谈？”

“据我所知，街道根本就找不到这四位业主。”

“你们公安有无协助街道查找？”

“协助了，但是涉及公民隐私，我们得使用情报技术手段。”

“找，全力找！不能因为少数人的私欲，影响大多数人的住房幸福。”

挂掉电话，宋泽忠通知郑礼贤及巡警大队，马上到市政府将上访人员带回，并予以书面训诫。书面训诫在多个派出所同时开展，几名上访代表被带到了前进派出所。

负责训诫梁东文的是邢臻，梁东文一眼就认出了她，他指着邢臻，说：“你这个小姑娘怎么还在这里做警察，公安局没有开除你啊，我这就给市长打电话，反映情况。”邢臻一听就来气，要还嘴，萧然制止了她：“犯不着，犯不着。”

梁东文没有真的打电话：“这回算了。”但他仍然派头十足，“让郑礼贤来见我，开玩笑，我可是带着市长的指示的。”郑礼贤不敢怠慢，将梁东文请进了会议室，值班民警制作了训诫文书，拿给上访人员签字，上访人员一看是训诫文书，就不乐意了，一个个说在市政府的时候还好好的，拉到派出所怎么就变了样了，纷纷拒绝签字。值班民警将情况反映给胡连盛，胡连盛给局长宋泽忠打电话，宋泽忠在这件事情上表现得很有担当，他指示：“所有的人必须训诫，非法上访，扰乱单位秩序还有理了。”

分局局长的指示给了民警很大的底气，值班民警按照指示，对在场人员再次训诫，上访的群众表示不服，如果签了本次训诫文书，以后还将继续到市政府上访。

民警无奈，只好给胡连盛打电话报告情况，胡连盛亲自来到办案区，安抚群众：“市民朋友们，大家好，我是派出所副所长胡连盛，对于大家的上访行为，我非常理解和支持，但是也不能聚集到市政府，扰乱政府的正常工作。本次训诫，只是告诉大家，这样做是不对的，并没有实质处罚。”

一人说：“到市政府上访实属无奈，我们也多次到区信访局、市信访局反映情况，但是政府人员面对信访已经麻木，不能从根本上解决问题，政府不重视，我们什么时候才能住进新房子。”

胡连盛说：“现在市长已经下了指示，各级部门已经携手解决拆迁问题，但是话说回来，拆迁都是自愿，你们好多人不也是刚刚站到同意拆迁阵营吗？”

又有一人说：“可是我们还是难以接受训诫这样的文书。”

胡连盛说：“你们反映的问题是存在的，但是方式是有瑕疵的，对你们的闹访，政府必须予以相应的处理，如果不处理，信访局就要关门了，政府也不能正常办公了，以后大家都去市政府门口信访，拦截市长算了。”

几番劝说，才平息民愤，大家才同意在训诫书上签字。正当群众签字时，郑礼贤给萧然打了一个电话，通知萧然到会议室。萧然上了楼，郑礼贤说：“刚刚梁东文反映，南国新苑背后有人指使业主阻挠拆迁。”

萧然坐下，说：“梁先生能不能说得具体一点？”

梁东文语气比在办案区平缓许多，他说：“这事说起来惭愧，从前贪小便宜，以为晚点和拆迁公司签合同，能多要点钱。自从27栋出了藏尸案，我是一点都不想在这个破房子里住，白天脏乱差，晚上做噩梦，实在不是人待的。当钉子户那会，我们有二十几个人，大家抱团，我也算是主要人物，后来大家觉得当钉子户没有任何意义，把开发商吓跑，就鸡飞蛋打了。其实除了我，还有一个主要人物，这个人名下应该是没有房产，但是那几位业主对他言听计从，听他的主意。我们签完合同，只剩下四位业主没有签拆迁合同，现在这四位业主都人间蒸发了，他们不住这里，开发商也找不到他们。只有你们公安才能找到他们，揪出幕后人，让他们在拆迁合同上签字，这个拆迁的事才能办成。”

萧然说：“就算找到这个幕后人，他们不同意签字，我们公安也没有办法。”

梁东文说：“他们和我们普通的钉子户不一样，我们无非是希望拆迁的条件高点，给的补偿多点，而他们似乎像是有什么阴谋，我们至今都不知道他们想要什么样的条件。”

萧然问：“你说的幕后人是谁？”

梁东文说：“我只知道他叫张天罡，是个算命的风水师。”

萧然惊愕：“张天罡？风水师？”

梁东文说：“嗯，据说正弘大厦就是依据他的建议建的。”

“正弘大厦？”萧然有些摸不着头脑，问，“你见过他吗？”

梁东文说：“我见过一次，大家开业主大会的时候，我见过一次，此人话不多，但是说话很有煽动力。我们都被他说动了，做了几年的钉子户。”

萧然问：“他说了什么？”

梁东文说：“他说中国的经济是平稳发展的，依照古代经济的发展，稳定的政治格局下，城市土地的价格是高昂的，城市的房产是高昂的不动产。当前中国的城市化还没有走到尽头，大城市对年轻人具有极大吸引力，越来越多的年轻人涌进大城市，房价会持续推高，参照美国等发达国家的房价，最具竞争力的城市房价都在 10 万人民币一平方米，土地面积较小的城市如香港，房价按平方尺出售，折合每平方米 15 万，豪宅区约 30 万。只要我们不签拆迁合同，拆迁公司就必须满足我们的条件，而随着时间的发展，房价也会继续推高，旧改公司的财富也会因此增长，若干年后，旧改公司不但不会怪罪我们，还会感激我们。”

萧然说：“确实很有煽动力，说得我都想当钉子户了。你有张天罡的电话吗？”梁东文摇头，萧然问，“有他的身份信息吗？”梁东文又摇头，萧然说，“最近有见过他，或者知道他的住址吗？”梁东文摇头，说：“我只知道有这么一个人，至于名字究竟怎么写，哪里人，住哪儿，还有电话号码多少，我都不知道，只能通过你们来调查。”

萧然点头，问：“另外四个没有签约的业主的电话和姓名，你们有吗？”

梁东文说：“这几个人我们当然有，我们还一起出去旅游呢。”萧然记下他们的电话和身份信息，说：“情况我们已经了解，郑所，还有什么要交代？”

郑礼贤说：“向上级部门求助，立即对几名人员的位置进行落地，核查张天罡的身份信息。”

“好的。”萧然下了楼，到了办案区，呈请调取四名尚未签约的业主电话通话记录，16时许，通话记录到了萧然手里。

第十九章　强奸警情

萧然打开话单，进行数据碰撞，筛选出 13 个共同关系人，萧然对 13 个关系人进行核查，奇怪的是，并没有叫张天罡的人。

情报部门对四名未签约业主开展研判，发现这四名业主全部回到了原籍老家，他们有的在江西，有的在湖南，有的在四川，有的在贵州，萧然将情况汇报给郑礼贤，郑礼贤犯了难。这四人都不是案件嫌疑人，公安机关不可能为他们出差，于是将情况报给宋泽忠，宋泽忠也很犯难，将情况转给了区政府。区政府将情况转给了街道，要求街道办电话联系，务必解决签约问题。

事情转到了街道，派出所得到片刻的安静，但是仍未找到张天罡。

这天晚上 9 时，前进派出所接到一名女子报警，称被他人强奸。萧然和赵建军赶到现场，在北海路南方酒店找到了报警女子和嫌疑人男子，萧然两人进入房间时，报警女子和嫌疑男子躺在一起，现场有很多瓶瓶罐罐。房间内的男子抓起浴巾，问：“你们干吗？”

萧然说：“刚接到手机尾号为 6789 的女士报警，称自己被张姓男子强奸。”

男子一惊，望着床上的女子，说：“你报的警？”

床上的女子不回答他，指着他对着萧然说：“警察，他强奸我！”说完，女子从桌子上的背包内取出一个摄影机，交给萧然，“警官，这是证据。”

床上的男子打了女子一个耳光，说：“贱人！”

萧然和赵建军制服男子，将其约束，并通知技术中队，勘查现场，随后男女被带回派出所。

报案的女子名叫贾玉，江西人，25 岁，2012 年 12 月，经人介绍认识了一位私人按摩师，并在酒店进行按摩。贾玉患有腰椎间盘突出，以背部按摩为主，需要裸露上身。2013 年 3 月，该按摩师在按摩时，多次触碰其胸部、生殖器，并实施了强奸。2013 年 6 月，该情况再次发生，因没有直接的犯罪证据，贾玉隐忍作罢。2013 年 11 月，为了掌握证据，贾玉再次预约按摩，并提前准备好摄像机，录下了男子的犯罪证据。

萧然和赵建军打开摄像机，见情况果然如贾玉所说，就请邢臻送贾玉到医院做检查，两人对男子开展讯问。

男子自称姓张，名叫玉堂，52 岁，专业中医推拿医师，海南人。男子称自己于 2012 年 12 月经人介绍认识贾玉，贾玉患有腰锥间盘突出，自己曾多次为其按摩，并在按摩过程中产生了感情。2013 年 3 月，在一次按摩过程中，双方不能自已，并自愿发生性行为。本次酒店发生的性行为是第三次发生性行为，且是自愿的，没有违反妇女意愿的情况。

萧然笑着说：“你对强奸罪研究得很透彻，还知道违反妇女意愿。”

张玉堂辩解：“经常和女性接触，难免被患者家属误解，但是这一行真的很累，不光手累，心也累。”

萧然说：“录像显示，你的肢体有压迫动作，对方不顺从，你强行与对方发生性行为，这个如何解释？”

张玉堂说：“这完全是故意陷害，贾玉提前准备好摄像机就是为了栽赃我。以往她都是顺从的，这次她故意摆出反抗的动作，意图很明显，就是想借警察的手，敲诈我钱财。”

萧然想张玉堂说得有道理，发微信给邢臻：“问问贾玉，是否肯和解？”很多强奸警情是难以界定的，区别就在于是否违背妇女意志，除了陌生男子劫持女性，强行实施性行为外，另有一些嫖资纠纷、情感纠纷、经济纠纷引发的强奸警情，令民警十分苦恼。一方称自己被强奸，一方称双方出于自愿，双方各执一词。由纠纷引起的强奸警情，一般女性会同意和解，接受男子赔偿，向警察表示是自愿发生的性行为。民警对自愿和解的这类强奸警情，一般不再立案。不过也由此产生了一些色狼女斗士，她们接受陌生男子约会，在发生关系之后，报警被强奸，敲诈男子财物。因该斗士多次出现在派出所，被民警熟知。

一分钟后，邢臻回消息：“贾玉不同意调解，态度坚决，表示一定要惩罚这个恶人。”

萧然想，能开房请私人按摩的人，经济条件一定不差，她这般煞费苦心地使用摄像机录像，不惜将自己裸体性行为画面提供给警察，足见决心。想到这里，萧然知道自己今夜不能睡觉了。他回到审讯室，开始给张玉堂做笔录：“姓名，身份证号。”

“我叫张玉堂，身份证号……”

萧然录入身份证号，笔录系统弹出了一名男子，一旁的赵建军说：“这头像不太像啊！”

萧然看了一眼，也觉得不像，张玉堂说：“旧照片，不像本人。”萧然担心张玉堂冒用身份，打开人口系统库，对张玉堂身份进行核验，发现鼻子和眼睛很像，但是耳朵差异太大。因照相馆上传证件照，会对人脸做处理，但是耳朵的外形、张开的角度有差异，所以比对耳朵可以迅速判断真假。

萧然再次问张玉堂：“你到底叫什么名字？”

“张玉堂啊！”

萧然根据张玉堂的轨迹，对张玉堂进行提问，不到一分钟，就戳穿了他。

“你到底叫什么名字，为什么冒用张玉堂？”

“张玉堂”不肯吭声，萧然打开“张玉堂”的手机，看到其手机照片里全是女性的裸体照片，照片有上千张。一旁的赵建军见了，说：“不是我说你，你也太变态了，人家手机公司安装了拍照功能，就是拿来给你拍裸照的啊？”“张玉堂”沉默不语。

萧然打开他手机通话记录，看到里面有几人名字十分眼熟，仔细一想，竟然是南国新苑硕果仅存的四位钉子户。他吃了一惊，拿着手机到他电脑的话单表格中进行检索，果然检索到了“张玉堂”手机的号码，他使用情报系统对该号码进行检索，看到有人将这个号码备注为“天师”。

萧然用“张玉堂”的手机拨打其中一个叫黄丛的“钉子户”，不到十秒，对方接听了电话：“天师，你好！天师？”

萧然挂掉了电话，回到了审讯室，他冷静了一下，然后微笑着说：“玉堂兄，你从业多少年了？是从何人？有没有营业执照？”

“张玉堂”来了精神：“本人对中医相当有研究，一身的本事全是祖传的。不光在荔城广受认可，在全国也是享有盛誉，本人经常到南海大学医学院进行授课，光是学生就有三千人。”

萧然笑道：“这些年赚了不少钱吧？”

“也没有多少钱，勉强养活自己。”

“没有多少钱是多少钱，张天罡？”

“嗯？你叫我？”

“别装了，张天罡，根据张玉堂的照片，我们进行了比对，系统上的照片根本不是你，你继续装下去没有任何意义。”

“识破我不是张玉堂容易，可是你怎么知道我是张天罡？”

“你不用管我怎么知道。”

“好，算你有点本事，可是我没有强奸啊！”

“张天罡，请说一下你的身份证号。”

“我不知道，你不是厉害吗，你自己查。”

萧然气愤地离开审讯室，再次在人口库进行筛查，他截取 40 岁至 55 岁之间的全国男子，叫张天罡的有三十余人，打开人员照片，一一比对，竟然没有对应的身份信息。

萧然十分奇怪，对“张天师”进行筛选，也没有看到对应的人口信息。

根据工作经验，不肯提供真实身份信息的人通常有着不可告人的秘密。有的人冒用他人信息，是害怕自己留下前科，有的人则是在逃犯，隐瞒真实信息，可以逃避惩罚。

他回到审讯室，继续讯问：“张天罡，你为何阻挠拆迁？”

张天罡说：“我什么时候阻挠拆迁了，警察说话要有证据，不要血口喷人。”

萧然说：“我有证人指认，你在过去的十年中，多次阻挠南国新苑拆迁，你是何目的？”

张天罡说：“自古拆迁是自愿，何来阻挠之说。业主有同意拆迁和不同意拆迁的自由，国家保障公民的财产权，谁也没有违法。”

萧然说：“旧改是政府工程，漫天要价，向政府勒索拆迁款，影响拆迁，阻挠旧改，使全体业主有家不能回，行为恶劣。”

张天罡说：“你们政府可以强制拆除啊，既然是为了全体业主，为什么不强制拆除？还不是政府不敢担当，怕少数业主到北京上访，起诉拆迁公司故意损毁公民公私财物。”

萧然说：“我说不过你。”他打电话给郑礼贤，说，“张天罡找到了，现在是强奸嫌疑人，正在接受审讯。”郑礼贤欣喜若狂，他专程从家里来到派出所，听萧然汇报，萧然说完，郑礼贤连夸萧然能干。

时间已经到了凌晨 1 时，郑礼贤不顾深夜，给分局局长宋泽忠打电话，报告这个喜讯，宋泽忠生怕张天罡跑了，说：“别放人，明天早上，街道办的工作组就到位。”

张天罡被抓的第二天，街道办的工作人员张恺、梁丽来到了派出所，就拆迁的事情开展座谈。听说张天罡面临刑事拘留，街道办的工作人员颇为幸灾乐祸，张天罡坐在审讯室，问：“如果我动员几名钉子户签订拆迁合同，你们能让派出所将我释放吗？”

梁丽表示：“我们可以争取报案人与你和解。”

张天罡问：“如果报案人不同意和解呢？”

梁丽说：“如果不同意，我们也可以沟通派出所，尽量帮助你，搜寻有利于你的案件证据，减轻你的处罚。”

张天罡冷笑：“你们又在画饼了。派出所能搜集的证据，不分有利和不利，都会搜集，还用得着你们来说。”

张恺对张天罡十分不满，说：“照你这样说，强奸有理了。”

张天罡火气上蹿，说：“老子没有强奸，那个贱人是自愿的。”

双方你来我往，竟吵了起来，不到十分钟，街道办的两名工作人员离开了审讯室，张恺对值班民警说：“他妈的，什么人啊，一定要依法办理，严加惩处。”

值班的民警笑呵呵地说：“我们都习惯了。”

梁丽说：“你们工作真是不容易。”

两人回到街道，街道书记听说张恺两人到了派出所与张天罡吵了一架，十分生气，把两人批评了一顿，要求两人再去派出所做工作，但是两人说什么也不肯再去，请求换人。书记无奈，又派了两位老同志，这两位老同志平时没有具体业务，接到街道书记“圣旨”，开着自己的车，往派出所门口一摆，进了所长办公室，喝了一下午茶，临走的时候，进了审讯室，看了一眼张天罡，口中啧啧：“这就是那个好色的半仙，又当大师，又当按摩师。”感叹了两句，就打道回府了。

郑礼贤问：“两位不和他聊聊？”

一名姓李老同志说："这人肯定要拘了，我就不费那唾沫星子了，省点劲，晚上多吃口饭。兴许把人抓了，事情就好谈了。"

下午5时，调解没有达成，张天罡因涉嫌强奸，被刑事拘留。

针对王玉童的提审继续开展，警方动用了心理专家，企图突破王玉童的心理防线，问出王大军的下落，但是结果并不理想。

市局心理专家王徵问："王玉童，我知道人可能不是你杀的，但是你是知情的，公安机关在藏尸的煤气罐中找到了你的指骨，没有人能够排除你的嫌疑。但是话说回来，死者被害时，你只有十六岁，就算不是你杀的，也和你有关系。或者是被害人遇害时咬掉了你的手指，或者是有人将你的手指放进了煤气罐。究竟是何人持有你的手指，又是何人将其放进煤气罐，只有你知道。"

王玉童答："我没有见过这根指骨，车祸发生后，我一直是昏迷的。"

王徵说："你没有见过，但是你知道可能在谁手里。"

王玉童说："我也不知道可能在谁的手里。"

王徵说："你撒谎。作为一个儿子，我想你一定难以接受，亲生父亲杀人，然后嫁祸给自己的事实。"

王玉童说："这些都是你的主观推测，并没有真凭实据。离开看守所，我会依法提起国家赔偿，并向检察院起诉你们。"

王徵说："我还头一次受到犯罪分子的威胁，没关系，我并不害怕。"

王玉童说："我不是杀人犯。"

王徵说："那么谁是杀人犯？请你告诉我。"

王玉童沉默，良久说："我不知道。"

王徵离开看守所，告诉邢关："杀人者确实不是王玉童，但他是知情人，甚至可能参与了藏尸。"

邢关说："根据王玉童的同事反映，王玉童待人和善，很重情义。"

王徵说："尽快找到王大军，案件才能取得实质突破。"

张天罡在没有查清身份的情况下，被送往看守所进行羁押，临行前，萧然问："按照程序，我们需要给你的家属邮寄一份家属通知书，请问我应该寄往哪里？"

张天罡仰望着天，说："我早已经没有家，你寄给老天吧！"

张天罡被刑拘以后，在看守所羁押了一段时间的郝青苗情绪波动较大，引起了管教民警老廖的重视，他不敢怠慢，连忙上报看守所所长，看守所所长报告宋泽忠："宋局，主犯都抓了，这从犯啥时候能放，我担心俩闺女也死看守所里头。"

宋泽忠说："那也等法院判决，谁敢放？"

"取保候审也行啊！"

"取保候审是个好办法，不过要等王大军到案，防止串供，别忘了郝青苗是演技派。"

看守所所长传达分局局长宋泽忠的指示：要严密监控，防止意外事件的发生，要求监区民警重点关注，管教民警每半个小时巡查一次，落实"三三制"，包夹罪犯 24 小时跟随。

做了一次报告，民警还是这些民警，结果落实下来的工作更多了，管教民警老廖悔不当初。

郝青苗的事情尚未平息，张天罡出事了，他和相邻监仓的王玉童因为琐事打了起来，双方难分难解，后来被看守所关了禁闭。

萧然知道这件事的时候，已经是打架发生的第二天，王玉童因为鼻梁骨骨折，需要外出就医，看守所通知办案单位协助押解。通知下到萧然这里，萧然出于关心，接受了这个任务，他抵达看守所的时候，看到王玉童身上多处是伤，问王玉童和谁打架，王玉童没有回答，管教民警接了句话："就是隔壁的新人张天罡。"

"张天罡，你怎么会和他有矛盾？"萧然问。

"就是看不过眼。"王玉童说。

萧然没有接话，外出就医回来以后，他赶紧回到派出所，调出张天罡入所照片，并与王大军的照片进行比对，发现两人面部五官虽然不同，但是耳朵外形、喉结大小、眼睛神态都十分一致。萧然马上将张天罡的血样和王玉童的血样送往技术处进行比对，往常这个比对要一个月才会出结果，但是萧然找张成海进行了沟通，结果次日就出了报告，萧然从电话中得知，两份血样存在近亲缘关系。

第二十章 拨开迷雾

报告在萧然意料之中，他迫不及待将这个消息告诉了邢臻，邢臻对这个消息感到难以置信，她问萧然："天哪，你怎么知道的？"

萧然难以抑制兴奋，并将想法告诉了邢臻："首先，这个张天罡的身份是无法查明的，他冒用的张玉堂已经被我们识破，所谓的张天罡也不过是假借唐代的袁天罡名字罢了。其次，他到了看守所没有多久，就与王玉童发生了打架，王玉童性格优柔，轻易不与人打架，怎么会与刚进看守所的张天罡结仇？说明之前就结了仇。根据前两点，联想张天罡阻挠拆迁，我起了疑心。什么人会不计代价阻挠拆迁，只有害怕秘密被发现的人才会这么做。"

邢臻十分兴奋："你的脑袋是什么做的？这么风马牛不相及的事都被你联想到了一起。"

萧然嘿嘿一笑，邢臻说："不过有个地方我想不明白，为什么张天罡的照片和王大军的证件照相差这么大呢？"

萧然说："这不奇怪，一是王大军的证件照比较胖，张天罡比较瘦，二是我怀疑王大军为了躲避侦查，整了容。"

邢臻点头，说："不错，煤气都不送了，改按摩了。"

萧然说："不光按摩，还懂风水，你忘了正弘大厦了。"

邢臻恍然，说："原来正弘大厦的设计理念出自这厮。"

两人说着话，郑礼贤来到值班室，见两人有说有笑，问："你们笑什么呢？"

邢臻说："报告郑所，萧然刚刚找到王大军了。"

郑礼贤一惊，问："在哪呢？快去抓啊！"

邢臻笑着说："已经被抓了。"

"被谁抓了？"

"被我们萧神探给抓了。"

"什么时候？"

"就在三天前的晚上。"

"别逗我了，三天前不是抓了一个张天罡吗，难道……不可能啊，王大军的照片我看过，长得不像啊！"

萧然说："我已经送到技术处做了鉴定，证实两人确实是父子关系。"

"还有这种事？"郑礼贤问，"有没有去提审核实？"

萧然说："还没有，报告刚出来。"

郑礼贤说："慎重，必须慎重，别弄出冤假错案来。"萧然和邢臻微微一笑，郑礼贤说，"通知你们的爸爸，不，是邢大队长，也没错。"

很快，萧然识破王大军身份的事传遍了分局，为了验证萧然的判断，邢关亲自到看守所提审王玉童。

"王玉童，张天罡是不是你的父亲王大军？"

王玉童沉默。

"你知道他改名换姓，伪装身份。"

王玉童沉默。

"你的父亲杀了莫兰花？"

王玉童沉默。

“我们已经对你和张天罡的血样进行了比对，确认了你们的父子关系。”

王玉童仍然沉默。

“沉默解决不了问题，想一想你心爱的江雨。”

“其实我更喜欢莫卿。”王玉童终于开口了。

“哦？可是据我了解，你最终选择了江雨。”

“那是被逼无奈，你认识陈正龙吗？”

“我见过，深然证券的老总。”

“他是个坏人，得知莫兰花有个妹妹，就千方百计接近她，听说莫卿和我走得很近，就打电话给我，要挟我，让我远离莫卿，否则就派人杀了她。”王玉童说话的时候，萧然和邢臻就站在邢关的身后，两人大吃一惊。王玉童继续说，“为了保护莫卿，我答应陈正龙，离开莫卿。”

萧然说：“所以你就重新选择了江雨？”

王玉童说：“和江雨在一起，是为了让陈正龙相信，我真的离开了莫卿。”

邢臻问：“陈正龙真的有这么可怕吗？”

王玉童说：“真的很可怕，他是我这辈子唯一害怕过的人。”

邢臻问：“他究竟做了什么事，让你这么害怕？”

王玉童说：“说不上来，但是经他手办的事，对手总是很惨的，和他做朋友，一般都没有好下场。”

邢臻问：“你想知道莫卿现在怎么样吗？”

王玉童问：“莫卿来了吗？”

邢臻说：“没有，她来不了这里，在你出事之前，她被陈正龙的老婆打了。”

王玉童吃惊地说：“她没有告诉我。”

邢臻说：“不光莫卿没有告诉你，江雨也没有告诉你，这么丢人的事，谁会往外说呢？”

王玉童说：“所以谁沾上了陈正龙，准没有好。”

“我这里有一段录像，你想不想看？”王玉童正要回答说想看，邢臻已经拿出了手机，她展示一段录像，录像里是莫卿，莫卿说：“玉童，你为什么要瞒着我们，难道你不怕我们恨你一辈子吗？我相信你没有做过对不起我和江雨的事，但是我姐姐死得太惨，我需要找到真凶，要不我怎么对得起姐姐？”

莫卿说完，江雨将手机抢了过去，说：“王玉童，你个大坏蛋，我恨你！你是杀人犯，你个大骗子，你骗了我的青春。”

王玉童不忍再看，说：“关了吧，邢警官。”邢臻关闭录像，说：“不光是我，莫卿、江雨也需要知道真相。你瞒不了我们，大量的证据已经摆在眼前，继续沉默，只能将你推向深渊。”

“我说。”王玉童咬着牙说。

邢关三人内心十分高兴，但又不好表露出来，三人稳住情绪，邢关说：“先说说你父亲吧。”

王玉童说：“张天罡确是我的父亲王大军。”邢关三人从王玉童的口中听到这件事，心里落下了一块石头。王玉童说，“我很佩服你们，能够找到我，还能够找到我的父亲。但是没有办法，作为一个儿子，我很难去揭发他，亲手把他送进法场。”

邢臻说：“可是你差点背上杀人的罪名。”

王玉童说：“我现在也没有洗脱嫌疑，不是吗？”

邢臻说：“如果你早点揭发，死者的冤魂就能早日得到安息。”

王玉童说：“很难，我没有勇气，如果我揭发他，我就会成为同学的笑柄，试想谁会和一个杀人犯的儿子做朋友。后来我认识了莫卿、江雨，就更不敢揭发他了，揭发了他，我就成了莫卿、江雨的仇人的儿子，怎么还会有来往？”

邢臻说：“你是有意接触江雨和莫卿，还是无心的？”

王玉童说："当然是有意的。怀着为父赎罪的心，我说服我的室友王斌跟我一起到莫卿的老家支教。王斌不知道我的情况，但是他是一名积极乐观向上的年轻人，和我很投缘。我们到了兰花的老家S县，当地确实很贫困，师资力量匮乏，莫卿所在的白虎中学对我们热烈欢迎，我们利用暑期在白虎中学开展教学。从同学的口中，我打听到莫卿和江雨是兰花和江雪的妹妹。为了不被发现，我对她们有特殊照顾，我对补习的学生一视同仁，莫卿和江雨也特别争气，先后考入县城的高中，并考入了大学。事态的发展超出了我的想象，来到荔城之后，她们两个都喜欢上了我，我喜欢莫卿多一点，但是莫卿担心伤害江雨，主动退了出来。莫卿离开之后，我很难过，就想找莫卿，结果伤害了江雨。后来陈正龙知道莫卿是兰花的妹妹，要挟我，我十分无奈，只好离开莫卿。"

王玉童的话，印证了莫卿所说的关于他们相识的过程，这一切，似乎并没有恶意。

邢关说："讲一下煤气罐藏尸案的事吧！"

王玉童说："这个案件，其实我知道并不多，我没有看到死者死亡的过程。"

邢关说："那就把你看到的说出来。"

王玉童说："初三那年，我出了车祸，之后我在老家休养。康复得差不多了，想着快要开学，就提前回来了。大巴车开到荔城，已经是凌晨1点，我步行回到南国新苑，那时还没有手机，我也没有提前告诉我爸，到了楼下的时候，我看到楼上没有亮灯，以为我爸睡了，就用钥匙打开了房门，结果看到我爸正在大厅坐着，地上躺着三具尸体。当时都惊呆了，就问我爸是怎么回事，我爸说自己失手了，我当时又害怕，又惊慌，不知道该怎么办。我爸说：'孩子，你可以去报警。'我怎么可能将自己的父亲送上法场，就说不，他说，'既然你不愿把爸爸交给警察，你就离开这里，永远也不要再进这间房子。'当天晚上，我流落街头，第二天搭乘大巴车，回到了老家。一直过了半个月，我才重新回到荔城，战战兢兢地读了高中。”

邢臻问：“你认识死者吗？”

王玉童说：“我认识，她们三个人来过我家，和陈正龙的关系密切。”

邢臻问：“你们什么时候搬离南国新苑的？”

王玉童说：“那天离开南国新苑，我就再也没有回去过。开学以后，我一直住学校，放了寒暑假，我就回老家，绝不再去那栋楼。”

邢关问：“你的手指是怎么回事？”

王玉童说：“这根手指源于一次车祸，当时我正在放学的路上，因为是雨水路面，一辆小轿车撞到了护栏上，引发侧翻，撞到了我，我当场就昏迷了。醒来的时候，父亲不在我身边，医生说，他去交费了，可是连续多天也没有见到他，直到快出院，他才来见我。从那次车祸开始，我的小拇指没了。”

邢关问：“这些年，你和你父亲联系得多吗？”

王玉童说：“基本不联系，我大学的学费是我姑姑给的，我的生活费是我自己打工赚的。”

邢关问：“你知道王大军化名张天罡，给人看风水的事吗？”

王玉童说：“我不知道。”

邢关问：“你知道王大军化名张玉堂，给人按摩吗？”

王玉童说：“他说起过，说他做正经生意，学的是中医推拿，我爷爷恰好是中医，所以他说他在做这行的时候，我还挺欣慰，直到前两天在看守所见到了他，得知他涉嫌强奸，才原形毕露，他就是个变态的色魔。”

邢关问：“王大军整过容吗？”

王玉童犹豫了一下，说：“我不知道他是否整过容，从为数不多的见面中，我感觉他的五官变化挺大的。如果他真是为了逃避惩罚才变成这样，大可不必联系我。只是他不管变成什么样子，我还是一眼就认出了他。”

邢关问：“你接近萧然，是不是为了了解案情？”

王玉童说：“是，我很害怕这件事情东窗事发，所以想通过萧警官了解案件进展。当我听说萧警官要去四川的时候，我就知道，你们掌握了死者身份。”

邢关说：“谁雇的演员？”

王玉童说：“我不清楚。”

邢关说：“你有无将萧然出差四川的消息告诉王大军？”

王玉童迟疑半晌，说：“萧然，很抱歉，我告诉了他。”

邢关问：“你通过什么方式传递消息的？”

王玉童说：“我们有个单线联系的手机，只有我们彼此知道这个号码。”

邢关问：“这部手机在哪里？”

王玉童说：“萧警官去四川那天，手机被我扔楼下的垃圾桶了。”

邢关问：“为什么要扔？”

王玉童说：“因为我感觉自己很快就要被抓了，不能留下这个证据。”

邢关说：“王玉童，如果你说的属实，你将涉嫌包庇罪，你清楚吗？”

王玉童说：“我清楚，我查过法律。”

邢关说：“虽然你所说的可信度比较高，但是仍然不能排除杀人嫌疑，案件我们还会进一步调查。”

王玉童说：“我做的事，我会负责。”

拿到王玉童的笔录，邢关三人都很高兴，三人在审讯室休息了一下，准备提审“张天罡”，研究了半晌，觉得午饭时间已到，不便继续提审，待午休过后，稍作合议，再行提审。

午饭在看守所的食堂就餐，郝青苗的管教民警老廖向邢关打招呼："邢大队长亲自来吃饭啊！"邢关点头，说："是啊。"

老廖想起自己管教的嫌疑人，拖着北京腔，问："邢大，藏尸案搞得咋样了？我那押着两人呢，随时可能会出事，就那个郝青苗，天天唱歌，唱完《山路十八弯》，就唱《青藏高原》，破锣嗓子又跑调，用不了几天，整个看守所在押人员连同民警都会一块疯掉。前两天我到康宁医院押人检查，顺带让那医生也给我看了一下，嘿，说我晚去两天，就和那个被押解的人一副德行了。后来我请了两天假，去海边钓了两天鱼，才把自己治愈喽，现在又回来工作了，天天听郝青苗在唱歌，我感觉自己又快病发了。"

邢关笑眯眯地说："你老廖能得精神病？你要是得了精神病，那全国人民都病入膏肓了。"老廖哈哈大笑，说："你别逗我，我跟你说真的，尽快破案，把这两疯婆子取保出去。"他小声对邢关说，"毕竟人家父亲死在里面。"

邢关说："你不怕人家出去，告你去。"

老廖说："告呗，那是人道赔偿，不是渎职。"

邢关竖着拇指，说："就你这心态要是能得精神病，那精神病医生都要给自己看病。"老廖又是哈哈大笑，他指着萧然说："这个小伙子是萧然？"邢关睁着眼睛，郑重点头，老廖说，"行，一表人才，你们这一家三口办案，那也是一道风景。"说完，老廖走了。

邢关想老廖说的话，越想越不是味，他见邢臻和萧然打闹，横了一眼邢臻，邢臻知趣，踩了萧然一脚，萧然疼得直抱脚。打完饭，三人坐到了一起，邢关说："你们注意老廖的话没有？"

邢臻问："什么话？"

邢关说："以后我们这个组合就不能再出现了，从来没有父女组合办案的。"

邢臻说："那有什么？《公务员法》规定近亲属不能是同一部门

上下级，又没规定不能一起办案。我们是不同部门，凑巧侦办一个案件。”

邢关说：“话是这么说，但是会让人说闲话。我冒昧地问一下你们二位，你们是在谈恋爱吗？”

邢臻和萧然对视了一眼，同时摇头，说：“不是。”

邢关长出一口气，说：“没有就好，有也暂时别谈了，等办完这个案件再谈。”

邢臻笑着说：“我尽量控制。”

下午，提审的时候，为了避嫌，邢臻没有到场，邢关和萧然到看守所进行提审。提审前，两个人就提审要点交换了意见，因想法不一致，两人进行了争论，最后确定邢关审问，萧然打讯问笔录。

“张天罡”被带到提审室，邢关看着“张天罡”，见他精神了很多，但是似乎多了许多白发。“你好，张天罡！”邢关开始问话。

“你好，警官！”

“关于你的案件，你这些天想的怎么样了？”

“是这样的，警官。这些天，我在看守所内，认真反思了我犯下的过错，我确实不应该利用职务之便，占客人的便宜，与女性发生性行为。这一行为后果严重毁坏了我的个人形象和从业信誉，我愿意对我的顾客贾女士做出精神赔偿，希望能获得她的谅解。”

邢关笑了一下，说：“报案人坚决不同意和解。关于这一点，我们也和报案人进行了耐心细致的沟通，但是被报案人拒绝了。我时常在想，究竟是什么原因，才让报案人如此态度坚决。”

“敲诈，就是想敲诈我的钱。”

“可是对方没有提出赔偿要求。”

“警官，我和那位客人完全是自愿的，我们的聊天记录都在。通过聊天记录，你可以看到，我一直叫她宝贝。”

邢关又笑了一下，说：“确实你喊了她很多次宝贝，但是报案人并没有应你，也没有对你有亲密的称呼。而且摄像画面显示，你和她发生关系时，她有反抗动作。”

“张天罡”说：“每个女的和男的那个前，都会很矜持，口中喊着不要，实际上特别想要。我不可能听到她说不要就停下来。”

邢关见萧然听得认真，桌子下踢了他一脚，萧然连忙将这段记了下来。

第二十一章 核查身份

“‘张天罡’，你的真名叫什么？”

“就叫张天罡啊！”

“我们系统库查不到你的信息，你提供的户籍地，我们也发了函到当地公安局，也没有查到你的户籍信息。”

“一定是当地派出所把我的户籍弄丢了。”

“你真是幽默。”

“我没有开玩笑，以前我们老家派出所经常把辖区居民的户籍弄丢，后来还是村干部开证明，重新办的户籍。”

“你太幽默了。”

“张天罡”接不出话来。

邢关说：“‘张天罡’，你来荔城多少年了？”

“张天罡”说：“十年总有了。”

“在南国新苑住过吗？”

“没有。”“张天罡”斩钉截铁回答。

“你一直住在哪里？”

“岭南、天螺都住过，不固定。”

“你认识王玉童吗？”

“我不认识。”

“是吗，你前两天还和他打过一架。”

“把我打伤的人叫王玉童啊，我还真不知道。那是一个坏人，你们千万不要相信他，他是不是涉嫌寻衅滋事进来的？”

“别装了，王大军。”

“什么，谁是王大军？”

“反正我不是。把你打伤的人王玉童指认你是他父亲，说你叫王大军。”

“张天罡”突然怒吼：“他血口喷人！”

邢关也不慌，说：“你为什么说他血口喷人，他只是指认你是他父亲，怎么血口喷人了？”

“张天罡”喘了口气，说：“他是坏人，你们不要相信他的话，他说我是他的父亲，其实就是骂我是王八蛋他爹。”

“有趣，真是有趣。”邢关说，“可是我们还对你们的血样进行了比对。”他拿出 DNA 报告，说，“这份报告书里说，你们的血样存在近亲血缘关系。”

“张天罡”接过报告，看了一眼，说：“这是伪造，绝对伪造。”

“请教 DNA 报告如何伪造？”

“张天罡”冷笑：“一份报告，还不容易伪造？你们警察本事多大，能给我造出一名字，还能造出一个儿子来。”

邢关说：“如果你不信，你可以申请重新鉴定。”

“张天罡”说：“我是不会信的。”

邢关说：“既然你不肯承认你是王大军，那么你也不会交代其他事了。”

“张天罡”说：“什么事，总不会还有别的事情栽赃给我吧！”

邢关暗想，此人好厉害。这一次，提审“张天罡”不成功。邢关和萧然离开看守所，准备另找证据，以零口供，起诉“张天罡”。

首先，邢关请胡连盛安排办案民警完善“张天罡”强奸材料，并呈请自查清身份之日起计算羁押期限报告书。其次，派萧然和李建胜去润和科技找25栋张彩霞老太太，辨认“张天罡”。再次，找到整容机构和整容医生。

说起见过王大军的人，除了天螺分局的万副局长，就只有张彩霞了。萧然拿着“张天罡”照片，给万副局长，他端详半晌，说看着不像，萧然只好找张彩霞碰碰运气。

张彩霞，25栋一楼小卖部的店主，自煤气罐藏尸案案发，张彩霞向萧然透露案情之后，就人间蒸发了。现在张彩霞成了本案的重要证人，或许她能够辨认王大军。萧然通过自己的办案系统，查询不到张彩霞的下落，找公安研判部门求助，研判部门的民警接到求助，立即对张彩霞的关系人进行梳理，找到了她的儿子，根据出租屋系统，找到了张彩霞儿子租住的房子，经联系该小区物业，确认张彩霞的最新住址。

一天晚上，萧然和李建胜敲开了张彩霞家的门。萧然本以为张彩霞会惊讶，然后将两人拒之门外，出乎意料的是，张彩霞将两人请进了家。

“两位请坐！”张彩霞说。

“谢谢，不用客气！”萧然说，“家里还有其他人吗？”

“儿子和儿媳出去吃饭了，老伴在家。”张彩霞喊，“老伴，出来见客人。”

一人从左侧的卧室走了出来，萧然见这人十分眼熟，惊讶地指着他：“你……你是……”

“呵呵，想不起来了吧。”

萧然和李建胜一时间都没有想起来。

张彩霞说：“我老伴在润和科技。”

萧然一拍脑门，说："润和科技的门卫。"

老人家上前和萧然、李建胜握手："两位警官好，我叫元胜，叫我老元就好了。"

"老人家，你好！"萧然和李建胜连忙起身握手。

"那张照片帮到你们了吧？"

"照片？什么照片？"萧然问。

"信封里的照片。"元胜说。

"信封里的照片是您放的？"萧然一惊，"我查了许久的监控，始终不知道谁放的。"

"我和孩子他娘都很关心这宗案件，虽然知道有冤魂，但是苦于没有证据，也害怕举证不成，被恶人报复。"元胜说，"现在公安机关介入调查，我们就尽自己的一份力。"

萧然问："您是怎么将信封放进我家的？"

元胜说："我找到住在小区的一个小孩，给了他十块钱，他帮我送进去的。"

萧然恍然，说："难怪找不到送信的人。"又问，"你怎么知道我住址的？"

元胜说："我有很多老乡在荔城做门卫、保安，刚巧你住的小区有我认识的老乡，就托人问了一下。"萧然后背冒了冷汗，元胜问，"案件进展得怎么样了？"

萧然想起来辨认的事，说："老人家，我拿出王大军现在的照片，您能辨认出来吗？"

张彩霞说："我肯定能认出他。"

萧然将一组十二人的男性照片拿给张彩霞，张彩霞看了半晌，眉头紧皱，又将照片拿给元胜，元胜拿起眼镜，端详五分钟，说："警官，这上面真有王大军吗？"

萧然说："有啊，我刚从看守所拍过来的。"

元胜说："我这年龄大了，孩子他娘，你看看。"

张彩霞把照片看了一遍，摇头说："我也认不出来。"

萧然说："你们多久没有见到王大军了？"

张彩霞说："十几年了，我们对这人印象很深，不应该有这么大变化啊？"

萧然问："您见过张天罡吗？"

张彩霞说："听说过这个人，我没有见过。"

萧然说："看守所里的那位现在承认自己是张天罡，不承认自己是王大军。"

"还有这种事？"张彩霞又看了看照片，指着照片中"张天罡"的照片说，"这个人是王大军。"萧然欣喜，问："您怎么辨认出来的？"

张彩霞说："他的嘴唇、鼻子、眉毛都变了，但是他的神态没变，胡子的轮廓没变。"

萧然、李建胜十分高兴，说："太好了。这回看他怎么抵赖。"

张彩霞说："单有辨认，恐怕也没用，你们怎么知道'张天罡'就是王大军的？"

萧然将DNA比对和王玉童指认的事说了，张彩霞惊讶地说："儿子都指认了，王大军还不承认吗？"

萧然说："仍然不认。"

张彩霞点头，说："那也是，认了就等于判死刑，之前的功夫就白费了。依我看，你们还是要找原因，是什么让他变成现在这个样子，比如说，你们怀疑他为了逃避刑罚，专门整过容，就要找他整容的证据。"

萧然长叹："就是不知道他何时何地整的容。"

元胜说："王大军这个人太狡猾了，出事以后，我们就再也没有见过他，但是我们总感觉他一直活在我们的身边。"

萧然又问了王玉童的事："你们记得王玉童这个人吗？"

张彩霞说："王大军是有个儿子，名字我忘了，但是不叫王玉童。"

萧然将王玉童的照片给张彩霞看，张彩霞说："是这个人，没错，眉清目秀，随他妈，八成是改名了。"

萧然问："您见过他妈妈吗？"

张彩霞说："我见过，这是一个烈性人。刚认识她的时候，她特别热情，经常给我家送块腊肉、豆角什么的。"

萧然问："听说王玉童妈妈是自杀，这是怎么回事？"

张彩霞说："这就话长了。王大军家的姓黄，大家叫她黄大姐。王大军和黄大姐虽然偶尔吵闹，但是感情一直很好，直到有一年，王大军的儿子出了车祸，王大军从医院回来，像是变了个人，白天不见人，晚上也不回家，听说王大军在外面赌博，找女人。有一回，王大军把一个女人带回了家，被黄大姐看到了，黄大姐把那个女的赶跑了，王大军气急败坏，打了黄大姐一耳光，黄大姐感觉委屈，一怒之下，跳了楼，横尸楼下，脑浆都出来了，惨啊！从那以后，27 栋的名声就传出去了，加上以前也有跳楼死人的，传得就更邪乎了。"

萧然问："王大军的儿子出车祸，和王大军有什么关系？他怎么突然变得那么怪？"

张彩霞说："不知道，这其中的原委就只能问王大军了。"

走访持续了三个小时，张彩霞在笔录和辨认笔录签字、捺指印后，萧然和李建胜离开了。

次日，邢关组织刑警大队 20 名民警分赴全市各大医院进行分别走访，针对全市大小整容机构，调取全市近十五年的男性整容人员资料，各大医院均不配合，认为这是就诊人员隐私，严禁调阅、复制。各小组将情况汇总，报告邢关，邢关协调卫生局，卫生局支持医院，同时为了配合调查，允许公安民警查询档案，准许将与案件相关的就诊材料，复印回公安机关。

调查对象针对的是男性，男性整容人员并不多，主要是烧伤、烫伤、先天不足等。2008 年以后的人员档案在电脑里，而 2008 年以前的档案则已经封存在各大医院、整容专科的档案室内。

经查，各大医院的电脑档案里并未见王大军的整容记录，医院的档案人员翻找纸质档案登记，找到了若干名叫王大军的档案，经调阅，照片、年龄、籍贯均不相符。就在众人绝望之时，天螺美容医院档案册上，一个叫张玉堂的名字引起了办案人员的注意，档案员将张玉堂的档案取了出来，根据其出院时的照片，确认张玉堂就是看守所内关押的“张天罡”，民警一一翻看，在档案后面找到了“张天罡”整容前的照片，经与系统内王大军照片比对，证实为同一人。

历经三天，公安机关终于找到了“张玉堂”的整容档案。民警复印该整容档案，并将“张玉堂”的整容医生带到刑警大队，制作证人笔录。“张玉堂”整容医生陈述：2002 年的一天，“张玉堂”经人介绍，来到美容医院，要求对鼻梁骨进行调整，医院根据其要求，调整了其鼻子外观模样。鼻子调整之后，“张玉堂”以不好看为由，要求调整眉毛外观。眉骨修整后，“张玉堂”认为自己下巴太胖，想收下巴。院长以为医院接了一个大生意，每天派护士精心照料，并让护士煽动“张玉堂”多整几处。“张玉堂”前后整容 26 次，最终面目全非，好在医院有整容前照片存底，才能使这个秘密重现人间。

“太好了，看你这回怎么说？”邢关拿着厚厚的材料，重回看守所，准备讯问“张天罡”。邢关和办案民警坐了下来，看守所民警将“张天罡”带到审讯室，令邢关没有想到的是，“张天罡”的态度出现了重大转变。

“没错，我是王大军，王玉童是我儿子，2002 年，我在天螺美容医院整了容。”

在场的民警无不吃惊，因为他们准备了很多的开场白。如果不是藏尸案，单是证明王大军的身份，以上材料足够了，但是现在要调查的是杀人，王大军不承认自己的身份，就没有调查基本前提。

邢关问：“怎么现在又承认自己是王大军了？”

王大军说："因为我觉得我没有必要再隐瞒下去了。"

邢关说："你为何要整容，又为何隐瞒身份？"

"很简单，我的儿子王玉童杀了人。"王大军说。

场外监控室监听的民警十分震惊，纷纷惊望着他。王大军说："作为王玉童的父亲，我无法做到大义灭亲。"说着，王大军眼角开始落泪，"我有罪，我犯了包庇罪，我请求政府对我从重处罚。"

王大军的表现令在场民警动容，邢关开始质疑自己的判断，说："你说一说王玉童是如何杀人的。"

王大军抽泣半晌，开始说："我的儿子原名叫王家奎，一直比较文静，也不爱和人说话。我和家奎他妈早年来到荔城创业，我在煤气站工作，他妈妈在电子厂上班，后来挣了点钱，就把家奎接到了荔城读书。开始也没有什么问题，到了初中，家奎进入青春期，人就躁动起来，喜欢买黄色杂志，收藏黄色小说。有一次，她妈妈的内裤不见了，以为是被大风刮走了，后来他妈妈整理他的房间，在他的枕头下面找到了，旁边还有带着异味的纸巾。"

说到这里，监控室的民警都皱起了眉头，可以想象，这一幕多么不堪。

王大军继续说："问题出在初三那年，家奎因为手淫被他妈妈看见，被他妈妈打了，他想跑，被他妈妈拉住，挣脱时，因为用力过猛，将他妈妈推下楼，摔死了。事发后，所有的人都将死因算到了我头上，为了不影响他的前程，我就说是因为找了女人被发现，他妈妈羞愤，跳楼死的。"

监控室的民警一惊，这完全是另外一套说辞，和公安机关掌握的不一样。

王大军说："他妈妈死后，他不仅没有收敛，还打起了三禾电子厂的主意，与厂里的姑娘勾勾搭搭。1998 年，来荔城务工的姑娘才十六七岁，初中刚毕业，与家奎年龄相仿。家奎利用我出差期间，将一名叫兰花的女子带到家里，实施强奸，因对方不从，将对方掐死。后兰花的同乡上门寻找，事情败露，家奎担心案发，使用钝器袭击她们脑部，将两人打死。等我从外地回来的时候，凶案已经发生，为了保护我儿子，我让他离开了荔城。家奎走后，我考虑如何处理尸体，当时三禾还没有想到报案的事，我利用这个空隙，连夜将死者装进煤气罐，封好，将衣服于夜间送到野外焚烧填埋。”

邢关问：“煤气罐为什么不拉到野外丢了？”

王大军说：“首先，警察在盯着我。其次，煤气罐放到任何地方，放不出煤气，都会引起人的疑心，导致发案。”

邢关问：“砌墙的砖头从哪里来的？”

王大军说：“很简单，房顶码了一堆砖头，用于建花园的，我趁夜间没人，蹑手蹑脚地将砖头拿了下来。然后在房中砌了一个夹层。”

邢关问：“你的隔壁没有住人吗？”

王大军说：“隔壁没有人，当时房主去香港了。”

邢关说：“总会发出声响吧？”

王大军说：“我用毛巾包着，趁大家上班的时候干。这一点，您不用怀疑，要不然，也不会有现在的煤气罐藏尸案了。”

众人点头，想一想王大军的话，确实有道理。

王大军说：“来荔城之前，我干过两年泥瓦匠，这不是什么难事。”

邢关问：“后来呢？”

王大军说：“后来我把墙砌好了，刷了白灰，就对警察说，你们老盯着我没有意思，有没有证据？没有证据，不要跟踪我，否则我就去检察院控告你们。警察果然走了，我就回到了老家，把家奎的名字改了，回来读高中。”

邢关问：“改不改名字，有什么关系？”

王大军说：“是没有什么关系，我是想告诉他，重新做人。后来他果然懂事很多，读书也上心了，还考上了南海大学，成为优秀毕业生。”

邢关问：“他和莫卿、江雨的事是怎么回事？”

王大军说：“赎罪吧，为他自己赎罪。不过现在看来，他看上了她们，要不然怎么会爱完了这个，爱那个。”

邢关问：“跟踪我们办案民警，聘请演员的事是怎么回事？”

王大军摇头说：“我不明白你说的什么，我绝不会跟踪民警，也不会聘请演员。或许他会，他有足够的钱做这件事，听说他还认识你们民警。”打字的萧然不吭声。

邢关问：“有人指认，你在阻挠南国新苑拆迁，这是为什么？”

王大军说：“我只是不希望煤气罐被发现，现在是想拆迁公司把价格给得更高一点，毕竟业主只剩下四个了。但是政府找到了我，我一定会联系业主，尽快与政府签订拆迁协议，配合项目工程公司，完成拆迁工作，重建岭南，振兴老城区。”

邢关问：“王玉童的手指是怎么回事？”

王大军说：“他的手指？有什么问题吗？”

邢关说：“我们的工作人员在煤气罐中发现了一截指骨，经比对，与王玉童 DNA 一致。”

王大军恍然，说：“这件事啊，我不是很清楚。”

邢关问：“他是九根手指，你不知道吗？”

王大军说：“我不知道。藏尸案发生之后，我很少见他，没有注意他的手指。”

邢关问：“王玉童读初中的时候，是否发生过车祸？”

王大军说：“确实有这回事，但是和手指有什么关系？”

邢关问：“当时他的手指有没有被汽车碎片割掉？”

王大军摇头，说：“没有，只是骨折，后来住院治疗，康复了。”

邢关问：“这么说，他的手指没有问题？”

王大军说：“没有问题。”

邢关问：“王大军，你说的都是真的吗？诬陷他人，一样要负法律责任。”

王大军说：“警察，我快六十岁了，没有必要诬陷自己的儿子，他被判了死刑，对我有什么好处？为了替他隐瞒犯罪事实，我不惜整容26处。”

邢关说：“既然是你儿子杀人，你为什么要整容？”

王大军长叹：“少一个人证，他就可以自圆其说。我曾经告诉过他：‘只要你被抓到了，你就说人是我杀的，他们找不到我，死无对证，就会放了你。’玉童是不是这么告诉你们的？说人是我杀的，他什么都不知道。”

第二十二章　离奇车祸

审讯室和监控室的民警沉默半晌，全都不说话。

提审告一段落，本来以为杀人和藏尸与王玉童没有任何关系，审讯王大军后，王玉童成了重大嫌疑人。

“乱套了。”萧然给邢臻打电话。

“什么乱套了？”邢臻问。

萧然说：“讯问的时候，两个人措辞温和、彼此关爱，俨然一对相亲相爱的父子。但供述时，儿子指认老子，老子指认儿子。现在搞不清楚到底是谁杀人。”

看守所的会议室里也炸开了锅，有的人说王玉童杀人，有的坚持王大军杀人，还有的说两人都参与了。

究竟谁是真凶？

会议室外，邢关正在接听电话。

“邢大队长，听说口供突破了？”

“宋局好，杀人的事，父子两人基本都承认了，但是具体谁实施了杀人，差异太大。按照前期调查，王玉童的话采信度较高，但是王大军今天说的一样有道理。王玉童强奸不成，杀死兰花，被兰花同乡发现后，将兰花同乡江雪杀死。王大军出于父爱，为儿子藏尸，隐姓埋名。”

“反正不是儿子杀的就是老子杀的。”

“对！”

“但是邢大队长，公安工作不是这么开展的，如果把这样的材料交到检察院，你猜检察院会退查几次。”邢关沉默，宋泽忠说，“工作推进要细致，证据要环环相扣！”

邢关回到会议室，对萧然说：“提审王玉童，你来问，我来听。”

对于这个案件，一直是邢关亲自讯问，没有想到他会这次让自己问。

“先做个提审大纲。”邢关说。

萧然针对案件存在的问题、两个人笔录的差异，列出要点，拿给邢关，邢关点头，萧然才通知值班民警将王玉童带到提审室。

“王玉童，这几天休息得怎么样？”萧然问。

“挺好的，将这件事和盘托出，向公安机关做如实汇报，我的内心压力瞬间得到极大释放，现在夜里睡得很好。”王玉童说。

萧然说：“有一个不好的消息告诉你，你的父亲王大军承认了自己的身份。”

“哦？这让我挺意外的。”王玉童说，“不过这是好事，你为什么说是不好的消息？”

萧然说：“因为根据你的父亲供述，你之前的供词都是错的，有诸多疑点。”

王玉童问：“都有什么样的疑点？”

萧然说：“第一，你和兰花关系存疑；第二，谁是凶手存疑；第三，你的手指存疑；第四，雇用演员的事存疑。”

王玉童眼睛睁得圆圆的，他握紧审讯椅，说：“你们难道怀疑我？”

萧然说：“我们说的是存疑，希望你能提供有力的佐证，如果证据不足，你将继续被调查，且面临刑事处罚。”

王玉童说：“我犯的是包庇罪，不是杀人罪。”

萧然说："很巧，另一个人也这么说。"

王玉童面如死灰，继续紧紧握住椅子，喉咙里发出声音："我可是他亲儿子啊！"

萧然说："你们双方各执一词，如果你希望我们搜寻对你有利的证据，请提供线索。"

王玉童说："萧然，你知道，我这个人是不可能杀人的。而我的父亲，我一直不肯面对他，就是因为他做了太多让我引以为耻的丑事。是非曲直，相信你们警察有自己的判断。首先，我的手指在车祸中断了，我昏迷多日，醒来时，手指已不知去向。其次，我不会砌墙，不会电焊，不能藏尸。再次，我与演员没有联系，你们可以调查。"

萧然说："你说的这些，我们会调查，我现在问你，你当时出车祸就诊的医院是哪家医院？"

"就是我们市人民医院骨科。"

"具体的日期还记得吗？"

"我记得，1998 年 4 月 26 日，距离中考只剩下两个月。"

"好的，有关取证，还需要你进一步配合。"

离开审讯室，萧然说："依我看，凶手应该是王大军，他想嫁祸给自己的儿子。"

邢关说："侦查可以靠感觉，但是取证不能。我看他们两父子的演技都十分高超，你能确定王玉童就没说假话吗？"

萧然说："不能。"

邢关说："那就是了，既然到了这一步，就一定能调查清楚。我们有证人，张彩霞老两口可以做证人，他们的孩子可以做证人，还有王玉童老家的亲戚，也可以作证当时有无在场。对了，还有他们的手机通话记录，究竟谁给罗建永打的电话，也要搞清楚。"

离开看守所，已经是晚上 7 点半，还没有上车，萧然接到了钟明礼的电话："萧然，王玉童的案件办得怎么样了？你最近一点消息都没有。”

“案件还在办理中！”

“能透露一点吗？”

“秘密，不方便透露。”

“这么小心啊，那我不打听了。告诉你一个好消息，我把陈正龙打败了。”

“陈正龙，怎么回事？”

“这小子的老婆郑虹不是打了莫卿吗？陈正龙跑过来，给莫卿道歉，结果又看上了江雨。江雨怎么会喜欢这样一个花心老萝卜，就放下身段，求我想办法。我能有什么办法，都是江湖中人，咱就江湖见。我把他们公司正在出货的股票接盘了，然后拉高，制造利好，引诱他们再接盘，结果他们真的上当了。”

萧然戴上蓝牙耳机，说：“要说你上次狙击王玉童，我挺看不惯的，不过你这次干得漂亮。”

“哈哈，陈正龙也不是好惹的主，他斩仓出来以后，听说我参与动力煤期货交易，准备反向操作，狙我一枪，被我反手打了一个闷棍。他这回吃了大亏，恐怕翻不了身了。”

“你用了什么招式？”

“明修栈道，暗度陈仓，我拦住了几条铁路线，延迟煤炭进港，导致港口煤炭库存减少，煤价大幅攀升，我再趁机拉升，做空的人就不得不平仓了。”

“你真厉害。”

“厉害算不上，关键要真的去做。哎，这有个人开车别我！他还冲我竖手指，看我的，他还来，老子不信了，萧然你等会，我非超了他。”

“不要追逐。”

“没事。”

电话中传来一阵马达声，刺耳的声音十分聒噪，萧然准备挂掉电话，突然电话中传来砰的一声响，随后声音中断。

“明礼哥！明礼哥！”

一定是出了事故，萧然拨打 110，提供钟明礼的车牌号，查询出事地，110 的接警员表示，还没有接到这起事故的报警。萧然回到派出所，希望通过卡口查询车辆通过的地点，他刚打开电脑，110 接线员就回拨了电话，告诉他钟明礼出事地点。

萧然抵达现场的时候，120 急救车刚刚赶到。一辆混凝土搅拌车撞在了钟明礼驾驶的法拉利上，引发侧翻，混凝土搅拌车司机弃车逃跑，路人拨打了报警和急救电话。

钟明礼浑身是血，尽管安全气囊已经弹出，但是他仍然昏迷不醒。

急救人员喊：“有家属吗？”

萧然上前：“他是我的朋友。”

急救人员说：“他失血严重，需要补血，你跟我们一起去医院吧。”

萧然跟上急救车，去了人民医院，并为钟明礼挂号交费。约半个小时，莫卿、江雨也来到了医院，询问情况。萧然还没有说话，抢救室出来一名护士，问：“你们谁是病人的家属？”

萧然问：“我们是他的朋友。”

护士说：“朋友？这回麻烦了，他是 HR 阴性血。这种血严重不足，他的使用量又非常大，恐怕病人会有危险。”

莫卿和江雨在地上跺脚，口中着急，说怎么办，正当这时，一人说：“我来！我是什么阴性血。”

几人回头，看到是宋柔的妈妈蓝彩云，宋柔的爸爸宋运来。

萧然吃惊，问：“两位什么时候到的荔城？”

莫卿说：“他们是昨天到的，听说凶手被抓了，来这里作证。”

江雨问：“蓝婶，刚才你说你是 HR 阴性血？”

蓝彩云说：“我肯定是，护士你抽我的。”

护士说：“这得验一验！”

蓝彩云说："我已经验过了。"

萧然等人吃了一惊，护士笑着说："您是病人什么人？"

蓝彩云说着，脸就变了，忽然哭了起来，说："他是我被拐多年的儿子。"

萧然等人又吃一惊，萧然看向莫卿、江雨，见两人露出吃惊状，显然也不知道这情况。护士说："既然您是病人母亲，请您随我化验，只要血型匹配，马上就抽血。"

蓝彩云随护士进了抽血室，宋运来望着抢救室，背着手，叹了一口气，说："本来以为见到儿子就能团圆了，谁知道出了这么大的事。"

莫卿问："宋叔，这是怎么回事？"

宋运来说："我和你蓝婶第一次见到这个钟明礼，就觉得亲切，听说他是福建人，就上了心，因为我们家老二就是被福建人拐走的。虽说二十多年没见，但是他耳后有颗痣，与我们老二一样。还有，他是福建人，竟然特别能吃辣，不是很奇怪吗？"

江雨说："你说得有道理，可是怎么证明是你儿子呢？"

宋运来说："这还不容易，你二叔就在县医院上班，我把钟明礼喝过的水瓶子往县医院一送，和我的就对上了。"

江雨惊讶地望着宋运来，回头看着萧然，说："你这法子用得也太普遍了，抓王……"提起王玉童，江雨接不下去了。

莫卿说："这回好了，我们又多了一个老乡。"

江雨说："撞明礼的混凝土搅拌车跑了，你作为警察，还不去追凶手？"

萧然说："交警已经开始调查，混凝土搅拌车司机跑不了。"

萧然说得没错，狼狈的大车司机很快被驾驶巡逻车的民警抓获。搅拌车司机姓李，人称李师傅，讯问时，他说："我看到自己撞到了一辆金色的小汽车，远远一看，就知道很贵，怕车主索赔，吓得跳车就跑。"

交警问："你不知道车里面有人啊？"

混凝土搅拌车司机说："看你说的，车还在开，里面当然有人。"

交警问："知道有人，你还跑？死了人咋办？"

混凝土搅拌车司机说："死了人，治呗。"

交警气呼呼地说："人都死了，还怎么治？"

混凝土搅拌车司机惊慌失措："什么，人死了？"

交警没好气地说："还没有，不过快了。请出示身份证、驾驶证、行驶证。"

搅拌车司机说："东西都在车上。"交警带司机去找，结果看到他的驾驶证准驾车型是C2，气不打一处来，指着司机说："你拿着一个自动挡小汽车驾驶证去开混凝土搅拌车，你怎么想的？"

搅拌车司机带着哭腔说："有证的司机嫖娼被抓了，搅拌机不送到工地，里面的水泥就会凝固。危急时刻，工头找到了我。我想吧，工头这么器重我，我不能辜负工头的信任，就临危受命，应了这差。混凝土搅拌车比小汽车难开一点，谁知道发生了这事，这回完了，警察，你要帮帮我！"

交警说："肇事逃逸，我怎么帮你？"

李师傅说："不是说有困难找警察吗？我现在遇到困难了，不找你，我找谁呀？"

蓝彩云真的是HR阴性血，她三次输血，输了1000ml。医院准备从其他地区调血库，蓝彩霞坚持自己输血。钟明礼在医院昏迷了一个星期，终于醒转，当他睁开眼睛，看到蓝彩云，眼泪缓缓流了出来。

"妈！"

"孩子！"

"我都听见了，虽然我眼睛睁不开，但是我听到了。"

"醒来就好！醒来就好！"

"妈，谢谢你给了我第二次生命。"

“妈对不起你，妈没有保护好你！”

“不，是我太调皮。我就说嘛，我能吃辣，怪不得一进村子，看着那么熟悉。”

一旁的宋运来也激动得流泪，说：“我还担心你找了有钱的爹，会不认我们，现在好了，我们宋家有后了。”

“爸，谢谢你们！”

认完亲，钟明礼说：“萧然，借你的手机用一下。”

萧然将手机解锁，拿给钟明礼，钟明礼打开期货行情软件，睁大了眼睛，说：“完了，完了。”

大家问：“怎么了？”

钟明礼说：“这三天，动力煤下跌10%，保证金亏损80%，估计要爆仓了。”他打电话给公司，业务助理说：“钟总，您出车祸的事，我们大家都知道了，您安心养病。”

“动力煤亏损了多少？”

“亏损了不少。”

“到底多少？”

“亏损了30%。”

钟明礼高兴得咳嗽起来：“怎么才亏30%？”

“您嫌少啊？”

“我昏迷了很多天，才刚看到行情，我以为不得亏个百分之七八十。”

“老板是技术派，看到走势破位，阴线淹没阳线，就通知我们清仓了。”

“好，清得好。”

“钟总，您没事吧！”

钟明礼说：“不要紧。”挂掉电话，问萧然：“凶手抓到了吗？”

萧然说：“你说的是大车司机吗？抓到了。”

钟明礼说："不是大货车，是将我逼停的一辆黑色路虎。"

萧然回到派出所，查看路面监控，回放了钟明礼出事经过，看到一辆黑色的路虎在十字路口踩了急刹，迫使钟明礼驾驶的法拉利左转，这时，对面的一辆混凝土搅拌车行驶过来，撞到了钟明礼驾驶的车上，引发了侧翻。

萧然很震惊，他翻看事故前监控，看到这辆车一直与钟明礼并行，当时钟明礼和萧然在通话，肇事车辆多次寻衅，钟明礼没有理会，直到车祸前的两个路口，钟明礼似乎才发现对方，并试图超越，但一直被压制。双方不断提速，来到路口的时候，肇事车辆突然急刹，钟明礼为避开车辆，将车头左转，进入反向车道行驶区域，酿成车祸。

"原来这辆路虎司机才是罪魁祸首。"萧然继续追踪监控。事故发生后，路虎车离开了现场，萧然一路追踪，看到车辆进了国标大厦停车场。萧然查询车牌，看到该车登记的是深然证券。

陈正龙不就是在深然证券吗？难道是他教唆人干的？

萧然正在想怎么处理，看到那辆车从停车场又开了出来，萧然继续追踪监控，看到车沿着南海大道开了十公里，拐进了岔路。因地形不熟，他叫来专业视频员跟踪视频，不到十分钟，视频员就找到了车辆的去向。肇事路虎车拐进岔路，走了两个红绿灯，将车停在了一个洗车厂。

萧然当即赶往该洗车厂，令人惊喜的是，这辆黑色的路虎还在。他在洗车厂周围转了一圈，看到现场有洗车工五人。萧然不知道驾驶这辆路虎的司机与洗车厂工作人员有无关系，为了安全起见，他找到负责人，告诉负责人自己在追一个盗窃嫌疑人，需要查看监控。

洗车厂负责人倒也配合，查验了萧然的证件，将监控设备打开，供萧然调阅。萧然查看事故当日监控，看到男子驾驶该车进入洗车厂，将车钥匙和车一并交给洗车工，并搭乘一辆出租车离开。

直到现在，萧然才通过监控看到路虎司机的正脸。萧然用手机录下这段监控，然后退出监控系统，找到负责人，指着停在路边的黑色路虎，说："你们这洗车厂怎么还有这么脏的车？"那名负责人说："别提了，车主那天来洗车，把车扔在这，一直没来取，我都准备找警察了。"

"为什么找警察？"

"占地方啊，客人都没有地方停车了。"

"到时候加收停车费。"

"我们这行没这规矩，顶多再洗一回，收两次钱。"

和洗车厂负责人聊了几句，从他的口中，萧然判断，驾驶路虎车的司机和洗车厂没有关系。他联系事故调查组的办案民警，将情况告知对方，对方说："我们也在找这辆车，你是怎么找到的？"

萧然说自己一路追视频，找到这里的，那名民警立即流露出敬仰的神情："大神，这么长的监控你都能追到，失敬失敬！"从办案民警的口中得知，事发后，交警调阅了现场监控，掌握了肇事车辆的违法行为，只是没有锁定肇事车辆车牌。三天前，交警到国标大厦停车场找车，没有找到肇事车辆，后来交警去管理处调查车辆出入记录，管理处的工作人员说事发当日，停车场的系统故障。交警怀疑是管理处对停车场系统进行了处理，但是没有证据。

四十分钟后，办案民警赶到现场，对肇事车辆进行了扣押，并调回现场录像。

钟明礼车祸案，调查持续了半个月，交警到深然证券调取当日驾车司机信息，得知肇事司机身份。肇事司机叫赖学东，25 岁，是深然证券的业务员。事发后，赖学东不知所终，公司已经对其做开除处理。

虽然没有证据表明赖学东是受陈正龙指使，但他是深然证券的员工，在钟明礼、莫卿、江雨等人的心里，和陈正龙总是撇不清关系的。

事后，陈正龙曾专门到人民医院对钟明礼进行慰问，到钟明礼所在的楚汉投资公司表达歉意。陈正龙表示，事发当日，赖学东账户亏损严重，情绪不佳，以至于实施了个人极端行为，与公司无关。为降低公司之间矛盾，消除恶劣影响，深然证券愿对员工个人极端行为带来的伤害赔偿，对造成的不良影响，表示道歉，公司全体员工将全力配合公安，查找肇事司机，严惩凶手。

陈正龙言辞恳切，礼貌谦卑，令钟明礼所在的投资公司上下情绪上缓和很多，许多人赞赏陈正龙风度翩翩，不失为成功人士，正是年轻后辈的楷模。直到陈正龙离开公司，一些人才想起来，正是因为陈正龙所在的深然期货，公司才损失惨重。

第二十三章 说出真相

对王玉童和王大军的调查，由刑警大队负责，不过人手紧张的时候，萧然和李建胜也会帮忙。肖金甲和韦安俊出差到王大军的老家，通过当地派出所联系村委，在村党支书的帮助下，两人到了王大军的老家，房屋一片破败，早已经沦为荒宅，走访近邻，都说二十年没有见过王大军一家了，小孩子甚至不知道有这户人。

肖金甲和韦安俊来到王玉童的外婆家，其外婆已经过世，两人找到了王玉童的两个舅舅黄常水和黄常江。两人对王大军恨之入骨，尽数其斑斑劣迹。问起藏尸案，两个人都认为是王大军所为，因为两人没有在现场，没有证据。

提起王玉童的手指，两人证明，王玉童初三中考那年，因出车祸，手指掉了，暑假回家休养，但是时间太久，记不清楚回家的具体日期。

说起王玉童的为人，两个舅舅表述，王玉童随母亲，人很善良，小时候很活泼，读了高中以后，见得少了，偶尔回一趟老家，也不像以前那么爱说话。

出差湖南，得到了证言证词，那就是王玉童车祸回家休养时，小手指已经不见。

回到荔城，邢关读了这份笔录，直摇头，说：“这份笔录证据性不强，只能说明王玉童初中毕业那年，手指断了，且回家休养过。如果王大军反驳，说王玉童的手指在作案过程中，与被害人搏斗过程中，被被害人咬断或者砍断，然后逃回老家避难，一样符合逻辑。”

肖金甲说：“黄常水和黄常江说，王玉童回家时，身上带着伤的。”

邢关说：“与被害人搏斗时，就不能形成伤吗？更何况王玉童当时才十六岁。”

肖金甲说：“邢大，您这是在强词夺理。”

邢关说：“不是我在强词夺理，是我们站在王大军的角度想问题，如果我们拿出这份材料，他会怎么说？检察院会不会采信？”肖金甲沉默，邢关说，“你们辛苦了，回去休息吧。”

邢关坐在办公室，凝望着天花板，片刻后，接到了一个电话。“邢大队长，你要的材料，我帮你找到了。”

“多谢王院长！”

“这回你要请我喝酒。”

“要请，今晚就请。”

“今晚我没空，你让人来取吧，不过手续可要齐全。”

“没有问题，谢谢老同学！”

王玉童车祸住院的就诊材料终于找到了，材料记录的伤情与王玉童所说相符，右手小拇指被削断，无法拼接，由患者自行保管，签字人王大军。

邢关终于找到了王大军说谎的证据，他不由得高兴起来。

就当这时，赵玉清打来电话：“邢大队长，我又摊上事了。”

邢关笑着说：“运交华盖欲何求，不知道赵所又撞了什么运？”

赵玉清说：“你别开玩笑啦，王大军因为在打饭时，摸了一个女嫌疑人的屁股，被同监仓的人打伤了。”

邢关咦了一声，说：“这人进了看守所，还坚持喜好，难得。伤得怎么样？”

赵玉清说：“牙都被打掉了，现在站也站不起来，吃也吃不下饭。”

“比上回情况好多了。”邢关说，“我通知派出所出两个人，陪你们外出治疗。”

电话打到了郑礼贤这，郑礼贤抱怨：“看守所怎么这么不省心，抓个人进去就出事。上回是郝富强，这回是王大军，里面的事怎么比外面的事还多。”

邢关说：“看守所也不容易，民警也不能时时刻刻看着。”

郑礼贤问：“这不是有三三监督小组吗，王大军还会被打？”

邢关说：“打他的人就是和他一个小组的另外两个在押人员。这两个人觉得王大军在利用就医空隙，脱离管教，摸女性屁股，行为可耻，不愿与其为伍。”

郑礼贤长叹，说：“这都什么事，我们派出所的民警，编制是派出所，干的全是刑警大队的活。”

萧然和李建胜赶到人民医院的时候，王大军正在椅子上哀号，往来的患者及家属好奇上前围观，他也不遮掩，指着自己的门牙给路人，说：“看守所真黑，瞧我被打的。”众人不知他被打的情由，纷纷露出同情的神色，对民警指指点点。

王大军的门牙确实被打掉了，牙医诊断，门牙脱落，只能安装假牙。王大军捂着肚子，说监仓的人踢了他肚子，现在肚子疼。赵玉清说：“别装了，我看了监控，人家根本没有踢你肚子。”

“踢了，踢了，肯定踢了，快带我检查检查。”

赵玉清无奈，只好带王大军做全面的身体检查，等所有的检查材料收齐，赵玉清领着王大军来到外科诊室，外科医生说：“从检查来看，除了门牙，我这里没有问题，但是他转氨酶严重超标，我建议你们去内科看一下。”

内科的医生看完王大军的就诊材料，神色凝重，给王大军又加了一项检查项目，说：“你不要紧张，等这项检查结果出来，才能下结论。”王大军本来不慌的，听医生这么说，反而慌了，他问：“医生，我怎么了？”

医生顿了一下，说：“现在还不能下结论，检查看看。”

从内科出来，王大军安静了许多，也配合了许多。

这一项检查叫核磁共振成像，结果于检查一个小时以后出。

王大军久久凝望着眼前的地上瓷砖。

一个小时后，检查结果出来了，王大军重回内科，内科医生取出检查结果，问：“你最近腹部是不是隐隐作痛？”

王大军点头。

“排尿呈茶色？”

王大军又点头。

医生说：“几位稍坐。”他拿着材料起身离开了办公室，过了几分钟，几名医生一同走了进来，接诊的医生说：“王大军先生，我们内科对你的病情进行了诊断，现告知你，你患有肝脏恶性肿瘤，希望你积极配合治疗。”

王大军问：“什么是肝脏恶性肿瘤，这瘤能割吗？”

赵玉清站在王大军身后，不耐烦地说：“肝脏恶性肿瘤就是肝癌。”他突然吃惊地说，“医生，他得了肝癌？”

门牙没治，医生给王大军开了许多治疗肝癌的药。回去的路上，王大军一言不发，赵玉清试着安慰他：“你也别难过，这幸好是进来了，要不然治病的钱还得自己掏。”

哪知道赵玉清不说还好，没说几句，王大军哭了。

赵玉清问：“王大军，你怎么了？”

“千算万算，没有算到自己会得绝症。”

赵玉清说：“人总有一死，你不必过分悲伤。”

王大军说：“病不在你身上，你当然不用悲伤。我这辈子就怕死，躲来躲去，没有躲过报应。对了，我得了重大疾病，按照《刑事诉讼法》规定，我可以被取保候审吧？”

赵玉清含糊不清，萧然说：“得了重大疾病，可以被取保候审，但是具有社会危害性的除外。你涉嫌故意杀人，不在取保候审之列。”赵玉清对萧然竖着拇指，说：“刚才萧警官说的，你都听到了？”

王大军捂着脸，说：“报应啊！报应啊！”

回到看守所，王大军被押回监仓，邢关打来电话，问萧然：“王大军没事吧？”

萧然回：“掉了两颗门牙。”

邢关长出一口气，说：“那还好。”

萧然说：“不过医生诊断他得了肝癌。”

邢关说：“你小子什么时候学会卖关子了。”

萧然说：“我这叫一波三折。”

邢关说：“你教育起我来了。”

萧然说：“这可不敢，我只是开个玩笑。”

邢关问：“王大军情绪稳定吗？”

萧然：“不稳定，情绪很失控，对这些年来所作所为很懊恼，估计是觉得用了这么多瞒天过海之计，最终还是没有逃脱上天的惩罚。”

邢关说：“看来他要说真话了。”

邢关没有急着审讯，他等待王大军。果然，过了三天，王大军提出要见他。

邢关再次来到看守所提审室，做笔录的还是萧然。

“王大军，你想见我？”

王大军满面沧桑，整个人忽然看上去老了很多，他抬起头，看着前方，眼睛的方向不是邢关，也不是萧然。

“我快要死了。”

邢关说：“不要气馁，我们公安机关不会因为你是嫌疑人就放弃对你的治疗。”

王大军说：“你们是好人，我是坏人。”

邢关问：“这话从何说起？”

王大军说：“要从王玉童的车祸开始说起。”

“车祸？”

“是，1998 年 3 月 26 日下午，王家奎在放学回家的路上遭遇车祸，当场昏迷，现场同学在报刊亭拨打了 120，急救中心将人送往医院，并联系学校，学校又通知了我。我心急火燎赶到医院，得知王家奎大失血，右手小拇指被削断。当时医院的血库严重不足，医院让我输血，结果检查我的血型，和家奎不符，最后还是他妈妈输血救了他。”

“不过这件事让我留了一个心眼，我拿着家奎被削断的手指，去了一家医院做亲子鉴定，结果发现家奎不是我的儿子。”邢关和萧然一惊，王大军继续说，“这让我很懊恼，因为家奎的母亲很漂亮，年轻的时候，十里八乡的青年追她的很多，其中有个人姓曹的差点和她私奔，幸好被她两个哥哥拦了下来。家奎的外公要打断他妈的腿，我去求情，才救下他妈妈，他妈妈对我很感激，最后嫁给了我。

“那个时候，我很幸福，认为自己娶了全世界最漂亮的女人，后来我发现，他妈妈和姓曹的还有联系，有一次，我撞见姓曹的在我家房后抱着她，被我追着打了一顿。从那以后，我们就离开了老家，来到了荔城。我们在荔城的生活也很安稳，虽然女人很多，我很知足，并没有在外面拈花惹草，直到发现家奎不是我的亲生儿子，我的内心世界受到了极大打击，才发生了改变。

“我和家奎他妈不断吵架，为了报复她，我四处找女人，甚至把外面的小姐带回了家里。有一次，被家奎妈发现了，与我大打出手，我忍不住还了手，她气愤不过，从五楼纵身跳下，摔得脑浆四溢，惊动了整个南国新苑小区。自此，我就更加肆无忌惮了。

“家奎的妈妈背叛了我，我也就破罐子破摔，再也不相信爱情了。

房东的儿子姓陈，名正龙，和我关系很好，想必两位早已经见过他了。他很喜欢女人，我也喜欢女人，虽然差着十几岁，但是臭味相投。陈公子家中资产雄厚，舍得花钱，身边的女朋友换来换去，不到一年，就把周边外来务工的姑娘睡了个遍。

“出事的时候，他喜欢的那个姑娘叫兰花，长得极为标致，一点都不像农村的姑娘。和她一起的还有江雪、宋柔，她们三人是同乡。江雪和宋柔也很漂亮，我想他既然得了兰花，我就找下江雪，与我好上。和他商量时，他说兰花已经玩腻了，想换个口味。我说兰花这么喜欢你，你怎么才能甩掉她？他说他有办法。

“他说他把兰花带到我的住处后离开，留下兰花。我对兰花喜欢已久，听他这么说，那是万般欢喜。那天晚上8点，我特意提前吃了伟哥。8点半，陈正龙提着两瓶可乐，带着兰花来到了我租住的502房，他把两瓶可乐打开，给了我和兰花，并对兰花说，他下去买包烟，让她在这里等一下。兰花同意了，陈正龙离开了502房。

“看到机会来了，我就坐了过去，拿着陈正龙买的可乐与兰花碰杯，兰花性格很开朗，拿起可乐就喝了起来。可乐喝完，我感觉我的药劲上来了，但是兰花并没有那方面的意思。我难以抑制自己，上前抱住了兰花。兰花很吃惊，大声问我要干什么，我说我想和你做爱，兰花用力推开我，说你不怕陈正龙找你算账吗？我说就是陈正龙让我这么做的。

“这句话可能刺激到了兰花，她奋力推开我。我哪能让她走，一把拉住她，将她从门口扔到了床上，撕扯她的衣服，任凭她如何反抗，我都要完成我要做的事。事实证明，女人如果不想和你发生性行为，反抗的力量很大，但是一个男人如果强行要与女人发生性行为，会不顾一切。

“我无法控制自己，她越反抗，我就越用力。为了不让邻居听到，我不得不用衣服堵住她的嘴。那一次，我持续了很久，陈正龙真的没有上楼。过了四十分钟，一直在反抗挣扎的兰花突然不动了，她的眼睛睁得像乒乓球一样大，我感到很害怕，草草射了了事。穿上衣服，我想拨打 120，但是看到兰花没有了呼吸，也没有了心跳，感觉情况不对，上前拍打兰花的脸，发现她已经死去。

“恰在此时，江雪和宋柔不合时宜地出现在我家门口，我打开门，想将她们打发走，谁知道她们直接冲进了卧房，看到了赤身裸体又一动不动的兰花，追问我怎么回事，我说我也不知道，她们就说要去报警。公安机关如果知道兰花死了，就算不追究我故意杀人，也会定我强奸致死，那时牢底坐穿，一辈子也走到了尽头。

“电光火石之间，我拿起了桌子下的斧头，往两人的后脑砸去。第一个倒下的是江雪，她几乎没有反抗。第二个是宋柔，我把门关上，将她推倒在客厅的茶几上。此时，她才产生恐惧，而我已经成了魔。为了能活下来，她主动脱下衣服，与我发生关系。因为刚才与兰花没有尽兴，我与宋柔又做了一次。我感到筋疲力尽，就在射精后的疲软瞬间，宋柔突然起身，意图冲出房门，我捡起身边的斧头，一把甩了过去，斧头插入宋柔的后脑。”

萧然和邢关忍不住晃了一下头，好像是为了避开王大军的斧头。

王大军继续说：“我将她们的尸体整齐地摆放在客厅，在客厅坐了一个晚上，越想越害怕，越想越害怕，生怕陈正龙回来发现这个情况。结果陈正龙没有来，家奎回来了。他看到了这场面，我担心他将这个事情说出去，准备将他一起杀了，毕竟他也不是我的儿子，后来看到准备装尸体的煤气罐不够，就没有动手。

“看到家奎无意报警，我放了心，就让他先回老家，自己处理尸体。之后的事，你们就知道了，我把她们装进了煤气罐，把她们的衣服进行了焚烧，利用房顶的红砖，垒了一个夹层，将装尸体的煤气罐放进了夹层里。

“事后，我搬出了 502，房子随后进行了转租。过了两年，我想租回房子，将煤气罐取出来，租户一直不肯退租，我也回不去 502。家奎高考前，把家奎的名字改了，这样他户籍迁出之后，就没有人知道他是谁了。

“尽管如此，我天天做噩梦，一是担心案发，二是心里害怕。为了能让自己睡着，我不得不找道士求助，道士让我在道观静养。曾经有两年，我一直住在道观里，道观的道士待我像一家人，传授我本事，带我出去做法事。可能是遇到的事多了，看到的问题多，出的主意好，时间久了，竟然有了名望，我这个徒弟本事超过了师父。师父也很欣慰，称赞我得道很快，有悟性。我给自己取了名字，叫张天罡，大家叫我张天师。

“张天师的名号起来之后，帮很多人解决了问题，也赚了很多的钱。我解决的最大的问题就是正弘大厦的外观，当时正弘大厦地处路口，紧挨着南国新苑 27 栋，风水很不好。我一直觉得三个女人的冤魂就在 27 栋，为了压制三个女人，我提出了斧形设计，并被正弘大厦投资方采纳，而且施工顺利，生意很旺。

“后来南国新苑传出拆迁，我很害怕案发，就千方百计阻挠拆迁。我找来几个无业游民，以他们的名义买了房产，告诉他们，不要答应拆迁，事成之后，所得收益全部归他们。他们很高兴，按照我的指令抵制拆迁，使南国新苑成为荔城拆迁时间最长的小区。藏尸的煤气罐被找出来后，我觉得继续抵制已经没有了意义，就没有再过问这件事，可能是那几名钉子户没有联系上我，不敢擅自卖出，才导致了业主闹访的事。

“关于整容，也是因为拆迁。我知道煤气罐藏尸案早晚发案，为了躲避警方追捕，我利用整容医院牟取暴利这个特点，整容了 26 处，没有想到还是被你们认了出来。

“整容之后，我就敢公开露面了。我到海南乡下办银行卡，凡是提供身份证复印件的，给 20 块钱。乡下人不知道身份证的用途，听说不用干活就能赚20块钱，把身份证交了上来。我拿到身份证复印件，找了一个照片和我相似的人，到火车站派出所，打印了临时身份证明，用这份临时身份证明，我到一家中医按摩店找了一份工作。之所以做按摩师，主要是为了能接触女性，这个行业好，工作就是占便宜，我很喜欢。

“王玉童的手指是我放进煤气罐的。王玉童出车祸后，手指已经被我放在了福尔马林溶液里保存，主要用途就是为了比对亲子关系。得知王玉童不是我儿子，我就想到了嫁祸这招，将王玉童的手指清洗，塞进了江雪嘴里，以证明王玉童的手指是在与江雪搏斗时，被江雪咬掉的。

“煤气罐被翻出来后，我第一时间就知道了。我时刻关注案件的进展，并提醒王玉童，打听公安机关的侦查动向。萧警官和王玉童是校友，王玉童从萧警官这里打听到出差去四川，并告知了我，我就知道，你们一定是查到了死者身份。我花了50万元，聘请了人，去拦截萧警官和邢警官，结果被萧警官识破。

“我和王玉童被抓后，我的应对之策是不承认身份，如果身份被识破，就栽赃王玉童，让你们无法辨出真假，不能定罪量刑。计划本来很完美，但是报应不爽，上天让我得了绝症，如果我不说出真相，我想你们永远不会知道事实。”

第二十四章 尸首出现

邢关和萧然没有打断王大军的话，一直到王大军说完，两人都还在回想整个经过。这段话包含作案动机、作案经过、事后处理、躲避侦查、妨碍侦查，关系到多人多事。

半晌后，邢关说：“王大军，你聘请何人到四川妨碍我们公安机关侦查的？”

王大军说：“这件事已经不重要了。我已经是将死之人，对我来说，这件事不过是一件小事情，对你们来说，他们没有实质的妨碍到你们。”

邢关说：“可是嫌疑人已经被我们抓了。”

“是吗？”王大军说，“你们真厉害，看来一切障眼法都是雕虫小技。”

邢关说：“你还是说清楚比较好，便于定罪量刑。”

王大军说：“好吧。我当时联系了一个叫 K 少的人，他是眼镜王蛇的杀手。”

邢关打断了王大军：“眼镜王蛇？”

王大军点头，说：“是，一个杀手组织。不过他们也不是只杀人，严格意义来说，他们干的工作是替人解决问题。”

邢关说："那不是黑社会？"

王大军说："黑社会是明目张胆存在的一种组织，有活动地点，去了能找到人。但是眼镜王蛇十分神秘，他们没有固定的工作地点和生活地点，只有极少的人知道他们。"

邢关问："你如何认识K少的？"

王大军说："2003年前后，我曾经救过K少的父亲老K，老K在执行任务时，受了重伤，因为不敢去医院，在我的中医治疗下，救活了他。"

邢关说："你不止救了老K吧？"

王大军吃惊地望着邢关："你怎么知道？"

邢关说："如果你和眼镜王蛇没有千丝万缕的联系，你怎么能这么快找到他们，他们又怎么会这么快抵达四川？"

王大军长叹："到底是大队长，什么都瞒不了你。这么多年，我救了他们不少人，也收了他们不少好处。"

邢关问："郝富强、郝青草、郝青苗是不是眼镜王蛇的人？"

王大军说："我没有听说过他们。"

邢关问："可她们为什么一见到你，就很害怕？"

王大军无力地笑了一下，说："还有这事？也许他们见过我，也说不定。"

邢关问："如何找到他们？"

王大军说："以前他们会来中医馆找我，现在我被抓了，他们再也不会来了。"

邢关问："想不到我们荔城就有眼镜王蛇的人，可是我也没听说谁被暗杀呀？"

王大军说："我慎重提醒两位，要提防眼镜王蛇，因为眼镜王蛇杀人的手段并不是像电视剧、电影中一样，站在街头巷尾，拔起长剑，或者躲在房中，趁主人熟睡，而是制造一段看上去合情合理，连警察都不会调查的正常死亡。”

邢关吃了一惊，他还头一次听说有这样的杀手组织，他问：“他们有多少人？”

“我不清楚，我也不方便问。”

“他们的电话呢？”

王大军说：“电话是时时变化的，所以我没有电话。很多时候，是他们联系客人，他们像是能够预知谁有事一样，主动联系他们，客人在万般无奈之下，通常都会选择重金聘请，这样一单生意就来了。”

邢关再次沉默，他在想他还有什么问题想问的。就在这时，王大军的腹部再次疼痛起来，邢关问：“你怎么样，需要吃药吗？”

王大军说：“药物只起到缓解疼痛的作用，治不了病。可惜我王大军纵横一生，到死还是孤苦。”

邢关说：“你这话从何说起？你还有个儿子呢。”

王大军说：“邢大，你是不是记性不太好？我说过了，王玉童不是我的儿子，要不我怎么会陷害他？”

邢关说“可是我们就是通过DNA比对，才确定你们父子关系的。”

王大军吃惊地说：“不可能。”

邢关说：“你都将死了，我为什么要骗你？”

王大军愣在当场，半晌才明白过来，说：“该死的医生，我还以为是你们为了套取供词，故意用假材料骗我。”

邢关说：“我们也不理解，你为什么一直在诬陷自己的儿子。都说虎毒不食子，可你……”

王大军捶胸顿足，口中呜呜大哭，说：“报应啊，报应啊！”

邢关说：“我们从王玉童喝过的水瓶子提取DNA，与煤气罐内的指关节进行鉴定，结果显示二者似然率高度吻合。将你抓获之后，又将你的DNA和王玉童的DNA进行比对，证明你们二人存在亲缘关系。如果你认为存在异议，可以申请第二次鉴定。”

王大军说：“不用了，我相信你们，一定是当年的医生搞错了血样。我现在终于明白玉童妈妈死前说的话了。”

邢关问：“她说了什么？”

王大军说：“她说，儿子是我们亲生的，你不信我，我死不瞑目。她死的时候，脑浆洒了一地，眼睛还是睁开的，现在想想，我真是浑蛋。”

邢关和萧然忍不住长叹，邢关不说话，萧然敲打笔录，然后拿给王大军签字。

笔录做完之后，这个案件就算告破了，相关的细节，萧然和刑警大队的民警还在核实，其中最重要的物证，王大军作案时使用的斧头，在南国新苑被查获。

煤气罐藏尸案发案之后，业主要求尽快对该栋进行拆除，但公安机关因为案件尚未破获，对现场进行了查封，不准许拆除。王大军供述案件真相之后，民警根据其提供的线索，在夹层所在的拐角地板下，找到了作案时使用木柄的斧头。

案件破获之后，市局上报了省公安厅，刑警支队联系媒体，对案件进行了通报。一时间，反响热烈，夸赞声一片。

就在办案单位准备庆功时，检察院打来电话，称案件有几处矛盾，尚未查证：1. 陈正龙称与兰花分别当日去了海边，回来时，在三禾电子厂门口分别，陈述的内容与王大军表述不符，需要联系陈正龙进行核实。2. 郝青苗一直疯疯癫癫，是否有精神病，需要司法鉴定。如果有精神疾病，建议按照相关条款变更强制措施或者释放，如果没有精神疾病，按照妨碍执行公务进行起诉。

公安机关对陈正龙进行了传唤，对其涉嫌与王大军合谋共同实施的强奸进行调查。陈正龙一改前番证言，表示自己记错了，自己当日和兰花从海边回到市区，到了王大军家里，因为自己家里有事，回了一趟家里，并告知兰花，让她自行回到厂里。

办案民警肖金甲和韦安俊对其讯问，是否与王大军进行合谋，教唆王大军强奸莫兰花，陈正龙矢口否认。陈正龙表示，自己和王大军是朋友，但绝不会教唆王大军强奸自己的女朋友。这种丧尽天良的事，他做不出来。

邢关准备呈请对陈正龙刑事拘留，做进一步调查，结果他接到市局某个领导的电话："邢大队长，该抓的人要抓，绝不姑息，但是没有证据的案件，也不能冤枉了人，以免制造冤假错案，到时候追究起来，还要落下个滥用职权的把柄。"

邢关笑了笑，说："如果不拘留他，检察院就会追究我们渎职咯。"

陈正龙被刑事拘留了，三天之后，因为证据不足，变更强制措施，被取保候审。离开看守所时，陈正龙笑着对肖金甲说："公安局办事公道，我相信你们一定会查清真相。"

刑警大队近来的空气是凝重的，一是民警相信王大军所说，陈正龙是教唆王大军强奸莫兰花的元凶，是强奸莫兰花的共犯，但是他们的合谋只发生在两个人之间，没有旁证，也没有录音。二是对郝青苗和郝青草的精神鉴定结果出来了，郝青苗患有精神分裂症，人民检察院对郝青苗进行了无罪释放。郝青草没有参与杀人，涉嫌妨碍执行公务，移交案发地四川省 S 县进行起诉处理。

萧然、邢臻、韦安俊负责对郝青草进行押解。

办案组刚刚达到 S 县刑警大队，大队长王晖接待了他们。

萧然说："您不是在常玉派出所做所长吗？"

江克抢着说："你们找到了江雪等人的尸体，我们王大算是熬出头了。县公安局党委慧眼识人，提拔王大做我们刑警大队大队长。"

王晖说："家属不闹访，我也就能正常交流了。"

萧然说："恭喜王大高升！"

王晖说："别提了，人要倒霉喝凉水都塞牙。"

萧然问："怎么回事？"

王晖说："江克，你协助肖金甲兄弟把郝青草放入看守所，我来介绍案情。”江克应了声是，和肖金甲去了看守所，王晖将一张死者照片拿给萧然，萧然看了，吃惊地说：“这不是罗建永吗？”

王晖说：“我们也怀疑是罗建永。”

萧然将照片递给邢臻，邢臻也认出了他，萧然问：“王大，这具尸体是在哪里发现的？”

王晖说：“在我们县城西北五十里外的归云山。当地接到旅游项目批文，正在投资建设旅游项目，昨天下午施工时，挖出了这具尸体。我们根据你和邢臻警官留下的照片，发现两者衣服特征一致，怀疑是罗建永。”

邢臻问：“罗建永的尸体怎么会出现在那里？”

王晖说：“我们也不得其解。”

萧然问：“你们有无破案线索？”

王晖说：“他的出现是由藏尸案引起的，我正想向你请教。”

邢臻说：“他哪知道。”

萧然瞪了邢臻一眼，对王晖说：“我有一个线索。”

王晖连忙问：“什么线索？”

萧然说：“我在追踪郝富强的时候，六塘镇居民在郝富强居住的房子后山发现了一个血坑，现场的民警怀疑有人藏尸再转移。六塘派出所联系技术部门提取了DNA，如果血坑里的血样和罗建永的一致，就可以证明，罗建永先被埋在了六塘镇，再转移到了归云山。”

王晖拍手说：“这个线索重要，对破案有重大帮助。”

邢臻吃惊地说：“你还真是神了，跑到四川都能破案。”

萧然得意地说：“运气好。”

王晖说：“听说藏尸案许多难点都是你攻破的。”

邢臻说：“是啊，他可聪明了。”

王晖笑着说：“你这一会踹着他，一会帮着他，真是有意思。”

邢臻说：“那得看我心情。”

王晖说："行，我看你们这两天也别走了，借助大城市的智慧，帮我把案件破了。"

萧然说："唷，我这得请示领导。"

王晖说："这有什么好请示的，我就说你们移交的案件，局领导还在研究。再说了，这个案件本来就从你们的案件牵连出来的，存在因果关系，所以你们跑不了。"

萧然将情况汇报给邢关，邢关支持他们配合当地公安机关调查，但是汇报给郑礼贤，郑礼贤就心有不快："派出所警力缺乏，你们是知道的，一个专案搞了这么久，其他工作怎么开展？"郑礼贤埋怨了两句，终究还是同意了。

当日，S 县刑警大队调回了六塘镇的血坑血样 DNA 报告，次日，比对出结果，证实 S 县归云山发现的尸体与六塘镇郝富强住宅后山血坑提取的血样一致。

S 县刑警大队召开专案会，萧然、邢臻、肖金甲列席。

王晖主持会议，他说："DNA 报告已经出来，但是死者的真实姓名和身份，我们还不清楚。我们可以通过郝富强父女三人查清死者身份和死因，现在郝富强已经死在了看守所，郝青苗因为患有精神疾病，被荔城市岭南区人民检察院释放，只有郝青草可以向我们提供线索。感谢荔城市公安局的兄弟姐妹给我们带回了郝青草，有了你们的帮助，我们必能破获这宗案件。"众人鼓掌。

萧然说："谢谢大家，荔城市公安局一行小组已经充分感受到了大家的热情，在此，我代表我们小组对大家表示真诚的感谢，并邀请诸位到荔城游玩、访友、出差。"众人再次鼓掌。"在座的只有我和邢臻见过罗建永，结合尸体照片和衣物，我和邢臻认出死者是自称罗建永的本人。罗建永操本地口音，身高 174 厘米，身形偏瘦，尖脸，短发，但是江克在本地的人口库中，没有查到罗建永的信息，研判的同志进行模糊查询，也没有查到人口信息，说明其自称的名字可能是编造的，只有从郝青草身上才能寻求突破。郝青草和罗建永妨碍侦查，是涉嫌妨碍执行公务的共犯。我们在抓获郝富强父女三人的时候，三人对罗建永的去向表示一无所知，现在可以提供线索的只有郝青草，她如果拒不交代，案件终将陷入僵局。”

江克说：“一定是郝富强父女杀害了他们。”

萧然问：“动机呢？证据呢？”

江克说：“动机？办完事没给钱，泄愤。证据的话，人就死在了他家后面，不是他干的，是谁干的？”

萧然笑道：“这只是推断，并没有证据可以佐证。”

江克问：“萧警官有何高见？”

萧然说：“现在有两个问题，一个是第一现场在哪里，另一个是假冒江雪的人不见了。”

众人猛拍桌子，全都恍然，纷纷说抓到假冒江雪的那个人，这个案件就破了。

江克说：“江雪会不会也死了？”

现场的气氛凝固了，邢臻问王晖：“王大，有两份 DNA 吗？”

王晖翻看 DNA 原件，说：“没有啊，血坑内只有一份 DNA。”

邢臻又问：“死者的死因是什么？”

“颅骨破裂。”王晖说，“死者头部受到钝器撞击。”

邢臻说：“死者头部受到撞击，作案通常发生在近距离，假设凶手是郝富强，大概率是偷袭。”

江克说：“说得有道理，只是按照你的逻辑，受害人死了，嫌疑人也死了，怎么调查下去？”

王晖瞪了一眼江克：“年轻人，要有专业素质，受害人、嫌疑人死了就不能调查了？千古迷案都解决了，还查不清楚一个杀人案？”

萧然说：“依我看，我们还是要回到六塘镇，到郝富强的住所调查。”

第二十五章 协助破案

专案组来到六塘镇，六塘派出所黄跃进对专案组一行表示热烈欢迎。黄跃进说："你们能来可就太好了，不瞒大家，我们千年祥和古镇近来被阴云笼罩，我在六塘镇工作多年，一直太平无事。大家可以问问镇上的老百姓，谁不夸咱治安好！只是三个月前，后山发现了一个不明的血坑，让黄某寝食难安。法医检验，镇子后山上的血坑提取的血样确实是人血，但是一直找不到尸体，没有想到被你们发现了。我头上悬的一把剑，算是落地了。"

王晖说："黄所头上的剑落地了，我王某头上的剑悬起来了。归云山发现不明尸体，县领导和市局很重视，指示我们尽快破案。"

黄跃进说："六塘派出所上下四名民警，连同我本人，一定全力配合王大工作。"

王晖笑着说："案件第一现场发生在六塘镇，我还准备打报告，将案件移交给六塘派出所。"

黄跃进连忙摆手："我们派出所这点警力，办个盗窃案尚且吃力，哪有精力办杀人，王大快别开玩笑了。"

王晖说："玩笑咱不开，但是你得请我们兄弟们吃饭，招待不好，我还得打报告。”

黄跃进眉开眼笑，说：“饭管够，酒也管够，不喝饱不准走。”办公室的民警哈哈大笑。

王晖带了两名法医到郝富强的住宅进行勘查。现场的封条还在，没有断裂痕迹。王晖、黄跃进、萧然等人在房外等候。过了两个小时，法医从院内出来，对王晖说：“王大，我们前后都仔细看过了，没有疑似的血迹。”

王晖说：“辛苦了，你们休息一下。”

王晖问黄跃进：“黄所，郝富强被抓后，家里有人进来过吗？”

黄跃进说：“之前我和荔城的邢关大队长进来勘查过，没有收获，我就把这个院子封了。镇上的人一直觉得这处院子晦气，没有人进来。”

王晖进了院子，亲自勘查，见院子陈设除了灰尘较厚，带着霉味，没有异常，家中没有打斗痕迹，也无恶臭。

王晖垂头丧气离开屋子，带着专案民警去后山上的血坑。后山的血坑已经完全形成了一个大坑，坑面直径约三米。周围的警戒线还在，镇上的居民反映，镇上的人没有来这里，但是镇上的狗特别爱光顾这里，每天像土拨鼠一样在这里挖土。

王晖命人打开执法记录仪，指示江克等人对现场掘土清理。土坑里的土再度被挖了出来，王晖问黄跃进：“当时的土坑有什么发现吗？”

黄跃进想了一下：“有一只鞋子？”

王晖问：“鞋子在哪里？”

黄跃进说：“被法医提取走了。”

王晖问：“你有照片吗？”

黄跃进说：“没有，老婆觉得不吉利，从我手机里删了。”

王晖连忙打电话，通知民警到Y县技术中队提取现场发现的鞋子。

土坑被挖了两米深，已经挖到了岩层，没有发现可疑物品。

王晖很失落，这是他就任以后经办的第一宗故意杀人案，本想在局长面前露个脸，没有想到毫无进展。

江克上前："王大，没有找到可用的证据，是不是直接提审郝青草？"

黄跃进很兴奋："郝青草带回来了？那还不提审？"

王晖叹气，说："手上没有证据，郝青草是不会承认的。"

黄跃进想了起来，说："那是一根硬骨头。"

愁眉不展时，邢臻捅了萧然夹肢窝，说："你不是神探吗？你有什么办法？"

萧然说："我们老家，每户人家都有两处宅子，一处老宅，一处新宅。老宅给老人住，新宅给年轻人住，等老人过世了，新人的孩子成年，新人成了老人，又把老宅进行了翻建。"

黄跃进说："呀，萧警官这说的是民俗文化呀，受教。"

王晖惊喜地说："萧警官的意思是郝富强可能有其他住宅？"

萧然点头。黄跃进一拍脑袋，说："我怎么没有想到。"

黄跃进叫来六塘村党支书，询问之下，郝富强果然有一处新宅，是郝富强用来招上门女婿的。房子装修好了，只是女婿没有招到，房子一直没有人用，就在老宅正西两百米。

黄跃进带着民警，来到郝富强新宅，将要进去，萧然提醒："打开执法记录仪。"

新宅的门是上了锁的，锁头锈迹斑斑，黄跃进强行破门，闻到一股霉味。堂屋大门，室内家具凌乱，地上可见黑点，走进左侧卧室，忽见墙上有喷溅黑点，疑似血迹。黄跃进惊叫："我找到了。"民警正要冲进去，被王晖制止："大家撤出来，让法医进。"

诸位民警恍然，撤到了院外，两名法医对现场开展勘查。

黄跃进自豪地说："这次是我先发现的血迹。"

王晖笑而不语，半个小时后，一名法医从房中走了出来，说："这里应该就是第一现场。很奇怪，现场很乱，没有丝毫处理的痕迹，血迹都在。”

黄跃进惊叫着：“人都被我抓了，当然没时间处理了。”

那名法医恍然，继续勘查。萧然说：“王大，现在提审郝青草就有把握了。”王晖含笑点头。

现场的勘查持续了两个小时，取证工作完成之后，王晖和萧然才进入现场，从院中出来后，外面多了两辆面包车，车上下来五六人。

黄跃进介绍：“王大，我来介绍一下，这位是我们副局长覃同凯，这位是刑警大队大队长黄长亮。”

覃同凯和黄长亮上前与王晖握手，覃同凯说：“王晖同志你好，刚刚黄所已经向我介绍了情况，没有想到啊，一向太平无事的六塘镇发生了血案，值得重视。”

王晖笑着说：“覃局亲自来现场主持工作，令人起敬。”

覃同凯说：“辖区发生了命案，当然要来。情况怎么样？”

王晖说：“还需要比对血迹，不过事实已经基本确定，这里就是杀害罗建永的第一现场，然后抛尸后山，再被转移到我县归云山。”

覃同凯气愤地说：“简直令人发指，丧心病狂。动机是什么？”

王晖说：“双方是熟人，涉嫌妨碍执行公务，但是凶手真正的杀人动机，尚不清楚。”

覃同凯说：“要调查，一定要调查，严惩凶手。”他顿了一下，说，“我听说凶手已经被抓了？”

王晖说：“确切说，是这栋房子的主人被抓了。”

覃同凯说：“命案发生在这栋房子，主人必然难逃干系。”

邢臻扯着萧然的衣袖，小声问：“他们在讨论什么？争得脸红脖子粗的。”

萧然低声说：“案件要破了，他们在争夺管辖权，多一宗破案数指标。”

邢臻恍然。

覃同凯回头看着黄跃进，说：“黄所，我听说这人是你们抓的，怎么关在S县了？”

黄跃进说：“当初荔城市公安局为了破获藏尸案，把人带到了荔城，现场查清嫌疑人没有参与杀人，只妨碍执行公务，就移送回了S县。”

覃同凯问：“为何移送S县？”

王晖说：“这个问题我来回答，妨碍执行公务的犯罪行为发生我县，依照《刑法》，犯罪地公安机关拥有管辖权，移交我县办理，合乎法律。是吧，萧警官？”

萧然没有想到王晖会问自己，愣了一下，点头说：“合法！”

覃同凯说：“程序来说，倒也没什么，就是这杀人现场在我们这，案件由你们办理，是不是有点……”

王晖说：“就杀人案来说，我们都有管辖权，你们是第一现场和第二现场，我们是第三现场，但尸体是在我们县发现的，且妨碍执行公务案管辖权在我们县。同一事实不能立两宗案件，依照《刑事诉讼法》，同时享有立案权的单位，谁先侦查，由谁办理。”

覃同凯尴尬一笑，说：“王大队长说起法律，十分熟稔。不过，我们也做了很多的工作。”

王晖知道已经获得了胜利，笑着说：“感谢覃局对我们工作的支持，案件是我们共同破获的，我们一定如实写汇报。”

从六塘镇回到S县刑警大队，已经是深夜。大家从车上下来，直奔饭堂。说起在Y县的经历，大家无不愤慨。

王晖拍着萧然的肩膀，说：“萧兄弟，今天多亏了你，要不是你，我们这案件还真是破不了。”

萧然笑着说：“嫌疑人还没有认罪呢？”

王晖拍着胸脯说：“第一现场都找到了，嫌疑人再不认罪，就是王某人没本事了。”

王晖去打饭，邢臻对萧然也刮目相看：“没看出来，你还是个小天才。”

肖金甲在一旁笑着说：“没看错人吧，喜欢就早点嫁了！”

邢臻白了一眼，说：“等着吧，他连个表白都没有。”

肖金甲说：“他表白？你等着吧！”

邢臻踢了肖金甲小腿一脚：“乌鸦嘴！”

次日，王晖拿着血样比对报告和现场、死者照片到看守所提审郝青草，郝青草看到照片，双手捂脸痛哭，半晌不能平静。王晖叫人倒了一杯水，安抚了好一会，郝青草才说出真相。

原来，死者罗建永真名叫华山，是郝青草的男朋友。假扮江雪的女子名叫元妹，是华山的朋友。有一天，华山说元妹介绍了一单生意，可以赚到五万块，需要几个人配合，郝青草就联系了郝富强和郝青苗，大家一拍即合。骗了萧然、邢臻以后，他们驾车回到了Y县，并由郝富强找人将作案的汽车送往修车厂进行翻新。为了不引起他人注意，郝富强父女三人住老宅，华山和元妹住新宅。郝富强父女被抓前一天夜里，郝青草担心华山和元妹共处一室，有私情，偷偷来到新宅，躲在墙外偷听，果然听到房内有娇喘声。

郝青草怒不可遏，发短信给郝富强和郝青苗求援。半个小时后，郝富强父女没到，华山和元妹准备离开，郝青草在院门口拦住了他们。郝青草打了元妹一巴掌，华山抓住郝青草，元妹趁机逃跑。华山要甩开郝青草，郝富强和郝青苗赶到，郝富强见华山携款潜逃，大怒，从院中拿起锄头，打了过来，华山松开郝青苗，与郝富强进行搏斗。

郝青草、郝青苗相继加入了战斗，将华山逼进了正屋，华山夺了郝富强的锄头，打在郝富强的腰上，郝青草怒火更旺，拎起房内抵门用的红砖，砸到华山的脑袋，华山摸了一下后脑，眼睛一翻，躺在了地上，再也没有起来。

当日夜里，郝富强父女将华山尸体拖到了后山，挖坑掩埋，并在土坑上放置干柴、鲜草进行伪装，一直忙到了天亮。父女三人不敢回老宅，在新宅休息，到了下午，被派出所抓获了。

郝青草讲完，王晖吃惊地问：“不是你们转移的尸体？”

郝青草说：“我们没有转移尸体。”

王晖问：“你知道是谁吗？”

郝青草说：“这还用问吗，在六塘镇，和华山认识的人中，只有元妹。”

王晖吸了一口气，说：“元妹如何拖得走华山尸体？”

郝青草冷笑：“这位警察真是可笑，这件事，你用得着问我吗？我不是科学家，也不是侦探，我解释不了这个现象。”

萧然问：“郝青草，华山和元妹都是眼镜王蛇的人，对不对？”

郝青草惊望着萧然，问：“你怎么知道？”

萧然说：“世间没有不透风的墙，也没有解不开的秘密。”

郝青草不屑一顾，说：“是张玉堂向你透露的吧。不晓得这个老东西一把年纪，哪来的精力，天天想占人便宜。”

萧然吃惊郝青草竟然认识王大军，郝青苗和郝青草是姐妹，王大军经常给眼镜王蛇组织的人疗伤，难怪郝青苗在看守所说见到了眼镜王蛇，原来是认出了王大军。

萧然问：“郝青草，你也是眼镜王蛇的人吧？”

郝青草说：“你不用套我的话，实话告诉你，我不是。我这种乡下女人，人家瞧不上我！”

审讯结束，王晖到看守所大厅，问萧然：“萧警官，眼镜王蛇是什么？”

萧然说：“眼镜王蛇是一个杀手组织。”

王晖问：“具体都是什么人？”

萧然说：“这个组织没有具体的名单，也没有具体的案件。我从郝青草和王大军的嘴里听到过，至今无从考证，也许是他们这些人为了欺骗公安，杜撰的故事。”

王晖颇为气愤，说：“一群疯婆子。对了，郝青苗在哪里？我们要找她取证！”

萧然说：“现在荔城市康宁医院进行治疗，她已经被鉴定出患有精神分裂症，你就算找到她，也没有用，既不能处罚，也不能做证。”

王晖叹气，说：“不会是装的吧？”

萧然两手一摊，说：“王大不信的话，可以接触一下。”

华山的身份通过失踪人口 DNA 碰撞得到了查实，此人名叫孟小文，江西人，父母系中学教师。根据其父母反映，孟小文学习很好，大学读中文专业，大学毕业后，在一家报社工作。孟小文孝敬父母，在外工作期间，经常联系家里。两个月前，孟小文与父母突然失去联系，其父母到孟小文工作地报警，查找无果。

王晖根据其父母的描述，认为其与案件中的“罗建永”表现相差太大，提取了其父母的 DNA 进行了二次鉴定，鉴定结果一致。

在不可思议中，王晖将案件调查材料提交给了预审部门，并经预审提交到了检察院。

萧然回到荔城后，专门到康宁医院去看望郝青苗，郝青苗眼睛平视前方，口中哼着摇篮曲，对萧然视若不见。

还记得第一次见到郝青苗，她的眼神平静如水，与郝青草相比，并无不同。医生说，郝青苗的精神病症状已经很多年了。依照医生的说法，郝青苗在实施犯罪期间，是处在精神病状态的。按照法律规定，精神病不具备刑事责任能力，不承担法律责任。

第二十六章 拜见父母

这一年春节，萧然正式以邢臻男朋友的身份上门拜访邢关夫妇。

拜访前，邢臻给萧然发了一条微信：“周六晚上，到我家吃饭。”

萧然和邢臻当时坐在一间办公室，看到是邢臻推送的消息，萧然打开微信，回了一个字好。

邢臻给萧然发了微信，又给他爸爸发了一条：“邢大队长，萧然说，周六来咱家吃饭。”

邢关回：“要收网了？”

邢臻回了一个字：“嗯！”

给邢关发完，邢臻又给她妈妈刘爱华发了一条：“刘医生，打扰一下您，我有个同事非死皮赖脸要来咱家吃饭。”

刘爱华回：“是哪个臭不要脸的，这么厚脸皮，告诉他，我们家只养得起一头猪。”

邢臻回短消息：“哎呀，是萧然，他又不是猪。”

“不认识，我跟他不熟。”刘爱华回，“你邀请他的吗？”

邢臻回：“哪有，是他死乞白赖，非要来。”

到了 2013 年底，萧然和邢臻的关系就像是一层窗户纸，暧昧，又隔着一层薄膜。萧然没有表白，邢臻也不着急，两人享受着这种顺其自然。

眼看着春节将近，同学一拨拨地结婚，一拨拨地生孩子，邢臻有些坐不住了，她觉得这个年关是摘桃子的好时候。

萧然像是不关心，他装作忙碌的样子，接案、结案，好像早已经把这件事抛到了脑后。邢臻已经看穿他，没有问他几时到，也没有问他穿什么衣服。

到了周六上午10时，萧然按响了邢臻家的门铃。邢臻微笑打开房门，看到萧然穿着西装，打着领带，手里提着果篮、牛奶，心中非常满意，说："来啦，里面请！"

萧然嘿嘿一笑，进了邢臻家中。邢臻妈妈刘爱华过来向萧然打招呼："我们家邢臻天天念叨你，今天我总算见到真身了。"

萧然又是嘿嘿一笑，邢臻接话："刘医生，你不诚实，其实你早就假装报警，到派出所见过萧然了。"

萧然愣了一下，刘爱华笑着说："我们家姑娘就是爱开玩笑。"萧然知道邢臻说的一定是真的，却不知道话怎么往下说。

这时，邢关穿着一身宽松的睡衣从房中走了出来："来了，萧然。"萧然微微躬身，说："邢大好。"

"到了家里，就不用这么拘束了。"邢关走进书房，"来看看我这书法写得怎么样？"萧然不懂书法，硬着头皮走了过去，见书桌上有一张宣纸，上面写着四个字："我爱刑侦。"忍不住念了出来。

萧然正千方百计网罗词汇夸赞书法，刘爱华走进书房，说："这孩子，真有意思，来了家里，还在表白。"萧然恍然，原来这字有谐音。

邢关咳咳两声，挠挠后脑勺，说："那什么，来看看我这些藏书。"萧然走到书柜前，看到书柜上摆满了法学、刑侦、心理学、情报类书籍，忍不住感叹："邢大，您收藏的书真多呀！"他走到书柜中央，看到一部厚厚的案例汇编，忍不住伸手取了下来。邢关连忙捂住书面，说：

"这书就像是老婆，客人只能远看，不能翻动。"

萧然奇怪地说："为什么不能翻动？"

门口的邢臻咯咯一笑，说："书中自有黄金屋。"

邢关横了一眼邢臻，说："私人书籍，动不得。邢臻，带萧然参观一下天台。"

邢臻笑呵呵说："走吧，不要猜破老人的秘密。"萧然随邢臻到了天台。天台很宽敞，上面种了很多花草。邢臻说，"我们家住的是老小区，我很喜欢这里。这里的房子不高，有天台，可以种植花草。"

萧然说："这里不错。"他想起翻书的事，问，"你爸为什么不让我翻书，难道有什么隐晦的秘密？"

邢臻抬起头，笑着说："你这么聪明，难道猜不到吗？"

萧然问："何意？"

邢臻说："因为里面是邢大队长的私房钱。"

萧然笑得合不拢嘴，说："邢大队长，还要藏私房钱！"

邢臻说："是啊，我们家风很严，依照家规，藏私房钱的，属于破坏家庭金融秩序行为，一律从重处理。"

萧然笑着说："井然有序的家风！"

邢臻问："你今天穿得挺正式啊，说一说，为什么这么打扮？"

萧然支支吾吾半晌，说："当然要重视了，邢大是我的领导，你是我的同事，自然要穿得体一些，礼貌嘛！"

邢臻问："以前可没见你穿这件衣服，特意买的？"

萧然说："嗯，这不过年了吗，我也得添置一套新衣裳！"

邢臻有点不高兴，说："你这人说话就是拧，怎么就不会挑好听的说？"

萧然挠头，说："我怕你得意忘形！"

"坏蛋！"邢臻伸手去抓萧然，想用擒敌拳抓住萧然，萧然右腿后撤，躲过邢臻，邢臻上前一步，欲故技重演，又被萧然躲过。邢臻不服气，捡起地上的棍子，追逐萧然，萧然绕着花园，不断躲闪，邢臻始终追不到。

正得意时，萧然踩到了一块果皮，双腿分叉坐在地上，只听咔嚓一声，裤裆开线了。

邢臻见萧然两条腿一前一后地坐在地上，上前问："你这姿势技术含量挺高啊！"

"别动！"萧然担心邢臻拿棍子戳他。

邢臻倒没有"落井下石"，丢下棍子，来扶萧然："你怎么样，要不要去医院？"

萧然说："我小时候跳过芭蕾，这个动作对我来说，没有难度。"

邢臻奇怪："那你为什么还不起来？"

萧然双腿向中心并拢，原地站了起来，邢臻吃惊地看着萧然，说："会的挺多啊！"萧然捂着屁股，说："别动，裤子开线了！"

邢臻捂着嘴，咯咯地笑，说："你别动，我看看。"

萧然不好意思，说："别看了，我回去换裤子去。"

邢臻说："你这个样子，怎么出去？"

萧然脸上露出尴尬之色，说："这怎么办啊？"

邢臻皱眉说："哎呀，你一个大男人，怎么穿花内裤？"

萧然说："李建胜买的，他嫌小，给我穿的。"

"你这样下去也不行啊！你等着！"邢臻见地上有个黑色的塑料袋，走过去捡起来，围着萧然屁股扎了一圈。萧然问："你干吗呢？"

邢臻说："给你遮一下，不能走光！"

"这能行吗？"萧然嘀咕。

"保准管用。"邢臻系了两分钟，终于扎好了。她站起来，看到对面天台有个大妈在看着她，邢臻一愣，说，"王阿姨好！"

那位阿姨笑着说："邢臻啊，没事，你们继续，阿姨年龄大了，什么都见过，你们继续。"说完转身就走，边走嘴里边嘀咕，"哎呀，今天的太阳可真好。”

萧然神色尴尬，说：“怎么办？”

邢臻说：“少废话，下楼拿一条我爸的裤子换上。”

两人回到家里，邢臻妈妈看到萧然屁股上裹着一条黑色塑料袋，吃惊地问：“这是怎么了？”

邢臻解释：“他说他学过《天鹅湖》，想表演一下，结果踩到了西瓜皮，双腿叉开，绝对一百八十度，表演很精彩，哼哼，就是裤子质量不太好。”

“还拿塑料袋包裹，这不是此地无银三百两吗？”刘爱华拿了邢关的裤子给萧然，因为萧然比较高，裤腿短了一截，配上西装、领带、皮鞋，很不协调。为了避免尴尬，萧然只好坐在沙发上看电视，看了十多分钟，邢臻走过来，说：“我记得上门做客，都有个规矩，客人到了主人家，要到厨房帮厨。你不去露一手？”

萧然无奈，去了厨房，对刘爱华说：“阿姨，我帮您？”

刘爱华也想看看萧然的手艺，就说：“是不是想做两个菜？”

萧然本来是想帮忙洗菜的，听到刘爱华说，又不好意思说不会，就硬着头皮说：“可以试试。”

“可以，当然可以。”萧然表述的是陈述句，但是刘爱华的回答，却是把萧然的话当成了疑问句。

萧然计划做两道菜，一道西红柿炒鸡蛋，一道红烧鲤鱼。但是当萧然把西红柿炒成黑乎乎的柿饼，刘爱华就彻底放弃了让萧然献艺的念头。“邢臻，你那边不是有个执法考试吗，用不用萧然辅导你？”

“嗯？不用啊。”

“哦，你把菜端到客厅。”

“哟，新料理！什么菜？”

“西红柿炒蛋！”

邢臻心里咯噔一下，问：“萧然，你的厨艺？”萧然不好意思点头。邢臻说：“你还是帮我辅导一下执法考试吧！”

尽管午饭准备得很早，但还是到了很晚才吃饭。刘爱华将午饭摆上餐桌，四个人围坐在了一起。刘爱华为了尊重萧然，将它也端了上来。看着红里透黑的西红柿炒蛋，萧然神色凝重。

邢关举起酒杯，说：“萧然，欢迎你来我家做客！”

邢臻说：“不用那么见外，他以后还会常来的！”

刘爱华用脚踢了一下邢臻，横了她一眼，然后和颜悦色地对萧然说：“我们家邢臻大大咧咧的，你别介意！”

萧然说：“阿姨，我会慢慢习惯的。”

邢臻说：“来，就让我们一家人一起举杯。”萧然颇为尴尬，他毕竟不是邢臻的家人，但是邢臻的话，透着已经将他算进一家的意思。刘爱华笑着说：“我们一家人举杯，欢迎萧然。”

邢臻连忙接话：“就是，就是。”

邢关叹气：“一家之主毫无发言权，提了一杯酒，到现在都没有咽下去。”

萧然连忙接话：“干了！”说罢，一饮而尽。

喝完了酒，开始吃饭，刘爱华讲述邢臻小时候的故事：“邢臻小时候很乖，学习也很好。有一次初中英语考试，邢臻迟到了，开头是用大喇叭放的听力，邢臻一边跑，一边听，回到教室马上填答案。”

萧然吃惊地问：“结果考了满分？”

刘爱华摇头：“结果交卷的时候忘了写名字。”

萧然哈哈大笑。

正在这时，萧然的电话响了。

“喂，明礼哥。”

“萧然，是不是在老丈人家里吃饭呢？”

萧然见邢臻及她爸妈在看着他，不知道该怎么接，只好小声说：“正在吃饭。”

钟明礼又扯着嗓子喊："丈母娘做的好吃吗？"

邢关三人又看着萧然，萧然小声说："你声音小点。"

钟明礼哦了一声，邢关说："那什么，把免提打开。"

萧然无奈，打开免提。钟明礼继续说："自从找到了亲妈，我和江雨的关系又进了一步，现在王玉童彻底成了臭虫。不过陈正龙最近盯上了江雨，让人着实烦恼。"

萧然心惊胆战，说："好好珍惜江雨。"

钟明礼说："必须的，不过我看你和莫卿也没有机会，别等她了。"

邢臻横了一眼萧然，萧然百口莫辩，只好说："你还有什么事，我吃完饭再回你。"

"还在吃啊？丈母娘不在吧？"

萧然无奈了，只好说："我还在邢臻家吃饭，他爸妈都在。"

"哦，那你们继续吃吧！"说完，钟明礼挂了电话。

现场的气氛尴尬到了极点，刘爱华问："萧然有心上人啊？"

萧然连忙摆手，说："没有的事，没有的事。"

刘爱华哦了一声，说："没有心上人？我们邢臻说她是你的心上人，看来邢臻是单相思。"

萧然连忙说："阿姨，邢臻是我的心上人！"

"可是刚才电话里的人说，你在等另一个姑娘。"

萧然辩解："那都是他胡咧咧！没有的事！我对邢臻是一心一意，绝无二心！"说完，还做了一个发誓的动作。

刘爱华突然一笑，说："这个萧然真的很有趣，不禁逗！"

邢臻突然挎住萧然的胳膊，说："萧然，你说的都是真的吗，我真的是你的心上人吗？"

萧然见刘爱华和邢关在看着他，点头说是，刘爱华用筷子打了邢臻手臂，说："吃饭的时候，没个正形！"邢臻松开萧然的手臂，嘿嘿一笑，说："吃饭，吃饭。"

午饭吃饭，萧然收拾碗筷去洗碗，邢臻笑呵呵拦住了他，说：“第一次做客，怎么可以让你洗碗，这回就算了。”萧然想，也不能闲着，拿起拖把开始拖地。

忙到下午3点，终于可以休息了，萧然坐在沙发上，拿起手机，看到邢臻发了一个朋友圈，自己穿黑色塑料袋和炒的西红柿炒蛋的照片跃然于上。他震惊之余，又看了下面的评论，见有人发捂脸表情的，有人说搞笑的，还有评论说见家长了的，更让他惊奇的是，他还看到了钟明礼点赞。

萧然发信息给钟明礼，说：“你中午给我打电话干什么？知道我多尴尬吗？”

钟明礼回：“我也是受人之托。”随后，钟明礼发了一张微信截图，对方的名字被涂抹了，但是头像没有处理，萧然一眼就认出了邢臻，截图显示邢臻给钟明礼回了两个字：谢谢。萧然见微信时间是13时25分，就翻看了自己的通话记录，看到13时23分，萧然和钟明礼刚刚结束通话。

邢臻口中吹着口哨，拿了一本相册过来，坐到萧然身边，说：“要不要看看我美丽的童年？”说完，眨了眨眼睛，萧然说：“好啊！不过我想回去换条裤子。”

邢臻又眨了眨眼，说：“好啊，我陪你！”

在邢臻的连环计下，萧然和邢臻暧昧的男女关系得到了公开，迫使萧然承认邢臻是自己的女朋友。在他们的爱情里，萧然是被动的，他不断迎合着邢臻对爱情的向往。

第二十七章 监仓自杀

2014年3月14日11时，钟明礼打来电话，说陈正龙的老婆郑虹到江雨所在的公司大吵大闹，打了江雨几巴掌。江雨所在公司员工拨打了报警电话，公司所在地公安机关已经将郑虹和江雨带回派出所。

萧然吃惊，问："江雨和郑虹有什么关系？"钟明礼说："陈正龙不断骚扰江雨，引起郑虹的嫉妒。王玉童被抓后，江雨已经从原公司辞职，没有想到，郑虹还是找到了她。"

萧然问："江雨和陈正龙有什么关系？"

钟明礼叹气说："陈正龙大江雨近二十岁，能有什么关系？无非是看上了江雨，想占江雨的便宜。"

"陈正龙真是见一个，就爱一个。"萧然说，"你赶快去派出所看看。"

钟明礼说："我已经到了。"他挂掉电话，来到长隆派出所，看到江雨坐在大厅的椅子上，上前说，"江雨，你没事吧？"

江雨神色平静，说："我没事。"

这时，接警的民警走了过来，说："江雨，事发的监控我已经看了。因郑虹的打人行为是由于情感纠纷引起，依照流程，可以调解。

我现在问你，你是否愿意调解，由郑虹对你进行经济赔偿？”

江雨说：“警察同志，我不能接受调解，请依照法律，对肇事的凶手进行惩处。”

接警的民警说：“我劝你再想一想，冤家宜解不宜结！”

江雨说：“我和她没有任何冤，她来到我公司，对我进行殴打，使我的身体受害，名誉受损，工作受到影响。且我和郑虹及她的丈夫陈正龙没有任何情感纠纷，我认为凶手上门闹事是寻衅滋事的行为，应当依照寻衅滋事进行处理。”

接警的民警见江雨态度坚决，说：“既然如此，那就先做个笔录。”

这一次，郑虹没有那么幸运，因江雨坚持不接受调解，郑虹被治安拘留了 15 日。

离开看守所，江雨将陈正龙所有的联系方式拉入黑名单，禁止呼入。不过这并没有阻挡得了陈正龙，他经常驱车来到江雨所在的公司楼下，等候江雨下班，甚至以业务洽谈为由，进入公司，联系业务，并指定江雨与其对接。

陈正龙的行为惹怒了钟明礼，他拨打了深然证券的前台电话：“我警告陈正龙，如果他继续骚扰江雨，我将对他不客气，相关后果，由他自负。”说完，他挂掉电话。

深然证券的前台如实将电话转给陈正龙，陈正龙听了，微微一笑，说：“谢谢你们，去忙吧！”随后他打电话给行政主管，“刘总，马上把前台的电话，换成自动录音电话。”

就在钟明礼陷入麻烦时，萧然却享受着幸福和快乐。自从邢臻发了萧然做蛋炒饭的朋友圈，同事们就知道萧然去了邢臻家里。大家指责萧然太低调，没有将这个好消息告诉大家。

萧然一回到单位，赵建军就指着萧然说：“不是哥说你，那么大的事，你应该跟哥说，哥好把人生经验传授给你。你看，没有哥的正确指点，献丑了吧！”

郑礼贤也严厉地批评了萧然："你以前装得有模有样，这也说没有的事，那也说没有的事，这回暴露了吧！还好科技发达，有网络这个东西，要不然我怎么知道你偷偷去了老丈人家？"

李建胜更是直接："萧然，今天我见到邢臻了，我问啥时候发喜糖，人家说了，让我跟你要，我问你，喜糖呢？"

萧然纳了闷，单位的同事闲得没事吗，天天打听同事八卦消息？

因为春节值班，萧然没有回老家，春节过后，父母突然出现在了荔城。萧然接到父母的电话，得知他们已经住在了前进路的竹园宾馆，他吃惊的表情不亚于邢臻发了那个西红柿炒蛋朋友圈。

萧然赶到竹园宾馆，见到了爸妈，萧然妈妈说："儿子，不是你让我们来的吗？"

萧然摸着后脑勺，想说没有，但是又怕伤了父母的心，只好说："是。"

萧然爸爸说："儿子，老爹听说你找了对象，别提有多开心了，你妈说了，应该来见见。我一想，儿子参加工作了，老爹也应该来一趟荔城，见见大城市，就抛家舍业地，带上你妈来了。"

萧然妈妈说："是，你爸带上我，就是带上全部家当了。"

萧然问："你们怎么不提前说一声啊？"

萧然爸爸说："这有什么好说的，车票，人家姑娘买好了，酒店，人家姑娘订好了，我操什么心！人家姑娘说了，要给你一个惊喜！"

原来是邢臻安排的。萧然第一次感到心里暖意融融，这时，他的手机收到一条微信，是邢臻发来的，上面写着："Surprise！"萧然回："谢谢，特别好！"

萧然妈妈走上前，对萧然说："儿子，那姑娘就在酒店门口！"萧然走出客房，顺着走廊走到尽头，在楼梯的拐角见到了邢臻，她低着头看着手机，嘴角微笑，萧然上前抱住了她，邢臻吓了一跳，见是萧然，笑着说："你要干吗？"

萧然亲了邢臻，说："想亲你一下。"

邢臻说："再亲我就要收钱了？"

萧然说："收多少，我都给。"说罢，又要亲过去。

正在这时，楼道下有人咳嗽了一声，随后传来一名妇女的声音："那个你们要亲，去房间里亲，这里环境不好。"吓得萧然和邢臻仓皇而逃。

邢臻带着萧然的父母逛了荔城的旅游景点，去了步行街、小吃街，萧然爸妈应接不暇。过了三天，邢臻的爸妈有了意见，刘爱华打来电话："你这才哪跟哪啊，就这么献殷勤，要矜持，就说家里的花吧，三天没浇水了，狗也三天没喂了，你爸的衣服都堆积如山了。"

邢臻笑着说："荔城的雨水多，你放天台就行，爸吃不完的剩菜，喂点给狗就行，至于衣服，你洗澡的时候，顺手扔进洗衣机，让爸晾了就行。哎呀，你不说，我都不知道，原来我每天干这么多家务呢。你们要珍惜我这个劳动力。"

刘爱华说："快得了吧，你早点结婚，把萧然骗进家里来，到时候这活就有人干了。"

邢臻说："妈，你这就不讲道理了，等我结婚，萧然就是我老公了。家里有活，你不让你老公干，凭啥指使我老公？"

刘爱华被邢臻说得哑口无言，憋了半天，说："我老公是我的，你老公还未必是你的呢。"说完，挂掉电话，她觉得气势上还是不能输。

到了第七天，萧然爸爸给萧然打电话，说："儿啊，你快给我们订票，让我们回去吧，你妈和邢臻太能逛了。不光累腿，还累心啊！"

萧然疑惑："累腿可以理解，怎么还累心了？"

"你妈一进商场，我就心慌啊，东西这么贵，我就怕你妈想不开，买上几件。"

萧然哈哈大笑，说："没事，我马上给你转钱，看上了就买。"说完，微信转账 5000 元给爸爸，萧然爸爸点了接收，说，"就你那仨瓜俩枣的，我看也不够啊。对了，我和你妈约了邢臻爸妈明天吃饭，邢臻爸妈已经同意了，餐馆档次不是荔城最高的，大约5000元一桌，还请萧警官务必赏光。”

萧然颇为郁闷：“你们怎么和邢臻一样，都喜欢先斩后奏啊！”

萧然爸爸提高嗓门，吼道：“到底你是老子，还是老子是老子？”

萧然吃惊，说：“你是老子。”

“老子吃饭，还用得着奏报儿子，你当皇帝了？”

萧然连忙说：“我不是那个意思，你应该事先跟我商量一下，我好有个心理准备。”

“爱去不去！”

次日晚上，萧然一家和邢臻一家，欢聚在了荔城的一家五星级酒店，酒店很高档。两家人坐下之后，菜单传到了萧然手里，萧然看了菜单，说：“爸，这顿饭也用不着5000块。”

萧然爸爸低声说：“我和你妈还得买身衣服不是！”

晚饭开始，双方自我介绍。介绍完毕，邢关和萧然爸爸开始聊年代往事，一时间说得兴起。刘爱华和萧然妈妈聊的是孩子。开始的时候，两个人都在夸自己孩子的优点，好话说完了，不知道谁开始转了话锋，改说不足，两人比着说自己孩子缺点，直到说得一无是处，仍意犹未尽。

萧然叹着气，对邢臻说：“在你的决策和指挥下，我看离结婚不远了。”

邢臻说：“这才好玩嘛！”

一个暴雨的夜里，王大军病发，被看守所民警送到了人民医院就诊。医院的医生对其进行了抢救，但是病情依然严重。

经过生与死的较量，王大军最终活了下来，但是吓坏了看守所的领导，从所长到民警，无不心惊胆战，督促检察院从快起诉。

检察院回电：“起诉之后还要审理案卷，这个案件十分复杂，就算审理清楚，进行了判决，还要高院、最高院核准死刑，一套流程下来，最快也要一年多的时间。”

看守所所长说："我怕他活不到判决！"

检察官说："活不到判决，也没办法。"

看守所所长说："死在看守所不好！"

检察官说："重大刑事案件的嫌疑人，不符合取保候审条件啊！"

知道患绝症前，王大军每天精神抖擞，像打了鸡血。知道自己患了绝症后，王大军精神萎靡，特别是邢关告诉王大军，王玉童是自己的亲生儿子之后，王大军情绪时好时坏，一会儿笑，一会儿哭，精神状态极度不佳。

这次抢救之后，王大军申请见一次自己的儿子。依照规定，同案是不能见面的，避免其串供，考虑到两人证词吻合，取证充分，表现较好，经请示分局局长，同意父子见面。

王玉童本来是不愿意与王大军见面的，但是民警告知其父命不长久，王玉童答应了。

两人的见面被安排在了会客室。王大军一见到王玉童，就跪了下来，哭得泣不成声："家奎，我对不起你，是我害了你，害了你妈。"王玉童没有扶起王大军，眼神中仍然带着恨意。

王大军继续哀号，哀号声响彻看守所，监仓内羁押的嫌疑人纷纷驻足张望，对会客室中发生的事，似乎都已知晓。看守所不大，外面的世界与自己无关，只有羁押的嫌疑人身上的故事是鲜活的。看守所内所有羁押的嫌疑人都认识王大军，也认识王玉童，他们的案子也传遍了看守所，虽然彼此很难传递消息，但是狭窄的空间和时间缝隙，将一个惊天大案传遍了看守所。

会见持续了两个半小时。两个半小时之后，两人被各自带回了监仓。

当日夜里凌晨 3 时，王大军在监仓内自杀。根据监仓内监控，3 时 18 分，王大军将头伸出水泥窗外。3 时 45 分，王大军将绑着绳子的枕头拿了出来，绳子放在脖子下，3 时 48 分，王大军将枕头从前往后扔了出去，王大军的脖子出现下顿，随之，不再动弹。

4时50分，一名在押嫌疑人起床小便，发现了异常。因看守所灯光明亮，睡眼惺忪中，他看到了双眼翻白的王大军。离奇的死亡方式，吓得他站立不稳，他啊啊大叫，坐在地上，手脚并用，像蜘蛛一样后退，惊醒了同监仓的其他人。游离在半睡半醒之中的民警惊慌地站了起来，通过监控，他看到监仓已经乱成一团，民警在话筒里询问情况，才知道王大军在监仓内自杀。

值班民警立即上报看守所值班领导。值班领导听说王大军自杀，从床上弹了起来，赶往监区。监仓内的在押人员被紧急疏散，安排在了其他监仓。为避免引起骚乱，武警被叫了起来，到看守所外戒备。

黎明时分，法医赶到了现场，根据监控，结合现场勘查，初步认定王大军死于自杀。

次日，王大军自杀的消息就传遍了分局，分局领导就在押人员看守所内自杀的事，开了专门会议，强调保密，严禁外泄，以免造成社会不良影响。

分局局长宋泽忠严厉批评了看守所所长及值班副所长，看守所所长很委屈，说："我们已经安排同仓的人日夜看守，王大军的脚踝也被上了脚镣，监仓内没有一丝金属，也没有绳子。我们的枕头的填充物是荞麦，是有点重力，但是谁会想到王大军会用枕头自杀。"

宋泽忠知道，一个人想死，谁也拦不住。王大军是杀人犯，又身患绝症，背负着精神压力和对儿子的愧疚，选择自杀是在情理之中。但是自杀的地点发生在看守所，社会影响恶劣，消息如果传到媒体，必然引发炒作。

市局督察支队介入调查，调查结果：看守所民警在岗在位，监管工作有效开展，违禁物品有效控制。但是相关的领导和民警仍被调离岗位，个别民警甚至永远离开了警察队伍。

王大军死后，第一稳控对象就是王玉童。为了有效稳控，管教民警及分局领导、心理专家轮番谈话，开展密集的心理疏导工作。

萧然见到王玉童时，距离王大军自杀，已经过去了八天。王玉童看上去比想象中好，他对萧然说："谢谢你这个时候来看我，我知道，在你心里，我除了是在押的嫌犯，还是你的朋友，我说得对吗，萧然？"

萧然点头，说："没错，我一直把你当成我的朋友。"

王玉童说："谢谢你，我很好，说实话，我很放松，我感觉我压力小了很多。"

萧然问："为什么会有这种感觉？"

王玉童说："因为莫卿的姐姐是我父亲杀的。这些年来，我父亲逍遥法外，我很为难，一方面他是我的父亲，一方面他是杀人凶手。现在他畏罪自杀，算是给莫卿、江雨一个交代。"萧然沉默，听王玉童继续说，"这些年，我背负压力，不知道究竟该不该揭穿这段真相。不揭穿，我的内心受到谴责，揭穿，我的父亲将伏法，莫卿和江雨会离我而去。"

萧然问："你的父亲说，他当年做了一份亲子鉴定，鉴定书上说，你不是他的亲儿子，所以他才会对你母亲怀恨在心，将杀人的事嫁祸给你。"

王玉童长叹，说："所以医学这事也未必准确，我时常在想，如果他能重新鉴定一次，或许就不会有悲剧发生。"

萧然问："今后你有什么打算？"

王玉童说："还能有什么打算！我犯了包庇罪，服刑少不了两年，等离开监狱，世界恐怕已沧海桑田，我王某难有立足之地了。"

萧然说："你父亲已死，依照法律规定，杀人案应当终止起诉，你的案件的审理速度会加快，一应期限都会减少。"

王玉童说："没关系，我也不指望减刑了，在哪关着都一样。"

萧然说得没有错，王大军死后，王大军杀人案终止审理，王玉童包庇案分卷起诉。

第二十八章 破焚尸案

一个风雨交加的日子，前进派出所辖区的东海新村发生火灾。事发时，报警人报警称：东海新村 55 栋发生火情，现场浓烟滚滚。岭南消防中队接到火警十分纳闷，暴雨滂沱的，竟然还会起火。消防车呼啦地进了东海新村，看到火情发生在 55 栋 3 楼，上门查看情况。敲门无人应，消防员打开水枪，从楼下往房中喷水，不到十分钟，火情得到了有效控制。

消防员强行破门，进入室内，看到大厅一片凌乱，潮湿的地板上趴着一具焦黑的尸体，知道情况异常，立即撤出房间，上报领导。消防中队的同志将警情转到市公安局，逐级流转，不到五分钟，警情抵达前进派出所。

所长郑礼贤率先抵达现场，看到地上焦黑的尸体，命令值班民警守住现场，不得任何人进入，等待法医。约十分钟，分局、市局法医赶到现场，并对现场开展勘查。

“萧然，你在哪里？”

“我刚下班。”

“东海新村发生了命案，你过来一下。”

“这不是我们组的案件，我去干什么？”

“你有办理命案的经验，过来指导一下。”

“快别折煞我了，我马上到。”

不多时，分局刑警大队、市局刑警支队、分局主管刑侦副局长一应赶到现场，了解情况。

勘查显示，死者为女性，年龄约30岁，身高约163cm，身上大面积烧伤，面部五官已经烧焦，不能识别长相。张成海表示：“死者身上暂时没有发现钝器伤，口腔干净，喉咙没有灰尘，不排除是被捂死后纵火焚尸，具体死因还需要看尸检情况。”

现场没有证明死者身份的证件，只提取到一部被烧坏的手机。

萧然看到张成海将手机装进物证袋，问：“张法医，这部手机还能提取到DNA吗？”

张成海撇着嘴，说：“只能提取到现场的灰尘。”

萧然戴上手套，说：“手机借我用一下。”他接过物证袋，将手机卡取出，装在自己的手机上。手机显示，有信号，可以正常使用。

萧然拨打张成海的电话，通信正常，萧然记下号码，将手机卡取出，装入手机，还给张成海。萧然将手机号发回派出所，让内勤呈请调取通话记录。一旁的郑礼贤见了，拍着萧然的肩膀，说：“你这业务水平，确实见长。”说完，他打电话给派出所教导员，让他批一下话单报告。

萧然说：“现案不难破，嫌疑人应该在2个小时前离开。请郑所安排视频组，就地排查监控。”

郑礼贤说：“好。”

萧然走到张成海身边，说：“张法医，请你们这边尽快做一下DNA，看看能不能撞出死者身份。”

张成海说：“好的，检材已经送到技术处。”

郑礼贤问：“你把大家的工作都安排好了，你做什么？

萧然说：“我去物业管理处，联系这栋楼的业主，看看登记的租客信息。”

郑礼贤点头，说：“确实有一套，那快去吧！”

东海新村管理处早已经联系业主，萧然拨通业主电话，通知业主尽快赶回荔城。业主正在外地，他将租客的信息告诉萧然，看到租客是一名男子，名叫程前。萧然拨打程前的电话，对方已经关机。

程前是何许人？

萧然联系研判部门，研判民警将信息反馈给萧然。程前，男，30岁，安徽人，租住东海新村55栋301，未婚。

萧然将情况反馈给郑礼贤和邢关，两人指示：程前有重大作案嫌疑，马上研判轨迹。

研判部门发现程前与一名叫刘艳梅的女子往来密切，并针对刘艳梅开展分析，锁定其住址。民警便衣摸排，来到刘艳梅住所，找到了刘艳梅。刘艳梅惊慌失措，惊问何事，民警问：“程前现在何处？”

刘艳梅不敢隐瞒，她提供了程前的电话，并告知民警，程前半个小时前外出买饭去了，马上回来。民警在现场等候了十分钟，果然见到了程前。

程前陈述，他已经于两个月前，将东海新村的房子转租给了一名女子，自己并不住里面。程前提供了一个微信，内有转账记录。根据程前提供的线索，民警锁定了转租女子的身份，研判部门发现，该女子名叫黄静，刚刚购买了一张去往云南的火车票。邢关当即派两名民警赶往火车站，并在候车厅将准备乘车的黄静拦截，带回刑警大队进行调查。

刑警大队在调查黄静时，发现其有卖淫和组织卖淫前科。黄静供述，其从程前手中转租房子，给一名叫苗苗的女子居住，用于卖淫。中午时，黄静发微信给苗苗，苗苗没回，拨打苗苗的手机，提示已经关机。黄静以为苗苗跑了，打车到她租住的出租屋，结果发现现场起火，房间里面的人死了。黄静担心警察追究她组织卖淫的事，连忙订了火车票，准备外出躲一下风头，结果刚到火车站，就被抓了。

警察翻看其手机，看到黄静上午给一名女子头像的好友发了微信，并根据其出没东海新村的时间和地点，在监控中进行了验证，排除其杀人的嫌疑。

不过，邢关并没有释放黄静，而是将其移交给了治安科，就黄静涉嫌组织卖淫一案开展侦查。

邢关将黄静提供的苗苗的微信交研判部门进行分析，证实绑定的手机号，就是现场发现的手机号码。

17 时 30 分，通信部门将萧然呈报的通话记录反馈给公安机关，资料显示，该号码登记的身份是黄静。最后几个通话号码为同一人，机主是一个叫彭淮的男子。

邢关分析，死者生前最后的通话人可能是知情人，甚至就是凶手。邢关将彭淮的照片发给视频组，不到半个小时，视频组在现场的录像中，找到了疑似男子。该男子头戴鸭舌帽，本看不清脸，但是在其他镜头看到了穿着同款衣服的他。视频民警将照片发给邢关，邢关指示，立即追踪该男子。

分局调动视频大队所有视频民警和视频员就嫌疑男子去向开展追踪，因部分监控模糊，视频设施老化，追踪出现中断，后通过外围排查，在小区门口找到了嫌疑男子。视频发现，该男子到了东海新村门口后，搭乘出租车离开了现场。视频组利用路口监控，将等待红绿灯的出租车车牌记录下来，并通过其登记的出租车公司，联系到出租车司机。当班的出租车司机姓吴，刚刚交班，他想起自己确实从东海新村拉了一名乘客，那位乘客说话气喘吁吁，看上去很紧张。视频大队民警问他那名男子在哪里下车，出租车司机说在龙头村东门。

视频民警根据出租车司机提供的地点，进行视频倒查，果然在 11 时许，看到了该男子。与此同时，研判部门提供了彭淮的住址，地点在龙头村 35 栋 505。刑警大队民警赶到龙头村，看到 35 栋 505

的房门已经从外面上锁，怀疑彭淮已经离开。

视频大队观看龙头村出入监控，看到彭淮于 13 时背着书包离开了龙头村。研判部门核查了彭淮的订票记录，看到其没有订票。技术部门反馈，彭淮的手机已经关机，无法定位。正在这时，萧然向邢关提出建议，到开发区汽车站进行蹲守。邢关也不问为什么，马上派出民警同萧然去往开发区汽车站。

萧然选了一辆便车，将车停在汽车站停车场，然后到咨询台查询到赣州的汽车班次。汽车站售票员表示：去往赣州的汽车，每天只有两趟，早上 9 点一趟，晚上 9 点一趟。

萧然看了看时间，已经是 19 时，距离发车时间还有两个小时。萧然等人坐在候车厅，在候车厅内走了一圈，没有看到彭淮，便坐在去往赣州的发车点等候。时间一点点过去，到了 20 时 30 分，民警依然没有见到彭淮。20 时 45 分，距离发车只有十五分钟了，乘客依次上车，民警还是没有见到彭淮。到了 20 时 55 分，一名背包男子低头走向检票口，准备上车，萧然心中一阵悸动，这时，其他民警也看到了男子，趁男子检票，众人一拥而上，将男子抓获。

经核验身份证件，背包的男子正是彭淮。

围观的群众连忙拿手机录像，有的人喊打人啦，直到民警拿出手铐，围观的人才恍然，是警察在办案。

彭淮被带回岭南分局刑警大队，并被开展讯问。

“姓名？年龄？籍贯？”

“彭淮，45 岁，江西省赣州市人。”

“住哪里，做什么工作的，老婆孩子现在哪里？”

“住龙头村，拉货的，老婆孩子在老家。”

“你和苗苗是什么关系？”

沉默。

肖金甲呵斥：“你以为不说，我们就不知道了吗？我告诉你，能抓到你，说明我们已经掌握了充足的证据。”

彭淮沉默。

一旁的邢关温言细语点说：“彭淮，事情既然出了，男子汉大丈夫，敢作敢当！”

彭淮抬起头，说：“领导，我没有说我不敢当，我只是在想我该怎么说。”

邢关说：“没有关系，想好了再说。”

“人是我杀的。”彭淮说。邢关也不打断，彭淮顿了一下，说，“这婊子该杀，她勒索我，我忍不下这口气。我和她好了一个月了，我天天来看她，每次那个之后，都给她两百块钱。最近我生意不好，没有挣着钱，就欠了她两次，结果她说我如果不给她钱，她就报警，说我强奸她。我以为她和我开玩笑的，结果这次我从她那里出来，真的接到一个威胁的电话。打电话的是一个男子，说如果我不给钱，就报警，告我强奸。古人说戏子无情，婊子无义，这话一点都不假。反正强奸也是坐牢，干脆把她杀了，一了百了。我折返了回去，她问我怎么又回来了，我说还给你钱。我抽掉腰带，勒住她的脖子，狠狠勒了两分钟，直到她蹬腿咽气，我才松开。我穿回腰带，将她家里的油和酒精倒在她身上，想毁尸灭迹，就点了一把火，离开了东海新村。”

为了几百块的嫖资，就杀了一个人，邢关和现场的审讯的民警不免唏嘘，邢关问：“死者叫什么名字？”

彭淮说：“她说她叫苗苗，全名是什么，我不知道。”

肖金甲问：“你和她好了这么久，怎么会连名字都不知道呢？”

彭淮说：“大哥，有几个男的找小姐，还记她大名的？人家说什么，就是什么呗。”

肖金甲点头，说：“那也是。”

彭淮说完，忍不住哭了，说：“婊子害死人，可怜我这老婆孩子该怎么办？”

肖金甲无奈地说："你这时候想起老婆孩子了，嫖娼的时候，怎么不想想自己的老婆！"

一宗杀人案，九个小时破了。因岭南分局有规定，杀人案由刑警大队一中队负责结案，所以抓获嫌疑人后，萧然就回派出所了。郑礼贤看到萧然，拍着肩膀说："辛苦啦，听说嫌疑人是你抓到的？"

萧然说是。

郑礼贤问："那么多汽车站，你怎么就知道他会去开发区汽车站？"

萧然说："彭淮没有前科，犯了事，不知道该怎么办。我推断他要离开荔城，回老家躲一躲。他不敢乘坐火车，因为火车是实名登记，所以只能乘坐汽车。彭淮是赣州人，我查了全市所有去赣州的汽车，只有开发区汽车站有两趟。"

郑礼贤点头，说："分析得很好，头头是道，看来今天叫你过来，一点也没错。"

"哪里哪里，领导带得好！"

公安机关虽然破了案件，但是死者的身份并没有调查清楚。现场没有发现死者的身份证件，黄静也不知道其真实身份，根据黄静供述，苗苗是她的朋友小萌介绍的，入行时，大家起了一个昵称，没有人说自己的真名。

庆幸的是，治安科根据刑警大队移送的材料，打掉了组织卖淫团伙。

黄静虽然没有供述出死者的身份，但是DNA比对给了结果。办案民警以为，DNA会比中一名卖淫女，没有想到，比中的身份是刚刚释放的郝青苗。

郝青苗是一名精神病病人，正在康宁医院进行治疗，怎么会从事卖淫呢？

刑警大队先到康宁医院调查，康宁医院的护士表示，春节前，郝青苗在接受一段治疗之后，趁监管人员不注意，偷偷跑出康宁医院，再也没有回来过。民警非常吃惊，问："一个病人，怎么会跑出来呢？"

护士说："我们又不是监狱，怎么可能管得住呢？再说她已经治疗了一段时间，具有思考能力。"

刑警大队再次审讯黄静，问她是否知道郝青苗是精神病病人。黄静十分惊奇，表示"苗苗"言语流畅，神志清楚，绝对不是精神病。刑警大队民警拿出郝青苗的照片给黄静辨认，黄静指认照片中的女子就是"苗苗"。

刑警大队提审彭淮，拿郝青苗的照片给彭淮进行辨认，辨认的结果与黄静一致。民警问彭淮，郝青苗能否正常表达，逻辑是否完整，彭淮回答，"苗苗"是一个正常人。

民警查看了黄静和彭淮与郝青苗的聊天记录，双方对答符合逻辑，并无异常。

郝青苗从康宁医院逃跑，从事卖淫活动，因嫖资纠纷被他人杀害的事很快传遍了岭南分局，成为民警日常的讨论话题。

死者被害，公安机关应当通知死者家属。郝青草是郝青苗的唯一亲人，岭南刑警大队将立案和破案材料邮寄到S县看守所，由看守所转交郝青草。郝青草得知郝青苗被害，痛哭流涕，说："我们一家算是彻底完了！"

第二十九章 郑虹爆料

2014年6月，王玉童因涉嫌包庇罪，被判处有期徒刑三年，缓刑三年。

依照《刑法》规定，缓刑三年，被判处有期徒刑的罪犯暂缓执行，三年内没有故意犯罪，且遵守相关规定的，三年后不再执行。

王玉童没有想到，法院会判处缓刑，这对他来说，等于又有了自由。他呼吸着围墙外的空气，整个世界，仿佛都是崭新的。

他回到居住的社区，执行社区矫正，没有与任何人联系。

莫卿和江雨不知道王玉童被释放了。为了躲避陈正龙，莫卿变换了住址，换了一份工作。随着陈正龙目标的转移，江雨陷入无限的苦恼之中。一方面，陈正龙经常借工作交流为名，到公司纠缠。另一方面，从拘留所释放的郑虹反复来到江雨所在公司骚扰闹事。

“还说没有勾引老陈，他都跑到你们公司来了，我看你这回怎么抵赖？”江雨无奈，干脆躲在公司办公室里不出来，郑虹双手叉腰，气势夺人，继续在公司吵闹，“你小小年纪，学做小三，我告诉你，小三不好干。”

“我们老陈是有钱，但那是我们的，跟你没关系，你趁早滚远点。”

“大家都来看看啊，你们公司出的骚货，勾引我老公！”

终于，郑虹惹怒了陈正龙，陈正龙在江雨所在的公司听得火气上蹿，拨打了 110，出警民警抵达现场，将郑虹再次拘留。

郑虹第二次从拘留所出来，陈正龙已经从郑虹的住所将属于他的个人物品搬走了。郑虹最初以为家里发生了盗窃，直到律师上门，将一份协议交到郑虹手上，才知道陈正龙与她划清了界限。郑虹所住的房子，继续由郑虹居住，并归其所有，但陈正龙今后与其再没有任何关系。

晴天霹雳，郑虹在家里哭天抢地：“我进了两次拘留所，这还不都是为了你老陈吗？你现在说分就分，也太不讲理了。”郑虹在家里哭了半个小时，给陈正龙打电话，发现自己的手机已经打不进去，她打车去陈正龙的公司，刚到楼下，保安像是认识她一般，径直将她拦住，堵了一楼大厅外。

郑虹在楼下哭喊：“陈正龙，你无情，别怪我无义。”

2014 年 7 月 7 日，沉寂已久的《荔城日报》刊出一条标题为“替罪羔羊囚牢自杀，借刀真凶藏匿人间”的新闻。新闻指出：十五年前，陈正龙假借王大军之手，杀死了莫兰花。

爆料人为陈正龙原配妻子郑虹，郑虹在报纸上说：陈正龙曾经在酒后告诉她一个秘密。这个秘密发生在十五年前，陈正龙当时的女朋友莫兰花提出要嫁给她，而他喜欢上了兰花的同乡江雪。本想甩掉莫兰花的陈正龙正在走私小汽车，兰花提出，如果陈正龙和自己分手，她将向公安机关检举揭发陈正龙。陈正龙想出了引诱王大军强奸兰花的主意，他利用莫兰花有哮喘病的弱点，往兰花和王大军的饮料里添加春药。王大军春药发作时，正是兰花哮喘病发作时，兰花在药物和生理、精神刺激下，没有及时救治，死在了床上。为了坐实王大军杀人，陈正龙通知江雪、宋柔到王大军家中寻找兰花。陈正龙以为，江雪两人到王大军家，看到床上裸体的兰花，就算兰花身体没事，也能借机甩掉兰花，哪知道江雪两人进了王大军的家，没能出来。陈正龙怕警察查到自己，没有报警，看到王大军下手如此狠毒，不敢继续招惹王大军，借机离开了荔城，回到了香港。

一石激起千层浪，一则千字的新闻震惊了荔城市。

陈正龙作为香港投资人，深然证券的董事，在荔城的证券行业具有重要影响力。不了解煤气罐藏尸案的人，从网上翻找案件信息，知道煤气罐藏尸案的人，更加震惊案件背后的真相。

按照往常的惯例，《荔城日报》刊出这样一条消息，新闻指向的对象陈正龙或者发言人一定会站出，澄清真相，但是陈正龙一反常态，表现得特别安静。

与此同时，公安机关上至公安部，下到派出所，都关注到了这则新闻。公安部下发侦查指令，要求地方公安机关根据新闻内容核查、反馈，对于嫌疑人确实存在杀人故意的，依照故意杀人罪，追究嫌疑人的相关刑事责任，如果举报人恶意栽赃陷害的，坚决予以打击，依照法律予以办理。

案件层层落实，最终落在了邢关头上。作为煤气罐藏尸案的侦办负责人，他对本案最为了解，也最能调动相关侦查手段和资源开展工作。因案件影响大，工作开展已经不是单纯的侦查那么简单，需要尽快核实真相，给社会一个交代。

岭南分局刑警大队找到郑虹，将其带到刑警大队进行调查，同时密切注意陈正龙动向，限制其出境。

郑虹抵达刑警大队，提出保护请求，并认为自己的生命安全可能受到威胁。刑警大队民警表示，会将她的请求报告给领导，并要求郑虹出示举报材料。

办案民警以为郑虹没有证据出示，哪知道郑虹从包里拿出一支录音笔，出示了一段录音。音频文件中，说话的是一名男子，说的是粤语，话音断断续续，似是醉酒，音频的大意与郑虹所说一样：说话的男了想甩掉兰花，利用兰花有哮喘病的特点，往兰花的饮料里添加春药，诱使其病发，从而利用王大军借刀杀人。

从录音看，说话的人与陈正龙声音相似，特别是语调方面，相似度高，能否作为证据使用，要求证其来源和声音鉴定情况。

民警详细询问了录音的时间和背景。

郑虹口述：五年前，郑虹和陈正龙因为业务关系在业务交流会上认识，郑虹为了拉拢陈正龙，促成业务合作，与陈正龙频频举杯。陈正龙当时迷恋郑虹，郑虹使了欲擒故纵的把戏，让陈正龙喝多了。交谈中，陈正龙讲述了这段事。郑虹知道这是一个重大秘密，将其录了下来，打算录音用来威胁陈正龙。相处一段时间，两人好上了，郑虹放弃了这个念头。现在陈正龙背叛了她，她也就不打算再为陈正龙保守秘密。

分局局长宋泽忠打电话给邢关，询问证据情况，邢关回答："郑虹所说，符合逻辑与案情，但是相关的证据仍然薄弱，除了这份录音，几乎没有任何证据可以佐证，凭借陈正龙的如簧巧舌，推翻录音，简直易如反掌。"

宋泽忠知道拘留陈正龙容易，但诉讼困难，他说："这宗案件，上级领导很重视，荔城人民也很关注，邢大队长要多上心！"

邢关懂得领导的难处，但这宗案件过去十五年，与陈正龙相关的证据少之又少，检察院能批捕吗？就是批捕了，又能起诉得了吗？

宋泽忠的电话刚断，邢关办公室的门被敲响了，值班民警报告邢关，说王玉童来了。邢关叹了口气，说："猜到了，让他进来吧！"

王玉童穿着一身休闲的衣服，走进了邢关办公室，他礼貌地向邢关问好："邢大队长，您好，冒昧来访，打扰了！"

邢关起身，说："王先生太客气了，你是来了解案情的吧！"

王玉童说："是的，邢大队长。今早我通过手机新闻，看到了郑虹在《荔城日报》刊出的消息，令我震惊。家父因藏尸案身败名裂，人不像人，鬼不像鬼，而我也深受其害。陈正龙引诱家父强奸兰花，本就是强奸罪的共犯，奈何证据不足，公安机关没有将其拘捕。家父已死，现在想来，兰花暴毙于床榻，本身也是疑点，郑虹所述，正解释了疑点。希望警方能够拘捕陈正龙，严惩幕后黑手。”

邢关叹了一口气，说：“王先生，我理解你的心情。现在我们正在核实郑虹提供的线索，但是我希望你能有心理准备，因为尸体发现在你父亲租住的房子里，而和陈正龙关联的证据，几乎为零。”

王玉童说：“邢大队长，我也理解公安机关的难处，毕竟事情已经过去了十五年，投放药品的饮料瓶子已经不在，只要陈正龙抵死不认，没有任何物证可以佐证。”

邢关说：“是啊，现在南国新苑小区已经不存在，27 栋也被彻底拆除，想要调查一宗十五年前的杀人案，何其困难。”

王玉童说：“我相信公安机关的能力，我的父亲不就是被你们抓了吗？”

正说话时，值班民警报告：“邢大，莫卿、江雨、钟明礼来访。”

邢关说：“让他们进来。”

王玉童起身，说：“邢大队长，我回避一下。”

邢关说：“不必了，既然非要相见，不如现在见。都是为了陈正龙的事，大家坐下来一起讨论，说不定能找到其他的线索。”

莫卿、江雨、钟明礼来到邢关办公室，他们见到王玉童，口中急切要质问的话，停在了嘴边，邢关连忙解释：“三位请坐！我来介绍一下，这位是王玉童，上个月，他被人民法院判处有期徒刑三年，缓刑三年，现在执行社区矫正。”

钟明礼点头说哦，莫卿和江雨却是双目凝视，一言不发。

邢关说：“往事皆云烟，爱恨皆消弭。王大军已经自杀，王玉童也被判处了刑罚，三位心中的疙瘩，该解了。”

钟明礼咳嗽了一声，说：“是这样的，邢大队长，今早我们看到了新闻，说陈正龙才是幕后凶手，我们来到刑警大队，想了解一下案情。”

邢关说："案情方面，我和王先生已经说了，郑虹举报的材料，缺乏相应的证据支撑，需要你们提供可用的线索。"

莫卿说："案件过去了这么多年，我们不在现场，哪有证据？"

邢关说："问题就出在这，即便陈正龙自己交代了这个问题，缺乏物证，案件一样难以走下去。"

王玉童说："陈正龙一生坏事做尽，就算藏尸案的案件证据不足，其他案件也足以将其判刑。"

江雨接着王玉童的话，说："就是，陈正龙喜欢寻花问柳，娶个老婆也不正经，那个郑虹三天两头来我们公司闹，真是气死了。"

莫卿点头，说："是啊，也来闹过我。"

钟明礼笑着说："现在陈正龙和她决裂了，要不郑虹怎么会举报他呢？"

王玉童说："各位，我打断一下，这个郑虹自称是陈正龙的老婆，他们登记结婚了吗？"

众人你看着我，我看着你，摇头不语，邢关问："王先生，你什么意思？"

王玉童说："据我所知，陈正龙的妻子名叫梁家媛，住在香港，并未与陈正龙离异。"

邢关来了精神，问："你怎么知道的？"

王玉童说："我一直关注陈正龙的动向，毕竟我们家的事和他有着千丝万缕的关系。"

邢关说："这个问题很重要，陈正龙可能犯了重婚罪。"邢关离开了办公室，片刻后，又走了回来，他哈哈大笑，说，"太好了，郑虹向我们提供了一个结婚证。"他拿着结婚证看了又看，说，"我估计这个结婚证是假的。几位，事关案件秘密，请不要泄露，尤其不能发在网上。"

几个人点头，并保证保守秘密。

邢关想起了一个问题，他说："明礼，我记得你姓钟，怎么改姓宋了？"

宋明礼挠着头，说："其实我是四川人，和莫卿同村，5岁时，被拐卖到了福建。去四川的时候，我亲妈拿我喝过的水瓶子做了DNA比对，认出了我。"

邢关大为惊奇，说："还有这种事，真是巧合。"

江雨说："说起改名字，他还不肯呢，说养父母对他很好，他不肯伤了养父母的心。后来两家人坐到了一起，聊得也很好，就说改姓不改名。"

邢关说："你这个倒是圆满，一个人两对爹妈。"众人轻声的笑了，气氛也轻松起来。

围绕陈正龙重婚案，岭南分局开展了调查。经外事部门联系香港，调取陈正龙的婚姻材料，证实陈正龙在香港确实属于结婚状态，且育有一子一女。

刑警大队将郑虹提交的结婚证送民政局鉴定，证实该结婚证为假证。

岭南分局当即立案，以涉嫌重婚罪，将陈正龙传唤到刑警大队进行调查。

传唤当日，邢关亲自登门，他在国标大厦楼下布置了十余名警力，一旦发生拒捕，或者公司员工妨碍执行公务的情况，楼下的警力立即开展增援。

陈正龙像接待宾客一样接待邢关。

陈正龙说："邢大队长，欢迎光临深然证券，我这小小的办公室蓬荜生辉啊！"秘书送来两杯茶，一杯给邢关，一杯给肖金甲。

邢关说："你的办公室不小，足足有八十平方吧，就算是我们公安厅长，恐怕也不及你的办公室大。"

陈正龙说："办公室再大有什么用？正所谓富不如官，就说你邢大队长，还不是说来就来了？"

邢关说："自然是有事才找你，没事的话，我也无权找你。"

陈正龙竖起食指，说："等等，让我来猜一猜，你来找我究竟是为了什么事？"

邢关伸手，做出请的动作，说："陈总请！"

陈正龙说："邢大队长此行有两件事，第一件事是想调查郑虹在《荔城日报》举报我，说我借刀杀人的事，第二件事是想核查我重婚的事。邢大队长，我说得对吗？"

邢关心里暗暗震惊，陈正龙猜到了第一件事很正常，但如何猜到第二件事的？但他毕竟是老刑侦，神色无变，只见他从桌上端起茶杯，轻抿了一口，说："陈总说得很对，邢某确实为这两件而来，不知道陈总对这两件事有何看法。"

陈正龙给邢关倒了杯茶，轻笑着说："看法自然是有，我陈某为人正派，经得起调查。"

邢关说："陈总在荔城金融界的声望是有目共睹的，不过没有证据，我也不会上门拜访。"

陈正龙自己喝了一杯，他放下杯子，说："邢大队长手上的证据无非就是一段录音。"

邢关笑了一下，说："原来陈总知道有这么一段录音？"

陈正龙说："这些是郑虹编造的，用来要挟我的伪证物品，我早就知道了。"

邢关说："是否为伪证，还需要请陈总配合我们公安机关进行鉴定。"

陈正龙说："鉴定这回事，在我们香港也有，不过鉴定本身有真有假，鉴定出的结果，未必可信。"

邢关说："在陈总的眼里，已经先入为主，认为鉴定不可信了。"

陈正龙愣了一下，他说："邢大误会了，我认可鉴定机构的鉴定，不过也不排除出错的可能。就像是王大军，当年做了一份亲子鉴定，不也出错了吗？"

邢关说："偶有出错，在所难免，陈总认为鉴定有问题，可以申请重新鉴定，甚至多联系几家鉴定机构，也没有问题。"

陈正龙说："邢大队长办事果然公道。不过我知道，单纯的一份录音，想要拘留我，证据是不够的。邢大队长一定想追究我的重婚罪，将我拘捕，利用拘留期限，调查我的杀人罪。"

邢关说："你真是我肚子里的蛔虫，真是什么都知道。"

陈正龙说："邢大队长手上有什么证据证明我重婚？我和郑虹没有登记结婚，也没有孩子，充其量就是婚外情。"

邢关问："陈总对我们的工作掌握得很透彻。"

陈正龙说："没办法，荔城警察要调查我，我虽然问心无愧，可也要做好应对，想好警察该问我什么。"

邢关点头，说："有道理，陈正龙果然是有分寸的人。"

陈正龙笑着说："过了不惑之年，脑子还是要成熟一点。"

邢关问："郑虹手上有一份结婚证，这是怎么回事？"

陈正龙突然正色，说："邢大队长，这个问题我要举报，郑虹伪造国家公文证件，这是触犯《刑法》的，你们一定要严肃处理。"

邢关心里一阵悸动，准备好的话突然被打乱，停顿了几秒，才问陈正龙："郑虹手上的结婚证，不是你给他的吗？"

陈正龙义正词严地说："纯属诬陷，那可是违法的。我们做金融的，最要命的就是伪造公文，一旦被查，后果严重啊。"

邢关知道今天的问话到这里就要结束了，他起身同陈正龙握手，说："感谢陈总的接待，祝愿陈总财源广进！"

陈正龙脸上依然是礼貌的微笑："人民警察最辛苦，有了你们，我们才能放心工作，享受生活。有时间，我约几个公安的朋友，大家坐一坐。"

邢关说："有劳陈总关心，等下在笔录上签个字。吃饭的事，我看就算了，留步。"

第三十章　声名鹊起

离开深然证券，邢关觉得像是打了一仗，他坐进车里，说：“车里怎么没开空调？”

司机小张说：“邢大，空调一直开着呢。”

邢关说：“调大点，调大点。”

第一次与陈正龙的交锋就这样大败而归，拿着传唤证的邢关，终究没把陈正龙带走。他没有想到，推翻原有证据，如此简单，只要陈正龙说那份假结婚证不是自己做的，是郑虹拿来陷害自己的虚假证据文书，公安机关就没有证据证明陈正龙和郑虹是夫妻。

依照《刑法》规定，重婚罪是指一方已经结婚的，与他人另行登记结婚，或者以夫妻名义生活。

郑虹多次在公共场所声称陈正龙是她老公，但是陈正龙从无对他人称郑虹是自己的妻子，如果陈正龙否认两人存在夫妻事实，只是郑虹单方面对外宣称，也难以认定为重婚。公安机关走访发现，陈正龙有两处住所，一处为天地豪苑，一处为静安花园。天地豪苑为陈正龙自己的住所，静安花园为郑虹的住所。公安机关调取陈正龙车辆出入记录，显示陈正龙近两个月每日回天地豪园休息，很少去静安花园，且天地豪苑的保安也证明，陈正龙每日回家。

证据的走向越来越背离，邢关发现两人很少住在一起。他打电话给郑虹询问原因，郑虹说："最近一段时间，因为殴打他人和扰乱单位秩序，我被拘留两次。此外，陈正龙移情别恋，很少来静安花园。"邢关恍然，郑虹就是因为陈正龙和她分手，才将录音送到报社的。

2014 年 7 月 15 日，《荔城日报》刊出陈正龙下班的照片，质问公安机关：举报新闻刊出一周，杀人真凶依然逍遥法外。

这条新闻被各大媒体转载，引发社会广泛关注，网友纷纷留言，指责公安机关不作为，涉嫌收受凶手贿赂。

舆论的压力，迫使市公安局督察支队介入调查，岭南区人民检察院也派员到公安机关了解情况，一时间，公安机关陷入舆论旋涡。

新闻刊出后，邢关也很震惊，他感觉肩上的压力重重，毕竟舆论导向和案件证据走向不是一致的。

15 日下午，督察支队和检察官来到刑警大队，邢关沏了一壶茶，将早已准备好的案卷拿给督察和检察官查阅。

督察支队的督察员看了案卷材料，咂嘴半晌："这个……这个情况……该怎么办？"

检察院的检察官翻看案卷，摇头说："这种情况，我明确说，就算抓了人，也捕不了。"

督察民警说："要不我们召开一个新闻发布会，就说不是我们不作为，是案件证据不足？"

邢关笑着说："我看这个可以，我看你老许去发布最合适。"

检察官说："那怎么行，这不等于告诉大家，我们政府无能。"

邢关说："是啊。不过警察是证据的采集者，不是证据的制造者，我们总不能创造证据吧？"

舆论的方向发生转变是在 16 日晚上，邢关因为连日加班，累倒在了工作岗位上。民警将其送往医院急救，市局、分局的许多领导听说之后，驱车前来探望，引发就医民众围观。医院的护士将现场情况拍照，上传网络被媒体转载，形成了新闻。公安民警个人网络账号在互联网进行了评论，群众得知岭南分局刑警大队长累倒在岗位上，跟风评论，前日《荔城日报》刊载新闻被翻出，舆论倒向了公安，一些媒体评论员和律师在网上发声，为公安机关辩解，人民群众对真相开始了解。

17 日，市公安局在互联网推出专刊：《犯罪分子的克星，人民警察的模范——记岭南分局刑警队队长邢关》。专刊图文并茂地展现了邢关从警二十五年的人生履历及破案传奇，讲述人民警察抛家舍业的心路历程和对家庭的影响，介绍了其女儿邢臻受其影响，考入警队的生动事迹。

该专刊在荔城公检法系统被大量转发，人民群众对公安机关的看法初步扭转。

邢关病倒以后，对陈正龙的调查处于搁浅状态，分局主管刑侦的副局长联系了多个业务能手，但办案精英们表示能力不足，接不了案。

8 月，宋明礼所在的公司考虑到宋明礼和陈正龙的关系不佳，经董事会研究，将宋明礼调离操盘手岗位，不再参与公司投资方向的决策。宋明礼认为公司的人事安排让他很没有面子，尽管上级主管一再挽留，宋明礼还是辞职了。

宋明礼辞职之后，成立了一家投资公司，合伙人是王玉童。

宋明礼在市区新建的金融大厦租赁了一层楼，经过一个月的装修，荔城玉礼投资有限公司就挂牌营业了。

萧然听说宋明礼与王玉童合伙，很吃惊，他从医院看望邢关回来，专门到宋明礼的公司探望。迎接萧然的前台很漂亮，她将萧然引到宋明礼办公室，不多时，就有秘书送来泡好的普洱茶。

宋明礼离开办公桌，握住萧然的手，用夸张的语调说：“原来是分局的萧队来了，请坐！请坐！”

萧然坐下，宋明礼大声说：“萧队第一次来吧，以后还要多捧场。”说完，关上了办公室的门。

萧然问：“你这是干什么？”

宋明礼恢复正常的语气，说：“公司新开张，把你的名头报大一点，显得公司人脉广，有背景。”

萧然扑哧一笑，说：“真是搞不懂你们做金融的。我看你们公司成立得很快嘛，装修得漂亮不说，关键是哪儿找来的这一帮子人，你把原公司的人挖走了？”

宋明礼说：“兄弟，你一语中的。原公司的人我不能动，如果我动了，我这公司就开不成了。这些人都是王玉童的老部下，他挖了老东家一些人，又挖了同行一些人。现在操盘手、分析师、财务、文员，一应俱全。”

萧然问：“你和王玉童怎么走到一起的？”

宋明礼叹了口气，说：“玉童不在这里，我跟你说句实话，我也没有想到我们会合伙。但是命运让我们走到了一起，从公司辞职的那天晚上，王玉童给我打了一个电话，问我有没有意向一起合资，开投资公司。我当时没有想过这个问题，就愣住了，他毕竟是杀害我姐姐的凶手的儿子，仇人哪！转念一想，其实他不算我的仇人，但是他和我有个共同的仇人，是谁你比我清楚。他说他投资，我操盘。我说我们虽然有些资金，但是注册投资公司还是少了一点。他说他把房产卖掉了，愿意把自己和他父亲的积蓄拿出来。我一听，王玉童都有这么强的决心，我怕什么！我就把房子也卖掉了，现在我的有形资产只剩下了一辆车，用来撑门面。如今我和王玉童都租房子住，天气热的时候，嫌家里小，干脆睡在公司。”

萧然吃惊，问：“你们打算和陈正龙打金融仗？”

宋明礼一拍大腿，说：“没错，公检法奈何不了陈正龙，我们就让他倾家荡产，形如乞丐！”

萧然说："陈正龙的资金量大，人脉广，在投资行业影响巨大，你扳得动他吗？"

宋明礼喝了一杯水，说："有什么不可以！打仗，不在兵多，而在将帅之谋。外面这些人对我还是很佩服的，他们不少是我的败兵之将，指挥起来，得心应手。"

萧然说："兵马未动，粮草先行，你准备的粮食够吗？"

宋明礼说："这个你真不用担心，市场这个东西，只要你在关键节点，做出市场方向，剩下的走势，就顺着 K 线了。此外，有件事我没有想到，原来陈正龙得罪了不少人，很多公司明着和陈正龙关系不错，实际暗地里对他恨之入骨。公司装修时，一些和陈正龙有过节的人偷偷联系过我，表示愿意拆借资金给我们，或者干脆跟庄。他们说了，他们不建仓。"

萧然问："不建仓？什么意思？"

宋明礼说："就是不要利润，只要能把陈正龙打压住就行。"

萧然叹气，说："经济仗也不好打，输了一样很惨。作为一名警察，我不好多说什么。"

宋明礼说："不用说，恶人有恶报，天不藏奸！"

萧然在宋明礼办公室坐了很久，他理解宋明礼的心情，也理解王玉童，作为受害人及亲属，再也没有人比他们更恨陈正龙。

宋明礼成立投资公司在荔城的金融行业内是一件轰动的事，虽然新闻没有刊登，但是业内人士目光敏锐。陈正龙第一时间就知道了这件事，公司的分析师和操盘手吵得沸沸扬扬，有的人说宋明礼不自量力，以卵击石，有的人直接进言，要打击这家新公司，将其扼杀在萌芽之中。

公司的操盘会上，陈正龙微微一笑，他对会场的分析师和操盘手说："陈某只做明事，不做暗事。有人说，宋明礼离开他的老东家，是陈某在背后作梗，纯属无稽之谈。诸位都知道，陈某爱才如命。宋明礼是荔城金融界的翘楚，宋明礼辞职之后，我专门托人去拜访他，希望他能摒弃误会，加入深然证券，负责一只基金的运转，但是宋明礼拒绝了。宋明礼肯卖掉自己的房子，放弃优越的生活，成立一个公司，说明他是一位有志向的年轻人，是在座各位的楷模。当然，我并不希望大家都出去开公司，因为我需要你们，需要这支优秀的团队。”

在场的分析师和操盘手听了，对陈正龙无不敬佩，纷纷称赞。

“陈总心胸开阔，让我们佩服不已，这辈子算是跟对人了。”

“陈总心地就是太善良，所以才被人冤枉，依我看，还是社会风气不好，仇富的太多。”

2014 年是中国股市的大牛市，特别是下半年至 2015 年 6 月，是中国股市的指数高速上升期。国家金融政策宽松，多次降准、降息，大量资金涌入股市，许多股票出现了翻倍、翻多倍的情况，K 线呈多头走势，股民人人赚钱，一时间市场活跃，竞相拉盘。

大盘上涨过程前，资深的投资人早已经嗅探到机遇，他们把 2015 年比作 2007 年，将上证指数看涨到 8000 点，利用投资经验，从市场套利。宋明礼就是在这次大盘上涨过程中获利的，2015 年 6 月，上证 A 股出现日线顶部背离，宋明礼提前一周将资金撤离股市。撤退时，股市仍在上涨，许多员工不理解，偷偷用自己的账户买股，直到连续吃了几个跌停，才对宋明礼的预判敬佩不已。

2015 年 7 月，中国严查操纵证券市场的非法行为，许多投资公司从股市中撤出，经验丰富的投资人已经看到，股市已经破位，漫长的熊市即将到来。在这轮上涨过程中，产生了许多暴富的中国人，宋明礼就是其中之一。

资金撤离股市后，宋明礼公司的现金流已经有了 10 亿人民币。宋明礼将收益分红给王玉童，让王玉童买回房子，当时全国的房价正在高速上涨，王玉童拒绝了宋明礼，他说：“等事情办完了，我再买回我的房子。”

宋明礼买了一套别墅，和江雨住了进去。因为不用操盘，公司给员工放了一个月的长假，宋明礼和江雨在荔城大办了一场婚礼，荔城金融业的精英们，受邀的和没受邀的，都去了现场。

婚礼选择在荔城最好的海景酒店，看上去很铺张。萧然还是头一次亲眼见到这种豪华婚礼，1000 元的份子钱似乎不好意思出手，他本想再加点，考虑到自己的工资，还是放弃了。邢臻惊讶地看着眼前发生的一切，他附耳对萧然说："我怎么觉得有点像拍电视剧。"

萧然长叹："我这个师兄，这辈子就是有钱的命。"

邢臻说："让他带带你，赚些养家糊口的钱。"

萧然说："赚钱的机会，已经过去了。"

邢臻说："不还有下次的吗，十年一次大牛市。"

宋明礼没有因为宾客多忽略萧然，他将萧然安排在了一个雅间，里面坐的是各界的政要，包括天螺分局的万副局长。

萧然很想见一见宋明礼的养父母，在莫卿的指引下，萧然远远地看到了他们。与宋明礼的亲生父母不同，他们保养得很好，看上去很有气质。

婚礼现场选择在海滩，举行婚礼时，至亲宾客受邀来到现场，坐在了事先准备好的椅子上。因客人太多，酒店没有准备足够的座位，许多宾客站在了红毯两侧。

到了亲属发言环节，宋明礼的生父母、养父母上了台，他们各自致辞后，宋明礼开始发言："在座诸位亲朋，想必各位已经听说了，明礼小时候被拐卖到了福建，遇到了我的养父母。我的养父母是善良的人，没有因为我是养子就对我有所保留，而是像亲生父母一样待我，将我送进最好的学校，请最好的老师，所以才有了我的今天，感谢我的养父母。同时，我也感谢我的亲生父母，因为是他们给了我生命，在我被拐后二十五年里，他们没有忘记我，始终心怀希望，当我长成大人，再次出现的那一刻，我的亲生父母一眼就认出了我。我感谢我的四位爸妈。”

宋明礼发言精彩，台下掌声不断，宋明礼继续说：“我还要感谢我的妻子江雨，是她将我带回我的老家，我也要感谢我的岳父母，将我的妻子养育得美丽、知性，她像女神一样指引着，让我不断努力、奋斗、前行。”

“说得好！”一个响亮的声音打断了宋明礼的发言。众人回望，见一名男子站在婚礼现场左侧，正是陈正龙。

主持人不认识陈正龙，他拿着麦克风，问陈正龙：“这位先生说好，可见这位先生一定是新郎的好朋友，不知道您有什么话对新郎说。”

一名工作人员把麦克风递到陈正龙手中，现场的空气凝固了，不知道陈正龙要说什么。

陈正龙接过话筒，说：“我和新郎很早就认识了，我们是工作上的伙伴，也是精神上的知音。我和新娘也认识很久了，对新娘一直仰慕，在此，我祝愿他们百年好合。”

这时，宋明礼的亲生母亲蓝彩霞突然狂喊：“抓住杀人凶手！抓住杀人凶手！”

现场再次尴尬，陈正龙顿了一下，强笑着说：“这位大姐看上去很不友好。”

蓝彩霞仍然情绪激动，宋运来死死拉住她，宋明礼说：“陈正龙先生，感谢你能参加我的婚礼，考虑到我父母的情绪，请你离开！”

陈正龙说：“既然如此，陈某告辞。”

第三十一章　期货二战

一场婚礼，因陈正龙的出现，搅得一团糟。婚礼草草收场，宾客被带到了酒店。

酒宴上，邢臻目光在不断搜寻，他在寻找王玉童。

萧然说："这种场合，王玉童不会来了，就算宋明礼和王玉童没有隔阂，难保他的父母没有。"

"不一定，你看，莫卿也不见了。"

"什么意思？难道莫卿去找王玉童了。"

"不错，看来你的眼睛没有盯着莫卿。"

"你这个人怎么这样？"

"哪样？"邢臻伸了伸舌头，说，"莫卿和王玉童的感情是很深的，尽管王玉童犯了包庇罪，但是王玉童帮助过莫卿，这叫替父赎罪。连宋明礼都和王玉童握手了，莫卿也该释怀了。"

"这都什么乱七八糟的。王玉童先喜欢江雨，再喜欢莫卿，离开莫卿，再喜欢江雨，现在又喜欢回莫卿。"

"那不一样，王玉童还是喜欢莫卿多一些，现在江雨嫁人了，王玉童和莫卿和好是理所当然。"

“他们可是仇人啊？”

“他们不是仇人，他们是仇人的亲属。中国这么多杀人犯，杀亲戚的不在少数，难道因为这个，其他人就不来往了？”

“说不过你。”萧然起身，去了卫生间。方便时，透过窗户看到莫卿在楼下的马路上行走，脚步匆匆，四下张望，最终在一辆黑色的奔驰车前停了下来。这辆奔驰车十分面熟，再看驾驶座上的男子，赫然是王玉童。

萧然吃惊地看着眼前一幕，他不由得佩服邢臻。看到莫卿坐进了副驾驶座，他离开了卫生间，回到了酒桌。

“你说陈正龙今天为什么来？”

邢臻说：“还能为什么，当然是求和。宋明礼现在的身价已经今非昔比，陈正龙也不能四面树敌。”

晚上7时，婚宴正式开始。萧然、邢臻被安排在了包房，和萧然同坐的还有天螺分局的副局长万振奇。万振奇见到萧然，说：“你办的那个案件，我听说了，办得很漂亮。”

萧然笑着说：“谢谢万局！要不是您提供的那份案卷，我们破不了案件。”

万振奇问：“懂得谦虚，很好，你现在还在前进所吗？”

萧然说：“一直在前进所。”

万振奇说：“过来跟我干得了，到刑警大队做个组长。”

萧然笑着说：“能抱上您这个大腿，以后我的工作就好干了。”

万振奇正色道：“我说真的，想来吗？”

萧然说：“岭南的领导对我挺好的，我舍不得。”

“屁！好什么，破了这么大的案件，连个奖励都没有，还好呢？我告诉你，你们所长郑礼贤是邢关的徒弟，那俩都是只管马儿跑，不让马吃草的主！”

这个时候邢臻咳嗽了一下，万振奇不认识邢臻，继续说：“还有啊，你们岭南经费不足，领导故步自封，沉迷在传统侦查，老爱搞DNA、指纹那些老一套，我们天螺分局引进了很多新科技，你可以在这发挥你的才干，尽情享受破案的乐趣。”

邢臻终于忍不住了，说：“万局，没有你这么挖人的，都快当政委了，还亲自挖人。”

万振奇说：“越是做领导，越是要重视人才。萧然，这位是？”

萧然连忙解释：“她叫邢臻，是我的女朋友。”

“邢臻，好耳熟啊。”

“她的父亲是我们大队长。”

“哦，难怪这么耳熟，想起来了。”万振奇说，“我说你为什么不肯离开岭南，原来是邢关下了血本。”

邢臻笑着说：“万局，您误会了，不是我爸下了血本，是我手腕比较硬。”

万振奇说：“将门虎女，失敬。”

几人聊着天，宋明礼来到房间敬酒，万振奇说：“明礼，你敬完酒可不准走，要过来单独坐一会。“

宋明礼说：“一定，一定。”

萧然说：“万局，您还不知道吧，新郎新娘都是南国新苑藏尸案死者的家属。”

万振奇不知道这段事，他惊奇地说：“竟然这么巧？”

萧然说：“明礼哥，藏尸案之所以能破，全靠万局提供线索。当年万局在岭南工作，是失踪案的主办民警，对案件印象深刻。”

宋明礼和江雨十分惊讶，宋明礼说：“万局，我们这个缘分太大了，你不光是我的优秀师兄，还是我的恩人。”

万振奇说：“恩人不敢当，职责所在，不过缘分是真的，缘深缘浅，今天全看酒了。”

宋明礼说：“好，今天我舍命陪君子，好好敬万局。”说完，倒了满满一杯红酒。

萧然说："明礼哥，别喝这么多，晚上还要洞房呢。"

万振奇眼睛一翻："洞房啥，这活早就提前干了，今天只喝酒！"

宋明礼说："对，活早干了，今天喝酒。"

江雨踢了宋明礼脚踝一下，宋明礼一饮而尽。

2015年10月，在四川休息了一个月的宋明礼回到了荔城，并召开市场分析会，就市场投资开展讨论。分析师汇报了市场情况，认为股票证券市场将迎来漫长的下跌，任何资金盘都阻挡不住下跌，建议远离股市，目光投向期货。期货具备三大特点：一、有杠杆交易，波动较大。二、与商品价格息息相关，受政策、市场商品库存影响较大。三、可以做空。

在虚拟货币初兴的时代，其使用价值尚未受到广泛认可，即便是金融圈中，也只有少数人对其了解。

宋明礼对期货市场开展研究。他不看黄金、白银、原油这种受国际影响较大的品种，而是关注国内具有独立市场的商品，这样可以及时获取资讯，避免做一个市场瞎子，也可以利用手上的资金，影响市场。他目光盯住了动力煤和螺纹钢，组织分析师开始市场调研，联系港口，购买市场资讯。

分析师在报告里写道：动力煤和螺纹钢跌入市场底部，因市场库存量大，价格持续创新低，下跌幅度深不可测，已经引起了很多投资人的注意。一周后，宋明礼的分析师告诉宋明礼，陈正龙最近在研究期货，投资方向也是动力煤和螺纹钢。

期货交易所每日15时30分左右公布成交量和持仓量龙虎榜，宋明礼在龙虎榜中，看到了深然期货。深然期货持仓动力煤多达35000手，郑州期货交易所上市的动力煤1手100吨，市价是每吨380元，计算下来，深然期货持仓市值13.3亿元。

分析师李姣龙说："冬季即将到来，北方取暖需要大量的煤炭，会刺激动力煤反弹，加上雨雪天气，延误动力煤到港，使港口库存减少，进而推动上涨。”

分析师黄彬说：“按照当前的市场背景，短时间还会下跌，如果利用大资金打压市场，可以引起进一步恐慌，获得空头获利，也能重创深然期货。”

宋明礼摇头说：“目前的煤炭是白菜价，如果我们做空，市场没有出现更大的利空，我们就会死在地板上。”

分析师黄彬说：“那我们低位吸筹，等待采暖季。”

宋明礼说：“赚钱是必要的，只不过看着陈正龙赚钱，心里不痛快。”

分析师李姣龙问：“老板有何高见？”

宋明礼笑着说：“高见谈不上，我有个方案，现在市场上的动力煤处于低价状态，我们可以采购现货。”李姣龙、黄彬表情吃惊。宋明礼继续说，“买现货有个好处，不会爆仓！这就好比股票，低价买入。”李姣龙和黄彬都笑了。

这几日，操盘手离开了荔城，出差到陕西、山西、内蒙古，采购原煤。当地煤价在 250 元左右，操盘手疯狂扫货，令当地的煤老板兴奋不已，堆积在煤厂的动力煤被分批装运上车。为了控制煤价，宋明礼通知操盘手与煤企签订保密协议，然后协调运输部门，将煤炭拉往河北。

2015 年 10 月底，东部沿海港口库存的煤炭存量突然暴增，部分港口库存增长 80%，资讯发达的期货公司闻风，将多单平仓，使动力煤价格大幅度受打压，焦煤、焦炭、螺纹钢等品种纷纷暴跌。

公司财务人员看到煤炭价格暴跌，说：“完了完了，年底的奖金没了，老板买了那么多煤炭，赔钱了。”

黄彬横了一眼，说：“头发长，见识短。”

财务小妹说：“我就想不明白了，哪有越买，价格越低的！”

受港口库存增加的影响，期货市场暴跌，郑州期货交易所上市的动力煤主力合约价格被打压到了330元。深然期货持仓量不仅没减少，反而增加了10000手，黄彬计算了一下，按照之前持仓35000手计算，其占用的保证金约2亿元，现在煤价暴跌50元，深然证券浮亏1.75亿元，保证金亏损87.5%。

深然期货终于坐不住了，他们多方打听，很快查清，煤价下跌，是宋明礼囤煤所致。深然期货派出公关，来到玉礼投资公司，希望宋明礼能够将港口的煤炭运出，另行选址囤放。宋明礼拒绝了深然期货的请求，表示自己已经支付场地费，无处囤放。深然期货公关人员说，深然证券愿意支付场地费，并劝说宋明礼做多动力煤主力合约。

宋明礼称，公司已经将资金用于购买煤炭，没有多余的资金投资动力煤期货。深然期货公关人员表示，愿意联系银行，帮助贷款，也愿意以公司的信誉，帮助宋明礼融资。宋明礼非常高兴，说可以接受银行贷款。

深然期货的公关人员回到国标大厦，将情况汇报，陈正龙摇头，说："不能帮他贷款，如果他有了钱，没有做多，而是往港口继续囤放动力煤，我们岂不是被动！"参会人员纷纷点头，说有道理，确实没有想到这一层。

有人说："宋明礼可以在港口囤放煤炭，我们就可以将港口的煤炭买走。"

陈正龙说："购买实物商品，花费的资金较大。再说，煤价上涨，获利的还是宋明礼。"

众人无语。

陈正龙说："联系投资银行，就说我们深然期货要借钱。"

大家问："我们借钱干什么？"

陈正龙说："当然是加仓，我就不信动力煤真的跌成白菜。"

深然期货不得不追加保证金，在其操盘的账户中，保证金加浮亏资产，已经占6亿人民币，余额仅有1亿，继续下跌，保证金即将不足，甚至面临爆仓的危险。

对于一家期货投资公司来说，爆仓是极其可怕的，一方面是巨大的经济损失，一方面是影响公司的声誉和员工的信心。

宋明礼知道陈正龙不会帮助自己贷款，因为他如果得到了贷款，确实会像陈正龙所说，购买更多的煤炭，囤放港口。宋明礼为自己的智慧感到自豪，甚至王玉童也打来贺电："明礼，祝贺你！这一次，陈正龙就算不倒，也会损失惨重。"

宋明礼笑着说："我这招就叫雪上加霜！"

王玉童提醒宋明礼："不要大意，越是这个时候，越要小心。陈正龙的招式太邪，不如意的时候，喜欢用阴招。最近就不要回家住了，找个酒店，躲一躲。"

宋明礼明白王玉童的话，他吸取前车之鉴，让黄彬租了五套高级公寓，另租了几辆大众汽车，每日交换使用。

这日，公司的操盘手李飞来到宋明礼办公室，宋明礼问他有什么事，李飞支支吾吾半天，宋明礼再三追问，李飞才说明来意，说今天是自己生日，想叫宋明礼参加他的生日宴。宋明礼说："吃饭这种事，用得着这么客气吗？今晚我一定到，费用公司出了。"

到了晚上，宋明礼准时到达吃饭地点。除了李飞，包房内有几名同事，还有两名相貌清纯的姑娘。宋明礼立即被漂亮的姑娘吸引，李飞介绍，这两名姑娘都是刚毕业的大学生，正在找工作，宋明礼说："找什么工作！来我们公司上班得了。"

两个姑娘非常高兴，羞涩地端起酒杯，向宋明礼敬酒。宋明礼喝了酒，饶有兴致地问起两人学历，两人竟然都是名校的研究生，宋明礼当场拍桌子，说："明天就来上班。"

公司吃饭，下属难免敬酒，几轮觥筹交错，宋明礼已经喝得七荤八素。李飞在荔城最大的 KTV 开了一个包房，把两位姑娘叫上，并叮嘱："照顾好老板。"

到了 KTV ，宋明礼献唱，众人都来敬酒，宋明礼喝多了，抱着姑娘亲了起来，姑娘抵抗，说：“老板，你要是能干了这瓶酒，就给你亲。”宋明礼摇摇晃晃，一口气干了一瓶啤酒，亲了怀里的姑娘。

凌晨 1 时，唱歌的同事看宋明礼和女孩子抱来抱去，觉得不适宜留下来，陆续离开了包房，回家休息去了，只剩下宋明礼和两个姑娘。宋明礼搂着两个女孩子，笑着说：“今晚别回去了，我给你们找个酒店，休息一下，明天来公司上班。”

一名姑娘说：“爸爸已经派人来接我们了。”

宋明礼听着兴致索然，说：“这年头让爸爸来接的女孩子不多了，既然如此，你们就回去吧。”

两名姑娘走后，宋明礼在网上叫了代驾，然后起身离开 KTV。走到门口，一名男子迎了过来，问：“先生，是您叫我代驾吗？”宋明礼将钥匙扔在男子手上，说：“是我，按解锁找车。”

男子按了一下解锁键，停车场里的一辆汽车车灯亮了起来。男子走进驾驶座，宋明礼走进后排座位。

第三十二章　嫁祸明礼

宋明礼上车以后，困意上头，忍不住睡了。

这一睡就是许久，等他醒来的时候，眼前已经是另一个世界。几名警察拍打着汽车玻璃，天空有些明亮，宋明礼睡眼惺忪，他望着眼前的一切，发现自己坐在了驾驶座上。

宋明礼下意识地问自己："这是哪里？我怎么会坐在驾驶座上？警察来干什么？"他打开车窗，问，"警察同志，发生什么事了？"

一名交警拿着酒精检测仪器，对着宋明礼的嘴："先生，吹一下。"

宋明礼想起自己喝了酒，说："警察同志，我没有开车，我叫了代驾。"

交警问："代驾在哪里？"宋明礼回头张望，很明显，车里只有他一个人。交警说，"别磨蹭了，快吹！"

宋明礼意识到不好，他拿起手机，说："交警同志，我打个电话。"他拿起手机，发现手机没电了。交警不耐烦了，说："给谁打电话都没有用，我们这里全程录像，快吹！"

宋明礼犹如梦中，对着检测仪吹了一下，结果显示 200mg/ml。

"请出示身份证、驾驶证、行驶证！"

宋明礼找出证件，出示给交警，交警核查身份，告知：“宋明礼，现告知你，你涉嫌交通肇事罪，我们对你依法进行传唤。”

宋明礼吃了一惊，问：“什么交通肇事，我没有开车，我叫了代驾，你们不要冤枉好人。”交警将宋明礼从驾驶座拽了下来，指着车前的血迹，说：“看看这是什么？”

宋明礼一惊，他仔细回想刚刚发生了什么，却一点印象都没有，似乎连KTV中发生了什么事，他也不记得了。这究竟是怎么回事，难道自己真的酒驾了吗？

李飞去了哪里？两位美女又去了哪里？代驾的男子呢？

宋明礼的酒意醒了大半，他拍了拍自己的脸，发觉这并不是梦。他见交警的衣服上写着“开发区”三个字，知道这是开发区大队的交警，问：“同志，受伤的人怎么样？”

交警说：“重伤，已经送往ICU，听说脾脏破裂，快不行了。”

宋明礼的手被戴上了手铐，他知道反抗已经没有了意义，只好配合，并对交警说：“同志，请通知我的家属。”

萧然准备结婚了。

他之所以要结婚，是因为同事不断在追问他什么时候结婚。

他知道，结婚之后，同事还会不断追问何时要孩子。

尽管如此，萧然还是准备要结婚了。

邢关住院期间，邢臻和萧然轮流守候。通常一个人生病，住进医院，这个人就像是在单位消失了。但是邢关不同，他生病之后，他的事迹被各大网站转载，知名度大增。他主办的煤气罐藏尸案被作为侦破的案件典型，被媒体大篇幅报道，一些公安杂志将其整版刊出。前来慰问的领导很多，从分局到市局，和邢关稍有些交集的人都来了，就连社会上的企业，也带着慰问品看望邢关。慰问的礼品堆满了病房，护士们像领取过节福利一样，到邢关的病房领取果篮，以至于护士们看到拎果篮的，就往邢关的病房领。

看望邢关的人会找人拍照合影，负责陪护的萧然就是第一人选。每当拍完照，邢关都会指着萧然，对来看望的领导说："这位是前进派出所的民警萧然，侦办煤气罐藏尸案，他功劳最大。"

领导们大多听说过萧然这个名字，现在听到邢关介绍，纷纷上前握手："小伙子年轻有为。"通常这个时候，陪同的民警会介绍："萧然是邢臻的男朋友。"

领导们恍然，继续追问："打算什么时候结婚？"

第一次被追问的时候，萧然是被噎住了，他愣了两秒，说："快了，快了。"

第二次被追问的时候，邢臻在旁边，萧然有了经验，说："年底，打算年底。"

到了第三次的时候，萧然已经可以脱口而出。领导们一走，邢臻将萧然拉到门外，说："你挺能耐啊，年底准备和谁结婚？"

萧然颇为尴尬，说："领导问起来了，应付一下。"

邢臻气呼呼说："你太可恶了，竟然编造谣言，应付领导。"

萧然说："那怎么办，我道歉，以后再也不制造谣言了。"

邢臻说："哎，别走，话说清楚。"

两人在外面争吵了十多分钟，最后确定要兑现萧然在众人面前许下的诺言。

萧然和邢臻在海滩拍摄婚纱照时，宋明礼在囤积动力煤。萧然知道宋明礼出事，已经是宋明礼被抓当日晚上 9 点，江雨哭得泣不成声，说宋明礼酒驾，把一名过马路的孕妇撞死了。

萧然非常吃惊，向江雨了解案情，江雨说她不清楚，警察只是通知她，让她去医院交医药费。她到医院后，被撞孕妇的尸体刚从重症监护室推出来，死者家属听说她是肇事者家属，马上就将她围住了，现在她也不知道怎么办。

萧然意识到情况不好，连忙打开本地办案系统，看到宋明礼果然被录入了嫌疑人。他打电话给办案民警，向其了解情况，办案民警拒绝提供案情，因邢臻认识办案民警，办案民警才讲述案情：监控看到钟明礼租赁的黑色大众汽车行驶到开发区，在红灯路口不顾红色交通信号灯，撞向了一个过马路的行人。在将行人撞倒后，司机直接逃离现场。现场的监控显示，驾车的男子是宋明礼本人，凌晨5时许，交警大队在查获肇事车辆时，车上提取到受害人的血迹，宋明礼本人坐在驾驶座上，吹气式酒精检测仪检测其酒精含量为200mg/ml，血液检测其酒精含量为198mg/ml，属于严重醉驾。

根据办案民警提供的案件信息，民警掌握了三项关键证据：一、有监控画面。二、宋明礼被查获时，坐在驾驶座上。三、宋明礼体内酒精超标。

有了这三项证据，宋明礼百口莫辩。萧然想起宋明礼的手机，再次给办案民警打电话，问他有无核查宋明礼的代驾记录，办案民警回答："宋明礼自称叫了代驾，且手机内确实有呼叫代驾的记录，我们联系了代驾司机，代驾司机说自己到了KTV楼下，但是拨打宋明礼的电话，宋明礼没有接听，没有完成接单。后来代驾司机在系统内接了其他客人，并提供了接单的记录和证人，民警查看了双方的通话记录和监控，证实代驾司机没有上车，排除在场。"

萧然问办案民警，有无调取宋明礼开车时的视频。办案民警说："KTV走廊是没有监控的，只有正门口迎宾处有，迎宾处的监控显示，宋明礼一个人走出KTV，身边没有其他人。停车场漆黑一片，监控只拍摄到了汽车离开闸机，没有拍到上车。"

萧然又问："闸机的监控清楚吗，能看到司机的正脸吗？"

办案民警说："不能，夜间的监控模糊，又隔着汽车玻璃，只能看清楚衣服，看不清楚五官。"

萧然问："路面的监控能看到人脸吗？"

办案民警颇不耐烦，说："看不清楚脸，但是衣服都是一样的，不是他，还能是谁？”

萧然沉默，按照办案民警调查的情况来看，认定宋明礼交通肇事无疑了。依照《刑法》规定，交通肇事逃逸致人死亡的，判处七年以上有期徒刑。

随后王玉童打来电话：“萧然，打扰你了。这一次，宋明礼应该是被冤枉的，他虽然不羁，但是不会醉驾。”

萧然叹气，说：“可是所有的证据指向……”

王玉童说：“证据指向不能说明问题，你忘了我和我父亲的事了？所谓的证据，都是可以制造的，而擅长制造这些的，又有谁？”

萧然说：“你是说陈正龙？”

王玉童说：“我没有单独指哪个人，不过明礼最近和陈正龙在打期货战，陈正龙亏损严重，损失2亿多。”

萧然吃惊：“什么？2亿多？”在萧然的概念里，超过一千万，都是天文数字，“天哪，这能买多少套房子。”

王玉童说：“你能把宋明礼救出来，让他沉冤得雪，明礼送你几套房子都没有问题。”

萧然说：“太难了，我一时之间找不到证据证明那不是明礼哥。”

王玉童说：“我相信你有办法。从现在开始，我就要接管期货公司了，营救明礼的事，拜托你了。”

萧然和邢臻的婚纱照拍到了一半，因为宋明礼涉嫌交通肇事罪，被迫暂停了。萧然从KTV停车场调回了录像，又将宋明礼沿途的监控进行了跟踪，发现监控确实如办案民警所言，看不到上车过程，只有行驶录像，监控画面中的人脸模糊，驾驶车辆的司机所穿的衣服与KTV中宋明礼所穿一样图案、颜色一致。

萧然研究宋明礼当日代驾记录，看到宋明礼计划回天螺，车辆怎么会七拐八绕地开到开发区呢？

这是一个疑点，但是不能作为证据使用，毕竟宋明礼醉驾，开到哪里，都不能排除其交通肇事的嫌疑。

萧然将宋明礼吃饭时的录像也进行了追踪，但是并没有发现异常。最后，萧然将当日与宋明礼吃饭的人作为调查对象，与他们一一谈话，得知现场还有两名女孩子。萧然询问，从李飞处得知，这两名女孩子是刚刚毕业的研究生，一个叫姚珊，一个叫胡涵，是朋友介绍认识的，正在找工作。当日，李飞生日，觉得两人长得漂亮，可以调动气氛，就把两人叫了过来。

萧然从李飞那里要到了姚珊和胡涵的手机号，并调取两人的通话记录，发现两人的手机通话记录只有半个月，且不是实名登记，心里对两人生出怀疑。萧然对两名女子离开 KTV 的监控进行追踪，发现两人搭乘一辆黑色汽车离开现场。萧然追踪车辆，看到汽车离开了荔城，与此同时，萧然看到了一款相同的汽车在市内行驶，怀疑接人的车辆是套牌车。

如果宋明礼是冤枉的，很可能与两名女子有关，他回到玉礼投资，找到李飞，了解当日喝酒细节。李飞介绍，两名女孩向宋明礼敬了不少酒，后来同事怕影响宋明礼，就相继离开了。

玉礼投资公司已经被王玉童接管，宋明礼被抓后，李飞被解除职务，留薪停职，其他参与饭局的人，在公司也被边缘化，远离公司核心业务。

宋明礼被抓当日下午，市场传出资讯，坑口煤库存下滑，冬储行情将至，电力公司计划增加采购量。消息传出，动力煤价格大幅度反弹。

最近，萧然关注起了期货盘，他想看看，宋明礼被抓后，动力煤究竟是否会拉涨。盘面显示，动力煤价格没有呈现连续反弹，相反，在上涨了一波之后，回落了，而且跌破了前期低位。

萧然找到王玉童，问：“动力煤持续下跌，是因为你在做空吗？”

王玉童说：“我没有做空。”

萧然问：“难道是因为市场自然下跌？”

王玉童说："当然是市场。"

萧然说："听你们公司的人说，明礼哥没有往期货账户里入金，他究竟是如何与陈正龙打交易战的？"

王玉童沉默，萧然说："如果你希望我把明礼哥解救出来，就说真话。"

王玉童犹豫了一下，说："我们是投资公司，既然是投资，就存在着多种方法。持仓动力煤合约是一种投资，购买动力煤现货也是一种投资。"

萧然奇道："市场存量的煤炭少了，价格应该上涨才对。"

王玉童说："理论上是，但是把买来的煤炭囤放港口，结果就不一样了。投资市场不是靠感觉投资，而是依据量化的数据进行投资，而港口库存就是买涨和卖空的风向标。"

萧然恍然，说："我明白了，这样可以打击煤价，击垮做多的陈正龙。"

王玉童说："不错。"

萧然说："难怪陈正龙仇恨明礼哥，换作是我，我也仇恨他。"

王玉童说："不得不说，宋明礼才华横溢，可惜陈正龙太狠毒。虽然现在没有证据，但是我能想得到，一定是陈正龙所为。"

萧然说："交通事故已经造成一名孕妇死亡，既然要杀人，陈正龙为何不直接将他杀了，而是栽赃他一宗刑事案件？"

王玉童说："这也是我百思不得其解之处。"

萧然说："你有无继续做空？"

王玉童说："我没有。"

萧然说："可是我看到煤炭又跌了。"

王玉童说："这是市场长期向坏的结果，煤炭公司还不是亏损最大的，亏损最大的是国有钢厂企业，钢厂的朋友告诉我，他们集团今天亏损 70 亿。"

萧然吃惊，他看到煤炭、钢铁指数下跌，股票价格不断下滑，知道这两个行业业绩不佳，但是没有想到亏损如此严重。

王玉童说："不过，市场不会一直走低，任何涨跌都有它自身的规律，通常下跌多深，上涨就有多高。如果你有钱，不妨在 280 元一带买入动力煤，持仓两年。"

第三十三章　继续做空

萧然没有心思买动力煤，他已经看不到动力煤有任何上涨的迹象。

萧然回到派出所，见到了邢臻，邢臻问他调查得怎么样，萧然摇头，说："情况很不好，根据监控画面，很难排除宋明礼。"

邢臻问："宋明礼驾驶的汽车后排能不能看到人？"

萧然说："监控一片漆黑，看不到后排。"

邢臻说："别灰心，沿途的监控这么多，总有能看到的，我们还可以找图像鉴定机构做图像鉴定。"

萧然说："只能从头查起了。"萧然将宋明礼离开公司去吃饭到被抓前的视频全部调了回来，特别是红灯路口的视频，全部调回，一一观看，终于找到三个高清监控。监控画面显示，驾驶座上的男子穿着和宋明礼同款衣服，就连年龄、身材、五官轮廓也十分相像，令人惊喜的是，有两个监控拍摄到后排有人，一个监控显示后排的人是坐着的，一个监控显示后排的人是躺着的，而后排坐着的人的上衣与司机颜色、图案一致。

这是一项重要证据，虽然这项证据不足以洗清宋明礼的嫌疑，但至少可以证明，这辆车上当时是有人的。

案件的关键在于如何找到那个人。

萧然决定到宋明礼被查获的现场走一趟。

次日上午 9 时，萧然和邢臻开车到了开发区，他在主干道查找监控，但道路上没有。

邢臻说："作案的人是事先踩过点的。"

萧然说："看看对面的公园有没有监控。"萧然和邢臻来到宋明礼被查获地对面的公园，看到公园入口处有监控，但是没有对准查获地。

萧然颇为懊恼，这时，一辆警车从侧面的一条小路开了出来，萧然奇怪，警车进小路干什么？他走到一个土堆上，往远处瞭望，看到五十米外有一处护栏，护栏内波光粼峋，赫然是一处水塘。

萧然将要离开，邢臻说自己闹肚子，想找个地方方便一下。萧然指着水塘，说："那里没人，你将就一下。"

邢臻十分生气："你就不能出个好主意？"

萧然觉得主意确实不好，就指着水塘边上的房子，说："你看，那是个公共厕所。"

邢臻仍不高兴："哪有这么偏的公共厕所？"

萧然说："水塘那里应该是一处农庄，一般农庄有厕所。"

邢臻急着上厕所，说："那就去看看吧。"

两人来到水塘边上，邢臻生气说："骗人，哪里有农庄，就是一处水塘。"

这时，水塘小屋里走出人来，指着萧然两人，说："你们干什么的？"

萧然说："大爷，这附近有没有厕所？"

看鱼塘的大爷说："这里没有厕所，快走。"说完，嘴里小声嘀咕，"不就是偷鱼吗？还说上厕所，哪里不能上厕所？"

这时候，萧然看到水塘的护栏上有很多高清摄像头，急忙上前问："大爷，这些摄像头是你装的吗？"

看鱼塘的大爷问："干什么！还想偷我摄像头？"

萧然亮出证件，说："大爷，我们是警察。"

大爷不信，说："警察？警察刚走啊，你们是哪里的警察？"

萧然说："我们是岭南的警察。"

大爷说："岭南的警察跑这里干什么？"

萧然说："我来追一个嫌疑人。"

邢臻也看到了摄像头，翻江倒海的肚子突然平静了，她知道说追交通肇事的嫌疑人，大爷是不会同意给他们看监控的，就接了萧然的话，说："大爷，我们是警察，我们在追一个小偷。"

大爷来了精神，问："小偷，偷什么的？"

邢臻说："偷猪的，专门到养猪场偷猪的。"

大爷说："唉哟，得抓，这帮孙子真坏。"

邢臻说："可不，跑到马路上，看不着了，借你监控看一下。"

大爷说："看吧，把这帮孙子抓干净了。"

大爷把邢臻、萧然领到自己的小屋，邢臻见屋子收拾得干净，忍不住夸赞了两句，大爷说："鱼塘是我儿子包的，屋子是我儿子建的，因为地方偏，老是招一些人来这里偷鱼。偷鱼的人偷不着鱼，往水塘扔药，毒死一大片。我儿子看我心疼，在鱼塘周边围了护栏，安装了监控。这不，昨天抓到了一个偷鱼的，警察刚刚还带过来指认现场。"

邢臻笑道："效果立竿见影啊！"

萧然打开监控，输入电脑显示屏下的密码，进入监控系统。他看到这个不到五十亩的鱼塘，竟然安装了五十多处监控。萧然将对准外围马路的监控找了出来，惊喜的是，监控画面非常清楚。

萧然调出宋明礼被抓当日监控，监控显示：凌晨 2 时 55 分，一辆汽车驶入距离鱼塘五十米外的空地上，车上下来两人，站在公路上等候。3 时 3 分，一辆汽车停在路边，驾驶座上下来一人，站在路边等候的两人与驾驶座上下来的人，打开左侧后门，将坐在后排驾驶座的人抬下来，放进驾驶座，随后关闭车门，上了路边停靠的汽车，离开了现场。5时许，交警赶往现场，将宋明礼从驾驶座拽下，并戴上手铐。

萧然将监控拷贝下来，并再三感谢塘主大爷。

有了这份监控资料，就足以证实宋明礼是被他人陷害的。萧然将监控提交给主办民警，主办民警姓梁，名军，他面露狐疑，问：“你这份监控是从哪里弄来的？”

萧然说：“是在距离事发地不到五十米的水塘找到的。”

主办民警梁军问：“水塘会有监控？”

萧然面有不快，说：“看来仁兄并没有充分取证，周边的监控也没有调取。”

梁军说话客气了很多：“多谢萧警官提供这份线索！事发时，我们也去了查获现场，但是没有找到。”

萧然说：“是没有找到，还是没有去找？出了冤案，你承担得了责任吗？”

梁军说：“这位警官如果是来问责的，我建议你去督察支队。”

萧然说：“好，那你等着督察来找你吧！”

这时候，邢臻拦住了萧然：“你来办案，还是来闹事的？”萧然仍不服气，邢臻扯住梁军胳膊，说，“军哥，被抓的人是我们朋友，他是被人陷害的，现在我们找到了证据，你只需要依法将其调取。再说了，你也不希望自己办冤案，对吗？”

梁军说：“不是我不调，实在是你朋友说话太冲了。”

萧然语气缓和很多，他说：“梁警官，宋明礼是我的师兄。虽然我不是这宗案件的办案民警，但是我是警察，如果主办民警不去认真取证，宋明礼就要坐实罪名，无辜坐牢，一个巨大的冤案就扣在了他的头上，我想这是谁都不愿看到的。”

几番争吵，梁军收下了萧然截取的录像，并保证发调证文书，重新调取，核实案件情况。

萧然回到派出所，越想越气，追问邢臻：“你这什么朋友，工作一点责任心都没有。”

邢臻说：“跟责任心有什么关系？人家是觉得，你在干预人家办案。”

萧然说：“他要是能把案件办好，用得着我干预吗？”

邢臻说：“你也别气，要我看，只有抓到真凶，才能真正还宋明礼清白。抓不到真凶，难保宋明礼还被陷害。”

萧然一愣，拍着腿说：“对啊，这次是栽赃交通肇事，下回难保不会直接被害。”

邢臻说：“你还记得去年吗？宋明礼曾经被一辆混凝土搅拌车撞了，住院一个多月。”

萧然说：“不错，那一次也是因为陈正龙的动力煤被套，嫌疑人驾驶深然证券的汽车，故意激怒宋明礼，与宋明礼在市内飙车，致使宋明礼发生事故。”

邢臻说：“一个人的作案方式是固定的，就像是入室盗窃的小偷，被释放以后，还是干入室盗窃。”

萧然恍然，说：“说得太对了，就连宋明礼这样的人也不例外。宋明礼操盘动力煤，喜欢在港口库存方面下工夫，这回又变着法增加港口库存。”

邢臻也来了精神，说：“相同的背景，相同的动机，相似的作案手法，相同的受害人。”

萧然接着说：“相同的嫌疑人。”

邢臻和萧然相视一笑，两人觉得从未如此默契。

邢臻说：“如果陈正龙是幕后主使，那么凶手可能是同一拨人。”

萧然和邢臻又对视了一次，同时说：“调话单！”说完，两个人互相击了一掌。

因公司证券和期货账户内没有资金，分析师和操盘手在公司会议室闲聊，就连王玉童也很久没有到公司上班了，公司内的大小事务，由黄彬代为处理。

看似空闲的王玉童其实并不闲。

宋明礼被关进看守所以后，王玉童联系了宋明礼的养父母，宋明礼的养父母得知宋明礼为姐姐复仇，支援了5亿资金。王玉童收到5亿元人民币，没有告诉公司的同事，也没有告诉萧然，而是离开了荔城，并沿用宋明礼原先的方法，从西北购买煤炭，往港口运输。

2015年11月下旬，煤炭市场再次暴跌，港口的库存与日俱增，坑口煤价格被打压至230元，市场处在崩溃的边缘。深然期货多单持仓增加至8万手，动力煤主力合约跌至290元，深然期货亏损严重。

2015年的冬天特别寒冷，临近12月，北方大雪漫天，迎来了冰冻，街头上的男女少了，过往的行人穿着大衣，畏畏缩缩，脸被冻得煞白。

王玉童沉浸在这风雪之中。这是他第一次来北方，狂傲的风雪没有将他击垮，反倒将他迷住。他驱车来到郊外，欣赏漫山的皑皑白雪，心中忍不住感叹："好美的雪！如果不是亲眼所见，怎么知道这白雪的壮观。"

他独自走进山道，脚下的脚印也成了风景，望着远处，内心没有一丝波澜。狂风浸透了他的外衣，吹在他的脊背上，他感到寒风刺骨。但他没有离开，他舍不得这雪景，舍不得这北方的寒风，相比牢狱之灾，相比含冤之苦，这又算得了什么。

天气预报显示，今年有冰冻，中国将出现大面积降温天气。如果天气预报属实，供暖需求将刺激煤炭价格季节性上涨。陈正龙还没有被击垮，今天将会有最后一批原煤到港，明日港口库存的资讯就会发布，如果陈正龙还不平仓，就有可能出现爆仓的危险。但是这仅仅是危险，如果陈正龙拆借到资金，仍可支撑一段时间，到那时，煤炭上涨，陈正龙就可获得喘息之机。

现在是打击陈正龙的最好时机，王玉童不能松懈。

天近黄昏，王玉童下山，走到山腰，见亭子下坐着一人，正在低头看手机。王玉童看了一眼，见这人戴着帽子，目不转睛，也没有将他放在心上。走到亭子附近时，男子站起，王玉童本能地警惕起来，脚下加快了步伐。

“先生，你的钱包掉了。”身后一人喊。

那人不说还好，说了，王玉童更害怕了。他忍不住快跑，但脚底打滑，走到一处陡坡，忽然有人从树林里窜了出来，对王玉童大喊了一声哈，王玉童顿时惊慌，站立不稳，从山腰上跌落，消失在白雪之中。

王玉童醒来的时候，发现自己躺在医院的病床上，他环视左右，看到萧然和邢臻。王玉童惊问：“你们怎么在这？”

邢臻说：“是我们把你从山坡下救回来的。”

王玉童起身，躬身说：“谢谢萧然，谢谢邢臻！”王玉童跌落山崖时，因山上有积雪，羽绒服穿得厚实，没有造成致命伤。

萧然说：“别客气了，这次我和邢臻发现了一些线索，想来核实，没有想到看到了惊魂一幕。实在太危险了，北方的小城，处处暗藏杀机。”

王玉童说：“一定是陈正龙干的。”

邢臻问：“这一段时间，动力煤价格再次下跌，王总辛苦了。”王玉童惊望着邢臻，邢臻说，“你不用看我，我和萧然是警察。”

王玉童长叹一声，说：“没错，这事和我有关。宋明礼倒了，我要沿用他的方法，将囤煤进行到底。”

邢臻说：“你不怕陈正龙报复吗？”

王玉童说：“怕，但是想到家父受他利用，身败名裂，下半生过得人不人，鬼不鬼，我就恨他，所以再怕也要将他打垮。”说到这里，他用平缓的语气说，“对不起，我没有和你们说实话。”

萧然说：“我们理解，毕竟这是你和陈正龙的战役。”

王玉童说：“谢谢你们！对了，你们是怎么找到这里的？”

邢臻说："这是我们的警务秘密。"

王玉童愣了一下，勉力笑了一下，说："那好，我不问了。不过，你们也要小心，这伙人下手太狠。"

天气越发寒冷了，煤价在跌到278的点位出现了反弹。

王玉童出院后，躲到了上海，萧然和邢臻折返荔城。

经过前期侦查，萧然掌握了嫁祸宋明礼的嫌疑人使用的身份信息和手机号码，他从莫卿处得知王玉童和嫌疑人同城，连忙赶了过去，救下从山崖跌落的王玉童。

开发区交警大队将宋明礼放了出来，案件移送到了开发区刑警大队，刑警大队转立故意杀人案，并对嫌疑人开展研判。

宋明礼被释放后，萧然和邢臻专程去看望，宋明礼紧握萧然的手，说："有警察师弟就是好，这次我能出来，多亏了你。"

萧然说："这次太险了，如果没有水塘的监控，我们永远不知道案件的真相。"

宋明礼说："所以天不藏奸。"

一旁的江雨说："看你还招惹女孩子不，差点把命搭进去了吧？"

宋明礼挠头，说："那天我喝多了。"

宋明礼的父亲宋运来从房内出来，他握着萧然的手，言辞之间，充满感激，他问："被撞死的人太可怜了，什么时候才能抓到？"

萧然说："开发区分局已经立案，相信凶手很快就能抓到。"

宋明礼问："我听说你已经掌握了嫌疑人的手机，你们公安不是可以定位吗？"

萧然说："说来话长，嫌疑人太狡猾，手机号码已经换了。"

宋明礼说："我相信警察。"

宋明礼从看守所被释放之后，深然期货十分紧张，操盘手纷纷建议，清仓处理持仓的合约。尽管陈正龙反对，但是公司的总裁担心宋明礼继续囤煤，坚持下令清仓。令深然期货员工感到懊恼的是，深然期货从持仓龙虎榜消失之后，煤价大幅度反弹，操盘手不时听到陈正龙在办公室的骂人声。

第三十四章 案情解密

2015 年 12 月 6 日是周末，邢臻和萧然拍摄婚纱照。

邢臻和所有的女孩子一样，认为这是一个美好时刻，她早已经和摄影公司预约，并通知萧然准点达到。萧然和所有的男孩子一样，认为这是一个浪费钱的项目，基本上没人会在婚后翻看结婚时拍下的照片，照片中的男女只是道具，真正展现的是电脑员神乎其神的修图技术。

为了邢臻兴高采烈的情绪，萧然毅然决然来到了摄影公司。摄影公司为邢臻准备了假发，并有模有样地在邢臻的头顶做了造型，萧然也被化了妆，穿上了燕尾服。

化妆完毕，摄影公司将萧然和邢臻带到了海岸城，海岸城毗邻海滩，有美食、喷泉，还有海洋馆，是外地游客必去的景点，也是本地市民的休闲好去处。

荔城是一座南方城市，但是到了冬天，依然可以感受到阴冷的寒风。摄影师拍了几组照片，邢臻已经冻得瑟瑟发抖，她披上萧然的羽绒服，哆哆嗦嗦地催促摄像师快点，摄影师是个新手，听说眼前的新娘是警察，怕拍不好，急得满头大汗。

往来的行人不时侧目，看到瑟瑟发抖的邢臻，忍不住捂嘴发笑："还有人大冷天出来拍婚纱照，也不怕着凉。"

萧然担心邢臻生气，说："真正的勇士敢于直面流言。"

邢臻扑哧一笑，说："我又没说什么，继续。"

就在这时，忽然有一个女人在喊："抢劫啦！抓小偷啦！"众人纷纷转身，只见一名男子从海岸城里面往外跑来。男子边跑边喊："都闪开！"站在男子对面的人连忙让出一条路，男子眼看就要跑到马路，被一名扎着小辫子的青年男子拦住。

"小辫子"青年说："嘿嘿，往哪儿走？把东西留下！"

抢夺的男子掏出一把刀，说："小子，想死是吗？"

"小辫子"青年并不害怕，说："哥练过，才不怕你！"

这时，人群中蹿出两人，一人从"小辫子"青年身后用手勒住"小辫子"青年的脖子，一人拿一把水果刀，指着围观的人，喊："谁也别过来，我们是眼镜王蛇的人，谁敢靠近，血溅三步。"

围观的人看到三名男子劫持一名男子，纷纷掏出手机，劫持的男子大喊："把手机给我放下，谁要是拍照，我捅死他。"

邢臻和萧然也目睹到了这一幕，两人也不拍照了，聚到了人群中，准备见机行事。

三名男子劫持"小辫子"青年到路口，拦截出租车。过往的出租车司机看到这一幕，吓得猛踩油门，无一停留。

围观的人将劫持的团伙围成了圆圈，海岸城保安赶了过来，但是不敢贸然行事，保安队长和群众拨打了110，当地派出所巡逻民警和值班民警正赶往现场。

被抢夺的妇女大喊："东西我不要了，你们把人放了吧。"

劫匪哪里肯听，他们冲出人群，将一辆没有熄火的汽车车主从车里拽了出来，准备驾车离开。眼见要走，忽然有一名男子夺步上前，打开驾驶座车门，对准驾驶座男子猛一拳，将其拖拽下车。众人见这男子穿着西装，身材挺拔，不禁稀奇。

这时，后排的男子推开车门，上前帮忙。穿西装的男子转身一脚，将他踹在地上。右侧车门下来的男子举刀要砍西装男子，人群中冲出一名女子，助跑踹在举刀男子的腰部，举刀男子侧翻倒在了地上。

拿着盾牌的保安见此情况，一拥而上，将三名劫匪按在了地上。

围观的人纷纷鼓掌，称赞男女英勇，不怕危险，见义勇为。

萧然和邢臻注视着眼前的这对男女，觉得十分眼熟。

“江雪！”邢臻忍不住说了出来，她拉住萧然的胳膊，提示萧然。

“是元妹。”萧然补充说。

邢臻问：“怎么办？”

萧然说：“还能怎么办！抓住他们。”

元妹和西装男子看了一眼萧然和邢臻，上了一辆黄色小轿车，开走了。萧然想去停车场找车，但是已经来不及，正在这时，一辆白色的小轿车停在了萧然身边，车主是一名男子，他问萧然：“先生，需要打车吗？”

萧然拉开车门，和邢臻坐进了车里，对司机说：“追上前面那辆车。”

司机说：“好嘞，请系上安全带。”

白色轿车绝尘而去，留下摄影师和灯光师在身后无助呐喊。

司机在市内公路上疯狂穿梭，对黄色小轿车紧追不放。二十分钟后，黄色小轿车驶离市区，将车开往天琴湾方向。天琴湾是荔城市的一个半岛，位于荔城西南，是一座风景秀丽的滨海半岛。

萧然拨打刑警大队值班电话：“你好，我是萧然，我正在追踪一辆嫌疑人车辆，请求支援！”对方尚未回应，通话忽然中断了。

邢臻说：“这里又不是珠穆朗玛峰，怎么会没有信号？”

司机说：“当然是因为车技好，车速快得信号跟不上。”

“车技确实不错。”萧然说，“你是跑黑车的？”

司机说：“哥们今天心情好，出来遛遛，拉你们纯粹为了赚油钱。”

萧然说：“有性格。”

司机问：“瞧你们装扮，这是要结婚哪？”

萧然点头，说：“拍婚纱照。”

司机说：“有性格，拍婚纱照还出来抓人，敬佩。”

两辆车一前一后过了天琴湾，来到了天门港。萧然看到元妹上了一辆快艇，脱掉外衣，对邢臻说：“你在岸边联系大队，我上去摸排一下。”

邢臻说：“那也太危险了。我去找服装店，买件衣服，陪你一起。”说完，下车跑了出去，不到五分钟，她穿上了一件棕色羽绒服，回到了原地。

司机说：“这位姑娘，不，这位警官动作真麻利！”

元妹两人已经搭乘快艇离开，萧然和邢臻来到港口，询问租赁快艇价格，这时司机也来到了岸边，说：“我看你们援军没到，要不要我给你们打个下手，我快艇开得也很好。”

邢臻非常高兴，说：“那就一起来吧，回头我给你颁个见义勇为奖章。”

三人上了快艇，萧然问：“师傅，你怎么称呼？”

司机说：“叫我阿胜就好。”

三人追着元妹的快艇，开了一个小时，见元妹的快艇上了一个岛，萧然心里闪过一丝不安，对阿胜说：“停下，别走了。”

阿胜没有减速，问：“为什么停下？到了岛上，就能抓到他们了。”

萧然说：“是圈套，去了就回不来了。”

阿胜笑着说：“不可能，你们是警察，谁会害你们！再说还有我这个帮手呢。”

萧然说：“岛上的坑埋我们三个绰绰有余。”

阿胜继续保持快速，他说：“光天化日之下，他们还能杀了你们不成？”

这时，邢臻也预感到不好，她说：“停下，别走了。”

但是阿胜没有减速的意思，邢臻去抢方向盘，但是被阿胜肩膀撞倒在船上：“警官，你要坐稳，掉进水里我可救不了你。”

萧然意识到不好，问：“你是谁，你想干什么？”

“我叫阿胜，我想帮你制服歹徒。”阿胜笑着说，“不上岸怎么制服？”

萧然试图让自己冷静，他说：“我请你停下船，等支援到了，我们再上岛好不好？”

阿胜一笑，说：“那多无趣，咱们先把人抓了。”

快艇离岛不足 1000 米，刚刚看着还只有巴掌大的岛，转眼望不到边。

萧然对阿胜说：“我命令你停下！”

阿胜说：“就快到了。”

萧然这时已经知道握着方向盘的男子不怀好意，他上去抢阿胜手中的方向盘，阿胜踢了一个鞭腿，打在了萧然的肩膀，萧然站立不稳，摔倒在快艇舱内。萧然见此，摇晃快艇，并示意邢臻，阿胜惊慌，问：“你们要干什么？”

萧然和邢臻猛一用力，打破了快艇的平衡，快艇侧翻，飞到了远处，三人落入水中。萧然和邢臻游到快艇处，阿胜脱下外衣，往岛上游去。

萧然两人扒在快艇上喘气，正准备将快艇掀回正面时，一辆快艇从岛上出发，接上了海中游泳的阿胜，来到了萧然二人身边。

开船的是在海岸城救人的男子，一旁是戴着太阳镜的元妹和阿胜。

“久违了，萧警官、邢警官。”

邢臻冷笑一声，说：“你好啊，江雪。”

“咯咯！”元妹笑道，“郝富强、郝青苗都死了，你还叫我江雪？”

邢臻说：“当初你说自己叫江雪，我当然叫你江雪。”

元妹笑着说：“随你吧。萧警官，你上来吗？”

邢臻说：“她不去。”

元妹说：“这一带有鲨鱼，不上来的话，会被鲨鱼咬死。”说完，元妹用勺子从桶里舀出一勺鸡血，倒进海里。

萧然说：“别倒了，我们上船。”

元妹咯咯笑，说：“真乖，这才是人民的好警察。”

萧然和邢臻上船之后，快艇开到了岛上。

元妹边走边说：“两位警官，这座岛叫作孟婆岛。建国以前，荔城还非常落后，本地的居民死后，他们的后人就把他们拉到这座岛上埋了，直到现在，这座岛上还有大片的墓地。”

邢臻上了岸，问：“你把我们带到这座岛上干什么？”

元妹说：“你猜？”见邢臻不说话，元妹笑了，她说，“看把你吓的，你们抓人的时候，被抓的人是不是也像你们一样，胆小如鼠？”

被元妹的话一激，邢臻的嗓门大了起来，说：“谁说我们胆小了，我们胆子大着呢。”这时，地上爬过一条蛇，邢臻吓得大叫一声，死死抓住萧然的胳膊，元妹拎起蛇尾巴，将蛇扔到了远处的树上。

元妹走在前面，萧然两人走在中间，阿胜两人走在后面。元妹将萧然带到了一处装修别致的房子，这处房子面朝大海，风景别致，视野开阔。

元妹介绍说：“这处房子是我们自己建的，漂亮吧，可惜没有淡水，每次都要从大陆运过来。”元妹说话的时候，语气就像是带客人参观房子的主人，她走入大厅，说，“今晚我们吃烧烤，两位不介意吧？”

邢臻和萧然不说话，他们走进客厅，看到一人坐在那里打游戏。

“觉得眼熟是不是？”元妹问。

萧然和邢臻点头，元妹说：“他就是在路上寻衅宋明礼，致使宋明礼被搅拌车撞到的赖学东。”萧然和邢臻想了起来，本能地想去抓他，但是此刻却一动也不敢动。

赖学东没有和任何人打招呼，他继续玩游戏。

元妹将萧然二人带到了二楼，在二楼的会客室坐了下来。

邢臻问："你们把我们带到这里，究竟要干什么？"

元妹说："当然是有事，我们老板要见他。"元妹指着萧然。

萧然非常吃惊，指着自己，问："我？陈正龙吗？"

元妹说："陈正龙算什么，他只是我们的一个客人。"

萧然说："那我倒要见见，究竟是哪位高人？"

元妹说："你们稍坐，我去请老板。"

萧然和邢臻见暂时没有生命危险，放松了警惕，拿起了桌子上的水，喝了一口。稍时，左侧的房门被元妹打开，一名白发男子从房中走了出来，他步伐矫健，穿着白色的西装，走进了会客室。

元妹指着萧然和邢臻，说："老板，这位就是萧然。"

白发男子和萧然握手，说："萧警官，你好，我姓白，单名一个善字，江湖绰号老 K。"

萧然一惊，问："你就是老 K ？"

白善一笑："怎么，萧警官听说过我的名号？"

萧然说："王玉童的父亲王大军曾经说起过你，说他曾经救过你一命。"

白善说："没错，确有此事，当时我受伤了，王大军懂些医术，救过我。不过我也回报过他，他被抓前，日子过得可是不错。"

萧然问："白先生似乎对王大军的事知道不少？"

白善说："略知一二。"

萧然问："对陈正龙的事呢？"

白善毫不避讳，说："知道一些。"

萧然问："宋明礼的两次车祸是谁干的？"

白善说："是楼下坐着的赖学东和犬子白良。"

萧然问："白良就是 K 少？"

白善指着身后穿西装的男子，说：“不错，就是他。”

萧然吃惊于白善的坦然，他甚至想，如果所有的审讯都像今天这样容易，那就太好了。

白善说：“我还可以告诉你一些你不知道的事。”

萧然说：“请讲。”

白善说：“当初陈正龙杀死莫兰花的主意，其实是我出的。”萧然大吃一惊，问：“王玉童跌落山崖的事？”

白善说：“是白良和一个手下干的。”

萧然想起四川的事，问：“那华山的尸体？”

元妹说：“当然是我去埋的。从六塘跑了以后，我就叫了帮手，准备复仇，可是他们已经被你们抓了。”

萧然问：“郝富强是你们杀的吗？”

元妹说：“我们准备去的，但是他在看守所里摔倒，磕死了。”

萧然说：“原来他真的是死于意外，她的女儿一直说是你们杀死的。”

元妹说：“我们没有杀死郝富强，但是杀死了郝青苗。”

萧然吃惊地问：“郝青苗不是被彭淮杀死的吗？”

元妹说：“我们不打电话威胁他，他能杀死郝青苗吗？”

萧然恍然，说：“我懂了，这招你们用过，叫借刀杀人。”

白善笑着说：“年轻人，你真聪明。”

第三十五章 命悬一线

萧然想起王玉童的事，问：“十六年前，王大军和王玉童做了一次 DNA 比对，两人没有比对出亲缘关系，这是怎么回事，你们知道吗？”

白善说：“我听王大军说起过，后来托关系去医院调了当时的报告，找医生看了，那份报告的内容是存在血缘关系的，但是结论打错了字。”

萧然又吃了一惊，问：“你为什么没有告诉王大军？”

白善说：“大错铸成，说了他不是更难受？”

萧然叹了口气，说：“他就是知道王玉童是他的儿子，才自杀的。”

白善说：“年轻人，想问的问完了吗？”

萧然想核实一些案件的细节，但是想着白善不会说，就说：“我问完了。”

白善说：“问完了就好，有没有想过，我为什么爽快地回答你？”

萧然说：“我很想知道。”

白善说：“我说的每一件事，都是重罪，你知道了，就走不了了。”白善看着萧然，他看到萧然的眼睛里没有恐惧，继续说，“我们这个公司，叫作荔城远洋贸易有限公司，江湖上，大家叫我们是眼镜王蛇。”

萧然见白善轻描淡写说出眼镜王蛇四个字，身上不禁起鸡皮疙瘩。白善说，“我们公司从事的是传统业务，老话说，拿人钱财，替人消灾。在民国以前，我们这行被人称作大侠，现在干这行的越来越少了，政府的规矩多，我们又不想卷进风波，就转变模式，改用隐蔽的手法。每次行动前，我们都认真调研，实地考察，反复推演，多年来，也没出过什么事。”

白善说话的语气就像是和自家人在说事，毫不避讳他是警察。

萧然说：“你们做事，确实很难查，手法干净利落，也不拖泥带水。”

白善笑着说：“也不是，很多事最后不都被你查出来了吗？”

萧然接不下话了。

白善说：“开始我只是以为你运气好，后来我发现，你这个人聪明，有天赋。”

萧然接话：“谢谢白先生夸奖！”

白善说：“所以我想邀请你加入我们，成为我们公司的一分子。”

“什么？”萧然十分吃惊，脑袋没有回转过来，“让我加入？我是警察啊？”

白善说：“这有什么关系，你们警察里，也有我们公司的人。你要想明白，你很有这方面的天赋，不干这行屈才了。至于薪资待遇方面，我们按比例分成，你六，公司四。”

“原来是为了引进人才。”萧然长出了一口气，心想，“只要离开了这座岛，不愁抓不住这些人。”他假装问了一些收入方面的问题，元妹耐心解答，萧然痛快地答应了白善。

说着话，天黑了下来，萧然想，警队千万别找到这里，一旦发生枪战，自己就要命丧海盗。好在海面平静，并没有异常。

19 时许，白善在一楼院子里安排了啤酒烧烤，白良、元妹、阿胜、赖学东一一来敬酒，欢迎萧然，萧然也不客气，全力与众人喝酒，准备将众人灌醉，趁夜离开海岛。

“各位朋友，能和你们一起共事，是萧某的福分，来，大家干了这杯。”萧然梗着脖子，将杯中的啤酒一饮而尽。

邢臻翻着白眼看萧然，小声说：“瞧你如鱼得水的样子，什么德行？”

元妹笑着说：“这位邢警官对萧警官似乎有不满。”

邢臻说：“我哪敢，你们这么多人。”

萧然搂住邢臻，说：“我加入咱们公司，我的未婚妻也是公司的人了。”

邢臻甩开萧然，元妹说：“我们只邀请了你，可没有邀请你的未婚妻。”

说话时，已经是晚上 9 点。一人小跑过来，跟白善小声说了两句话，白善拍着手，说：“停下了，停下了！”白良等人放下酒杯，白善对萧然说：“萧然哪，时候不早了，我们的入伙仪式要开始了。”

萧然问：“还有入伙仪式？”

白善说：“当然有，没有入伙仪式，大家反悔了怎么办？”

萧然想，也有道理，就说好。

白善领着众人来到海边，上了快艇，驶向远处的一座小岛。二十分钟后，快艇抵达。岸上有人举着火把，恭候白善，见白善到了，纷纷喊：“老板！”

邢臻忍不住问：“这是什么岛？”

白善笑呵呵说：“这座岛叫作孟婆岛，专门安葬死人的。”

邢臻说：“刚才那座岛呢？”

白善说：“刚才那座岛叫作春天岛。”

邢臻知道是元妹骗了她，瞪了元妹一眼。

岛上配有车，经过十分钟的车程，来到了灯火明亮处。这是一处空地，空地上烧了两堆篝火，外围架了两个火盆，四周站了十余人。

众人的正前方摆了一张桌案，桌案上摆了一个香坛，香坛两侧摆了两支火烛。

白良示意白善，说：“老板，准备妥当。”

白善点头，说：“诸位兄弟，今天眼镜王蛇要添新人了。所谓行有行规，入门的新人要和家人见面，以免行走江湖，伤了自己人。”在场的人举着手，口中呜呜叫着，像是在欢迎萧然。

白善转身对萧然说：“入行的仪式有两步，第一步叫作拜天地，第二步叫作不回头。一般来说，第一步比较简单，第二步有点难。不过没关系，办不到的话，大伙帮你。”

时间到 22 时，白良上前，说：“时辰到了。”

白善大声喊：“行礼！”

一人拿来破了边角的苇席，铺在桌子前，白良喊：“新人开始行礼，上前，跪！”

萧然不敢违背，上前跪在了破旧的苇席上，白良从桌案上拿起一把香，在火烛上点燃，香把冒起浓浓白烟，交给萧然，说：“拜。”萧然接过香，拜了一下，白良说：“磕头。”萧然磕头，白良说：“再拜，再磕。”如此重复三次。白良将香烛接过，插进香坛。

“起！”

萧然起身，回头看到白善已经坐在了一处太师椅上。

两人将桌子搬走，一人拿来一只被绑了腿的公鸡放在地上。

白善说：“第二个仪式开始。”

外围的人将火盆的架子往后挪了十来步，远处又点了一处篝火，这时，两个土坑映入了众人视野。萧然看到土坑，吓得后退两步，问：“白先生，这土坑是要做什么？”

白善笑了笑，说：“你别慌张，这只是一个为你准备的仪式。现在仪式的第一步，你已经完成了，算是我们公司的半个人，只需要再做第二步，你这辈子都是我们的人了。”

萧然惊慌地问："第二步是什么？"

白善笑了笑，说："你是聪明人，还用我来教吗？"

元妹在一旁，做了一个砍头的动作，说："杀个人。"

萧然声音发抖，问："杀谁？"

元妹对邢臻努着嘴，说："当然是你眼前这位姑娘了。"

萧然几近疯狂，他问："为什么要杀她？"

白善笑着说："你是警察，你不杀了警察，我们大家凭什么相信你？"

邢臻吼道："老K，你不得好死。"

白善对身边的人说："把这丫头的嘴堵上。"

萧然护在邢臻身前，说："谁敢动！"

这时，人群中两个拿着微型冲锋枪的人站在了白善前面，枪口对准了萧然，白良说："萧然，如果你敢动一下，我身后的人就会把你打死。你可以回头看看，我们准备了两个坑，只要你不就范，就地枪决。"

萧然终于明白了这些人的阴谋，但是此刻，出逃是不可能了。

萧然说："白先生，杀了我吧，让邢臻走。"

白善说："不可能，放走了这丫头，我们这些人就活不成了。"两名壮汉将邢臻绑了起来，嘴里塞进了破布条。邢臻扭曲着身体，试图反抗，被壮汉打了一巴掌，嘴角流了血。萧然一动不敢动，只能眼睛看着邢臻。此时，邢臻也在看着他，眼神里充满了恐惧。

萧然对白善说："邢臻是我的未婚妻，我不能杀她。"

白善问："为什么不能杀？"

萧然说："老K，你难道就没有你的爱人吗？"

白善笑了笑，说："有，但是在入行的时候，被我杀了，她的墓地就在据此十米远的松树下。"

萧然用不可思议的眼神看着白善，白善说："变态是吗？我告诉你，这不仅是行规，也是考验你的心肠够不够狠。如果你过不了这一关，你就吃不了这行饭。”

萧然说：“吃不了这行饭，我就不吃了，我本来也没打算吃。”

元妹冷笑一声：“萧警官，你是不是觉得我们好骗，你以为你说答应入伙，我们就信你吗？”

萧然说：“你们太阴毒了，就不怕我日后报复吗？”

元妹笑着说：“入伙以后，你有花不完的钱，感谢我们都来不及，怎么会报复我们！”

白善说：“小子，你不入伙，你走不了。知道我们为什么准备大公鸡？就是为你们驱魂的。”白善说完，公鸡在地上伸着脖子打鸣，惊得萧然不停冒冷汗。

元妹在一旁说：“萧然，你怕什么！杀了邢臻，我跟你好，我不比邢臻漂亮？”

阿胜说：“就是，你喜欢和同事好，那元妹以后也是你同事，般配。”

赖学东说：“萧然，你快点吧，搞完仪式，还要回去吃烧烤呢，别磨蹭了。”

萧然指着众人，说：“你们这帮刽子手，我做鬼也不会放过你们。”

赖学东笑着说：“每个人入行的时候，都是这么说的。等干完活，带你溜会冰，你就快乐得什么都忘了。”

白良扔了一把匕首在萧然面前，说：“萧然，九点半，你如果还不动手，我送你们俩一起走。”

这时，邢臻呜呜地爬到萧然面前，萧然取掉邢臻嘴里的纱布，说：“你怎么样？”

邢臻说：“萧然，你杀了我吧，要不然我们谁都活不下去。”

萧然说：“我怎么能下得了手。”

邢臻说：“你可以的，既然我一定要死，就死在你手里，我不会怪你的。”

萧然握着邢臻的手，在原地痛哭。

元妹有些等不及了，说："有什么好哭的，快点吧！"

白良拿来枪，对准萧然，说："你再不动手，我只好先送你上路了，然后将你的未婚妻，先奸后杀。"

白善说："萧然，你杀了邢臻，我让你天天做新郎。"

邢臻对萧然说："萧然，你保重，我走了。"说完，突然起身，将头撞在了一块石头上，鲜血四溅，双目未闭。

白善叹了口气，沙哑地说："哎，她怎么自己死了，这礼没成。"

萧然怒火攻心，拿起地上的匕首，冲向白善，白善一惊，说："你干什么？"一侧的白良举枪欲扫射，忽地外面响起了枪声，白良中弹，枪落地。

萧然冲到白善身边，用匕首割断了白善的喉咙。两侧的人见了，欲开枪，被外围的子弹打中眉心，纷纷倒地。

一人喊："有军队！"

四周突然涌进了许多武警，将现场包围，中心区的人纷纷逃散。

指挥这次攻岛的是武警支队支队长，邢关也到了现场，他见邢臻满头是血躺在地上，身上绑着绳子，叫来医生。医生抬着担架赶到现场，说："还有脉搏，马上抢救。"

萧然跑到了邢臻身边，对着医生说："医生，你一定要救活我老婆。"

医生说："我尽力。"

这时，邢臻突然眨了眨眼睛，她拉住萧然的手，说："你叫我老婆了。"

萧然大喜过望，说："你没死？"

邢臻说："我假装用劲，实际还留了点力气，就想在临死前，看你怎么为我报仇。"她握住萧然的手，说，"你做到了，你是真爷们，我没看错人！"

萧然连哭带笑说："就是这么爷们！"

抢救的医生说："你们别说话了，我们还要抢救。"

邢臻说："我休息一会，等会来找我。"萧然点头，说："好！"

医生将邢臻抬走了，地上是白善的尸体，萧然看着白善，像是获得了重生。

武警将元妹、白良、阿胜等人一一抓获，萧然走到元妹面前，说："你们现在是嫌疑人了，我不能动手打你们，要不然，我真想打死你们。"

元妹说："你现在已经是我们的人了，不能伤害同门，你要想办法救我们。"

萧然说："救你们的不是我，是法律。"

公安机关联合武警，抓获眼镜王蛇组织的事，震惊荔城市公安局，并上报到了公安部。公安部要求荔城市成立专案组，秘密审查该组织，严禁泄露案情。

南海省公安厅刑事侦查局派员，会同荔城市刑警支队、岭南刑警大队，共同开展审讯。经过一个月的侦查，专案组不仅破获了与藏尸案相关的两宗交通肇事案，掌握了与陈正龙有关的罪证，还在白良等人的指认下，在孟婆岛挖出许多失踪人口的尸体。按照白良、元妹等人交代，凡是入伙的新人，必须在岛上当众杀死一人，理由是杀了人，不能回头，执行任务时，能下得了手。

荔城市刑警支队还在春天岛找到了大量现金和枪支，一些之前被认定为事故及正常死亡的案件，被审讯出系人为谋杀，许多被放入档案的案卷被找了出来，因结案复杂，嫌疑人达二十人之多，专案组不得不扩编成员至四十人。

预审民警将案件装箱，用皮卡车拉到检察院。检察院登记案卷的工作人员看到案卷，大吃一惊。他通知检察官领取案卷，检察官翻看了案卷的目录，看得两眼昏花，不停摇头。

一个个谜团被解开，抓捕陈正龙，成为公安机关迫在眉睫的工作。

根据专案组提供的消息，公安机关在春天岛打掉眼镜王蛇组织之后，岭南分局刑警大队前往陈正龙的住所，对陈正龙开展抓捕。遗憾的是，陈正龙不在住所。公安机关随即对陈正龙开展定位，发现其手机信号在境外，结合陈正龙出入境记录，证实陈正龙已经离境去往香港。

荔城市公安局将情况上报至公安部，公安部协调香港警方，抓捕陈正龙，移送荔城市公安局处理。香港警方接到公安部函，到陈正龙的住址进行搜查，发现陈正龙不在家中，后查询陈正龙出入境记录，发现其已经离开香港，去了新加坡。

邢臻住院期间，萧然在病房放了一张床，每天晚上守护着邢臻。除各级领导、单位同事，宋明礼和王玉童也成了病房的常客，他们感激邢臻在追查案件时付出的努力，也敬佩邢臻舍生忘死的勇气。

说起陈正龙，众人咬牙切齿，尤其是王玉童，对其恨之入骨。

邢臻出院后，萧然被调到了刑警支队。

第三十六章　终成眷属

2016 年正月十六，邢臻刚刚出院，就迫不及待地和萧然举行了婚礼。婚礼举办地在荔城的一家中档婚宴酒店，装修比较古雅。婚礼筹备时，王玉童和宋明礼要求出资，将婚礼举办得隆重一些，但是邢关出于纪律作风考虑，让萧然拒绝了两人好意。

深然期货斩仓出局，陈正龙出境逃走，对荔城市金融圈的影响巨大。玉礼投资没有持仓任何合约，但是在期货圈内，已经人尽皆知，就连宋明礼从前就职的公司，也不敢得罪宋明礼。

除了宋明礼和王玉童，萧然没有邀请金融界的其他朋友。但是荔城金融业的从业人都知道，新郎萧然与宋明礼、王玉童的交情匪浅。为了能与宋明礼、王玉童同桌而坐，讨好二人，各公司的人驾车而来，相遇于迎宾处。因来访客人太多，员工和老板不得不分桌而坐。

萧然小时候就发现，在婚丧嫁娶的宴席上，永远会有一些不认识的人，以至于到了自己结婚的时候，他发现还是有很多陌生的宾客。

萧然很重视宋明礼和王玉童，他将两人安排在婚礼舞台左侧第一桌。各金融界精英和基金老板围坐在宋明礼和王玉童身边，大家问起煤炭来年走势，宋明礼滔滔不绝：“煤炭自 2011 年，已经经历了漫长的下跌，2015 年，更是创下历史新低。根据艾略特波浪理论，煤炭价格已经触底，煤炭行业入不敷出，许多厂矿面临倒闭，产量下滑。这种情况下，一旦出现利好因素，煤炭就会喷发式上涨。我的判断是，2016 年，煤炭一定上涨。”

王玉童说：“政策才是终极动因。近期，中央已经召开若干会议，推出了系列‘去产能’改革计划，是时将淘汰落后产能。煤炭的产量减少了，价格必然上涨。”

两人说着话，莫卿和江雨挽着胳膊，走进了婚礼现场。王玉童和宋明礼连忙起身，将他们领进包房。

宋明礼说：“宝贝，怎么样，累着没有？”

江雨坐下之后，说：“没事，这才怀了两个月，不用担心。”

宋明礼扶着莫卿，说：“没有累着吧？”

莫卿说：“没有，荔枝公园的景色真不错，等婚礼结束了，我们再去。”

王玉童说：“那多不好，你这么瘦，要多养一养。”

宋明礼说：“玉童，你这么关心莫卿，是不是有什么情况？”

这时候，邢臻走了过来，她说：“按照我们警察的判断，莫卿这是怀了。”

江雨和宋明礼睁大眼睛，流露出难以置信的表情，说：“真的吗？”

莫卿含羞点头。

江雨说：“你刚才为什么不说？”

莫卿说：“不知道怎么说，怕爸妈不能接受。”

王玉童低头。

江雨说：“那有什么不能接受的，事情都过去了。”

邢臻也说：“是啊，事情都过去了。”

王玉童说：“不，真正的凶手还没有被抓到。”

众人不说话。

这时，司仪喊："婚礼即将开始，请各位嘉宾就位。"

在饭桌上走来走去、相互握手、传递名片的宾客回到各自的座位上，宋明礼等人也坐回宾客席。婚礼在音乐声中拉开帷幕，伴娘团和伴郎团闪亮登场，分列左右，随后新郎在舞台就位，邢关牵着邢臻的手，从包房来到红毯边上，踏着红毯，走到红毯中央。萧然从舞台走下，走到邢臻对面，从邢关的手中牵走邢臻，走到舞台中央。

司仪说："亲爱的来宾朋友们，舞台上的新郎新娘是一对人民警察，他们是经历过生死考验的情侣。在接受邀请主持婚礼的时候，婚庆主办方王经理告诉我他们的事迹，我觉得非常感人，在此，我忍不住要分享给大家，大家想听吗？"台下响起呜呜声，纷纷说："想听。"司仪做了一个嘘的手势，台下一片安静，司仪说："两个月前，我们的新郎新娘在追捕凶手的时候，身陷匪巢，匪首要求萧警官杀死新娘，换回自己的生命。萧警官不肯，但是我们的新娘英勇无畏，为了保护心爱的人，用头去撞石头，血溅当场。"台下传来咦的声音，司仪继续说，"好在上天眷顾这对恋人，新娘没有死，经过抢救，她活了过来，站在了我们面前。而萧警官，也擒住了匪首，并在武警的配合下，将犯罪团伙一网打尽。"台下响起热烈的掌声。

司仪说："新郎新娘的爱情，诸位有目共睹，但是按照流程，我还是要问一下。请问新娘，你愿意嫁给萧先生吗？"

邢臻笑了笑，司仪说："没关系，不答应也没关系。"

邢臻说："我愿意。"嘉宾鼓掌。

司仪说："新郎先生，请问你愿意娶邢臻姑娘为妻吗？"

萧然大声说："我一万个愿意。"嘉宾欢呼，宋明礼大喊："萧然，好样的。"

司仪说："我们新郎新娘不负众望，说出了我们期盼的答案，这也说明，他们的结合是爱情的结果，是幸福的组合。接下来，我们请证婚人发言。"

证婚人是郑礼贤，他走到台上，派出所的同事一片掌声和吆喝声，郑礼贤上台挥手，开始讲话："各位来宾朋友们，大家好！我是郑礼贤，很荣幸能够参加这次婚礼，并做证婚人。新郎新娘从相识到相知到相爱，本人亲眼见证，一路走来，高兴、欣慰。新郎是我单位一名优秀的警察，承担着接警、破案等重要工作，具备良好的法律功底、扎实的业务素质和令人羡慕的英俊相貌，自从认识了邢臻，他逐步成长为一名思维高度敏捷，工作高度负责，大局观念极强的优秀侦查员。"台下的人大笑，郑礼贤继续说，"都说一名成功的男人，背后有一位默默付出的女人。邢臻就是这样一位默默付出的漂亮女人。她激励着萧然，不断前进，不断奋斗，解开一个又一个谜团，破获一宗又一宗案件。不过人怕出名猪怕壮，萧然的成功造就了他今日的离开，现在他被调到了刑警支队。"台下又是一片笑声。郑礼贤说，"走了没关系，他媳妇还在我手里。"台下爆笑，继而鼓掌。

郑礼贤讲完后，是敬茶环节，萧然和邢臻恭恭敬敬敬了茶，之后是家长代表发言。

邢关急不可耐地抢过了麦克风，说："终于轮到我了，刚才郑所讲得真好，幽默、风趣，排比句像机关枪一样，令人羡慕，这说明什么？派出所领导整天无所事事，净练嘴了。"台下大笑，邢关说，"开个玩笑。我比郑所早参加工作几年，算是师徒。有一天，邢臻告诉我，说他们派出所有个年轻人看着很逗，我就给郑所打了个电话，郑所一听，说萧然这个人不逗啊，我就明白怎么回事了。"台下一片笑声。邢关说，"听说了这个人，没有见过，因为一宗案件，我认识了萧然，在办案过程中，我发现他比较聪明，很有悟性，关键很帅，和我年轻时候一样。"台下再次传来笑声。"后来两个人一起工作，相处得比较融洽，我就说闺女，和一个单位的人谈恋爱不好吧，将来人家说，这个案件是你们两口子办的。我闺女说，那法律也没说男女朋友不能办同一宗案件啊！我想不出反驳的话，但是我总觉得不合适，为什么？

我怕萧然吃亏，万一我闺女把活都扔给萧然，萧然不就受苦了？”台下大笑。

司仪见邢关没有停下的意思，一旁小声说：“可以啦，时间到啦。”

邢关没有理会司仪，继续说：“在营救萧然的那次行动之后，我也很紧张，因为邢臻和萧然的手机全部关机了，担心出了事。大部队出发以后，我们看到远处的小岛上有火光，派出了侦察兵，证实邢臻和萧然就在岛上。我们秘密潜入，一面安排狙击手，一面安排录像，我想看看究竟会发生什么。结局在我意料之中，我的女儿女婿不会自相残杀。”

邢臻不可思议，说：“爸，你们早就上去了？为什么不提前动手，害得我撞在了石头上？”

邢关转头，小声说：“指挥失误。”台下听到了，纷纷大笑。“我喜欢萧然这个女婿，为什么？我觉得我的闺女充分继承了我的基因，她和萧然一定会为我生一个可爱的外孙，长大以后，做一名除暴安良的优秀人民警察。”台下响起了热烈掌声。

话筒传到了萧然，司仪说：“新郎先生，刚才证婚人和你的岳父都说了很多，你有什么想对你的证婚人、你的父母和你的新娘说的？”

萧然说：“今天是萧然和邢臻大喜的日子，感谢各位宾客的到来。刚才郑所和岳父做了精彩发言，与两位比起来，萧然口才拙劣，说不出令人捧腹的妙语，只想会当此时，牵上邢臻的手，此生白首不分离。”

台下纷纷鼓掌、呐喊起哄。轮到邢臻，她擦去眼角的眼泪，说：“我妈说，婚礼上，新娘会泪洒现场。我说结婚这么高兴的事，我怎么会哭，没有想到真的哭了。我爱萧然，我本以为萧然不爱我，这个老公是我用了阴谋诡计骗来的，直到在那个恐怖的孟婆岛上，我看到他为我难过和为我复仇的样子，我知道他是爱我的。在住院期间，他一直陪伴着我，晚上睡在医院，夜里我醒来的时候，看到他趴在我的床边，我的心里就特别踏实，心想，如果我们一起死在了孟婆岛，我也认了。”

邢臻说到这里，她看到了一人，嘴边的话停住了，司仪见机接话：“新娘的一番肺腑之言，真是十分的感人，让我们再次以热烈的掌声，恭喜新郎新娘。”

各桌用餐期间，邢臻到包房内换衣服准备敬酒，萧然问：“刚才你好像话没说完。”

邢臻说：“我看到了郑虹。”

萧然说：“她来干什么？”

邢臻说：“不知道，所以我才不说了。”

邢臻换衣服时，萧然来到了宋明礼桌子前，江雨和莫卿都夸赞发言的人口才好，萧然说：“玉童，你和莫卿何时能办婚礼？”王玉童叹了一口气，说：“莫卿爸爸说，抓住陈正龙，才准我们办酒席。”

萧然笑着说：“陈正龙都跑到新加坡了，怎么抓？”

江雨看到郑虹，努着嘴，对萧然说：“你怎么把她邀请来了？”

萧然说：“我没有邀请她，是她自己来的。”

江雨说：“那也是，我记得你每桌只安排坐十个人，现在你看看，每桌至少坐了十五人。”

萧然说：“完全在意料之外。我记得我同事李建胜结婚，许多人上午还发短信要来，到了晚上，只托朋友随了份子，每张桌子只坐了六七个人。”

江雨说：“你现在情况不一样了，人红。”

萧然说：“关键许多来宾都不认识。”

江雨笑道：“回家数红包就知道了。”

到了敬酒环节，萧然和邢臻来到郑虹面前，郑虹用平和的语气说：“恭喜你们，萧警官、邢警官！”

萧然说：“谢谢！”萧然和邢臻想问她怎么知道自己结婚的，欲言又止。

郑虹看出了他们的疑惑，说：“今天我不请自到，冒昧了。”

萧然连忙接话："哪里，您能来，我们十分高兴。"

郑虹说："萧警官，您敬完酒，我能单独找您聊两句吗，是关于那个人的？"

萧然心领神会，说好。

离开郑虹那一桌，萧然有些心不在焉，他不知道郑虹究竟要与他说些什么。

终于敬完了酒，萧然连忙让工作人员将郑虹请到包房，问她想说什么，郑虹问："陈正龙罪大恶极，你们为什么不抓陈正龙？"

萧然说："之前不抓陈正龙，是因为证据不足。抓获眼镜王蛇组织的人后，我们有了人证，但陈正龙去了新加坡。罪犯潜逃的，需要他国协助，目前公安部正在沟通，但是具体的情况，我们不清楚。"

郑虹问："如果外国不配合，该怎么办？"

萧然说："外国不配合，我们中国的警方很难抓捕，因为我们没有越境抓捕的权力。"

郑虹问："那我们中国人在外国犯了罪，回到了中国，外国有权力越境抓捕吗？"

萧然说："一样的道理，他们也无权越境抓捕。"

郑虹说："谢谢你萧警官，感谢你的耐心解答！"

酒宴散后，宾客相继离去，邢臻问萧然："郑虹说了什么？"

萧然说："郑虹在问，我们为什么不抓陈正龙？"

邢臻说："这不是废话吗，能抓肯定抓。"

春节过后，中国的大宗商品从低位反弹，受中国"去产能"和环保政策影响，开启了一轮上涨，宋明礼和王玉童因投资动力煤，获利颇丰。

2016 年 4 月 26 日，香港的电视台播出这样一段新闻，在东南亚某地发生了一宗车祸，一辆小轿车侧翻，摔落山涧，驾车司机当场死亡。死者为香港籍，男，名叫陈正龙，车祸发生的原因疑似为刹车失灵。

新闻播出时，萧然正在单位的食堂用餐，电视上公布了陈正龙的护照，希望陈正龙的家属到当地认领尸体。令人惊奇的是，萧然在记者拍摄的现场画面内看到了一名戴着红色围巾的女子，额头与眼睛特别像郑虹。该女子从镜头正面一闪而过，萧然以为这是个错觉，吃完饭后，又觉得不是。

回到办公室，萧然查询了郑虹的出入境记录，看到郑虹从陈正龙事故发生地所在的城市刚刚飞回荔城。